吕营在《向幸福出发》录制现场

吕营和家人在《大王小王》录制现场

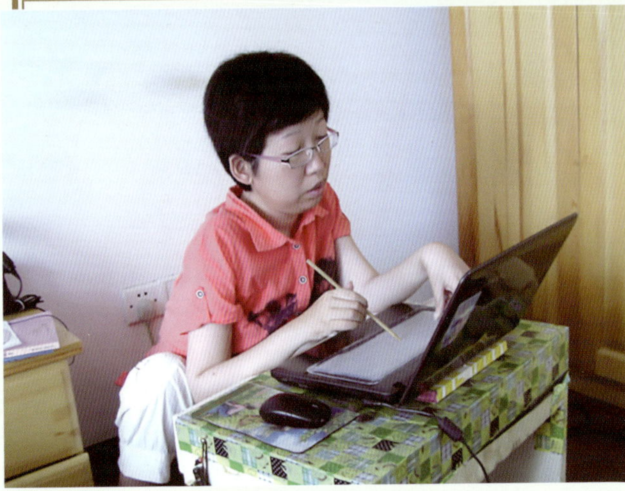

一本书就是这样敲出来的

吕营与辅导老师、师母在一起

吕营在帮爱人择菜

吕营和爱人为爱人的父亲选衣服

吕营和爱人一起逛颐和园

吕营和爱人在天安门广场

让爱解冻生命

吕营 著

陕西新华出版传媒集团
太 白 文 艺 出 版 社

图书在版编目（CIP）数据

让爱解冻生命 / 吕营著. — 西安 ：太白文艺出版社，2018.3
ISBN 978-7-5513-1361-2

Ⅰ. ①让… Ⅱ. ①吕… Ⅲ. ①长篇小说－中国－当代 Ⅳ. ①I247.5

中国版本图书馆CIP数据核字（2017）第294131号

让爱解冻生命
RANG AI JIEDONG SHENGMING

作　　者　吕　营
责任编辑　蔡晶晶
特约编辑　苏雪莹　王　锦
整体设计　格林文化
出版发行　陕西新华出版传媒集团
　　　　　太白文艺出版社（西安北大街147号　710003）
　　　　　太白文艺出版社发行：029-87277748
经　　销　新华书店
印　　刷　北京旭丰源印刷技术有限公司
开　　本　960mm×640mm　1/16
字　　数　190千字
印　　张　17.5
版　　次　2018年3月第1版　2018年3月第1次印刷
书　　号　ISBN 978-7-5513-1361-2
定　　价　48.00元

目　录

期待生命花开的声音

说好永远不分开

推荐序

爱让生命拒绝萎缩

张大诺

写序时总会透露书中的动人细节，但是，对于此书，我几乎是舍不得透露，因为这样的细节太多了。有时，我甚至怀疑这本书中的故事是否真发生过，但是，再伟大的虚构天才也虚构不出作者的情怀，那点点滴滴润泽在每个段落中感人肺腑的情怀。

吕营，一个看起来非常瘦弱的女孩，她却有一种大的从容，四平八稳，似乎一切都在意料之中，没有什么能够让她有大的波动……她曾经失去一切：健康、亲情、爱情以及从容的心境。她同时经历了三次失而复得：爱情、自我以及天伦之乐。经历了这些，还有什么会真正失去？还怕什么会最终失去？

失而复得是世上最神奇的东西，它让你永远珍惜，不愿再失去。当失而复得的竟然是人生所有的美好情感时，上天的玩笑，变成了上天最有深意的恩宠。

我曾到江阴吕营的家中拜访，我和吕营聊着书稿的事情，突然，她一转头，对着厨房里的丈夫大喊了一句："老公，我渴了，我要喝水！"

她的爱人赶快跑进来，一脸的局促和歉意："我这就给你拿去。"

一个场景，让我突然觉得，这像极了江南的小夫妻：妻子地位很高，有点小脾气，而丈夫则顺从得近于可爱……这样一个患进行性肌肉萎缩症的妻子，和所有健康女人一样，成为丈夫一生——手中的宝。

我想要怒放的生命

第一章　决定了就不能后悔

你爱他，他爱你吗?

下午两点四十分，徐建帮雅歌小便完，抱她坐在特制的小板凳上，蹲下身开始帮她穿鞋，然后又有些不放心地问：“你一个人在家行吗？”

“我以前经常单独待在家里，早就习惯了。”雅歌回答。

徐建站起身看着雅歌，神情有点犹豫。看着徐建的神情，雅歌心里也生出一种不舍。两人默默对视了几秒钟，徐建重新看了一下墙上的电子钟，转身朝门口走去，走了两步又回头说：“我走了，还有没有什么事？”

雅歌知道徐建再不走就来不及了。“你快走吧，上班要迟到了。”她开始催促了。

“那你要是有事，就给我打电话啊。”徐建转身快步向外走去，他的声音也渐渐远去。

雅歌“嗯”了一声，一直目送着徐建走出去。这时她多想能站起来走到窗口目送他远去的背影，一直到看不见为止。以前看过的很多电视剧里都有这样的情节：丈夫要出门上班了，妻子会送丈夫到门口，再叮咛几句，浪漫的还会来个吻别。她也曾经无数次幻想自己有一天也可以做一个那样浪漫贤惠的妻子，可是……

雅歌默默地对自己说:“我从今天起就要和徐建开始新的生活了，可是他上班走了，我一个人在家要怎么来度过这漫长的八小时呀！谁给我烧饭吃？谁抱我上厕所？”雅歌这么一想，小腹就有感觉了，想要小便，而且快要憋不住了。

为了转移注意力，雅歌将目光投向窗外。不知不觉，她的视线迷离起来。恍惚间，她的心就像长了翅膀一样，飞出身体，飞出窗外，飞进自由的天地。

外面的阳光好舒服呀！在温暖的阳光中，雅歌一路走着，欣赏着，前面出现了一个小区，在小区气派的大门楼前，忽然出现了一个熟悉的身影，是徐建！雅歌远远地看着徐建，她的目光里有欣赏，有新奇。这时一辆轿车驶进小区大门,别的保安在聊天都没有在意，是徐建快步上前，打招呼，询问去向，并在手中的本子上登记好车牌号，再致敬放行。这一连串熟练、利落的动作一气呵成。

雅歌第一次用欣赏的眼光看着远处那个不喜欢说话、只喜欢做事的男人。

“这是怎样一个男人，你了解他吗？”这时，一个声音突然在雅歌的耳边响起。

这是谁在说话？雅歌四下看看。奇怪，周围没有一个人。“我知道他做人诚实，做事认真，这还不算了解吗？”雅歌喃喃地回答着。

“两个人在一起生活，光有这些就够了吗？”那个声音显然对刚才得到的回答并不满意，继续追问着，“他爱你吗？”

“哦……”雅歌被问住了，不知道该怎样回答。

“我想起来了，”雅歌想起一件很重要的事，“他曾经亲口对我说过‘我爱你’。”说完，雅歌为自己找到这么有力量的证据感到得意。

“那你爱他吗？”谁知那个声音丝毫没有退却的意思。

雅歌对这样的提问有些不耐烦了。“我当然爱他了，我爱他的健康、年轻，我不要求他别的，只要他愿意照顾我，这对我来说就已经足够了。”

“你在以后漫长枯燥的生活中用什么来吸引他，让他对你不厌烦？”

这个问题让雅歌彻底无语了，这不正是她一直都不敢正视的问题吗？！雅歌发疯似的用双手捂住耳朵，声嘶力竭地喊着：“我不知道！我不知道！我顾不了那么多，也管不了那么多，我只能走一步看一步。我已用生命做赌注，别无选择了，我走的是一条永远无法回头的路。”

雅歌用尽全力想跑，想躲开那个声音的追问，可是她无处可去，她只有逃回这个被寒冷和孤独包围的小屋。若不是脸上的泪水，若不是书页上被泪水洇湿的痕迹，雅歌真无法相信那么真实的情景竟是一场梦。

又饿又渴后吃到一碗方便面

夜越来越深了，墙上电子钟显示的时间早已过了晚饭饭点，从徐建上班离开到现在雅歌还没有吃到一口饭，也没有喝到一口水。此刻，她的肚子再一次咕噜噜叫了起来，最初这来自体内的“骚扰”，雅歌还可以不去理会，可是随着时间的流逝，那叫声越来越频繁，让雅歌心烦意乱。她用支撑身体的膝盖用力顶着肚子，甚至有点恨恨地想：我把你们这些肠肠肚肚都挤瘪了，看你们还怎么叫。渐渐，咕噜噜的叫声变得越来越弱，最后变成了肠胃的一种“呻吟”。雅歌越发觉得全身无力，就连呼吸都很局促。她不停地咽着口水，希望可以让自己不会感觉饿，可饥饿正张开大口，仿佛要吞噬掉雅歌仅有的一点点力气。

忽然，雅歌听到有人开门锁的声音，会是谁哪？等了片刻，雅歌看见二姐穿着工作服出现在门口，心中一阵惊喜。她就像是在快要滑进深渊的绝望中，一下子看到了生的希望。二姐朝她晃了一下手中的一包方便面说：“我刚下班，我去给你泡一包方便面。”说完二姐就走进厨房。等二姐再出来时，手里已经端着一碗用开水泡好的方便面了。

雅歌看着那碗面，忍不住咽了一下口水。她已经饿坏了，她急切地去抓筷子，恨不得一口就把那碗方便面吃光，可是，冻僵的手指根本不听使唤，怎么都拿不住筷子。筷子不停地从她手指缝中滑落，不是这根就是那根。雅歌急得没有办法，只能沮丧地看着眼前这碗热气腾腾的方便面。雅歌的手无力地垂放在桌子上，忽然，她感觉有一股微弱的热流正在抚摸着自己的手指，原来是她手边的碗里散发出来的热气。这热气仿佛给了雅歌一种无形的力量，她重新拿起筷子，并且是把筷子攥在手里，然后到碗里去捞面条。也许是她太急了，还不习惯这种拿筷方式，刚把筷子举到嘴边，面条就全部滑落回碗里。雅歌定了定神，再一次尝试着，下戳、上翘、抬手、进嘴，成功了！虽然这次进嘴的只有两根面条，但已足够让饥饿的肠胃欢快地跳跃起来了。随着雅歌慢慢咀嚼，一股香气——一股带着葱花和鸡汤的香气也充满了口腔。那香气与热气在她体内肆意乱窜，她从没像今天这样感觉方便面是如此好吃。接下来，雅歌不那么急切下咽了，而是闭上眼睛享受着饥饿慢慢消失后的舒服。雅歌感觉自己好像已经饿了一年了。刚才那种连冷带饿的感觉让她全身从里到外都在发抖，现在闻着香气，吃着热腾腾的面条，僵硬的身体在慢慢变暖，冻结的思想慢慢活跃。雅歌的胃口特别好，不但吃光了一碗方便面，还把汤汁也喝了个精光。

寒夜里的“恒温牌热水袋”

二姐等雅歌吃好面，把她抱上了床后就回家了，临走时还把灯给关了。

不知过了多久，雅歌进入了半梦半醒的状态。恍惚间，她听到了熟悉的脚步声，心中开始滋生出一丝甜蜜。接下来，是钥匙开锁的声音，雅歌心中的甜蜜又掺进了一些紧张。突然，房间的灯被打开了，在强烈的灯光刺激下，雅歌的眼睛根本就睁不开，她索性闭着眼睛，她可以感觉到自己的心快跳出嗓子眼了。

这种心跳的感觉是以前从没有过的。从今天起，自己和徐建一起生活了，他要像照顾婴儿一样照顾自己，穿衣脱衣，大小便，烧饭洗衣服，等等。想到这，雅歌自己都说不清楚内心是什么样的感觉，有怀疑，有激动，有忐忑，还有……

雅歌可以感觉到徐建开灯后在门口犹豫了一下，然后才蹑手蹑脚地走到床边，顿时她感到徐建带着一股凉气扑面而来，她突然睁开眼大叫一声："啊！！！"

徐建被雅歌这突如其来的举动吓了一跳，他看着雅歌一脸坏笑的表情，这才明白过来是怎么回事。突然他脸色一变，貌似生气地说："好呀，你吓我。"然后就不由分说地将冰冷的双手捂在了雅歌的脸上。

雅歌被徐建冰冷的双手冻得一哆嗦，她非但没有生气，还关切地问："你的手怎么这么凉呀？"

徐建满不在乎地说："没事，我天生手冷。刚才我自行车骑得跟飞似的，现在后背还热得冒汗呢。"

雅歌听徐建这么说，放心了许多，她这时也感觉到了身体的麻木。"快给我翻身，我的腿都没有知觉了。"

徐建将手伸进被子，小心翼翼地给雅歌翻好身，然后又把被子细心地掖好。"我上班的八个小时你是怎么过的呀？我不放心你，上班都没有心思。"

"挺好的呀，我姐给我泡了碗方便面。"雅歌不想再提已经过去的事，就有意岔开话题，"对了，徐建，刚才我听见外面有人唱歌和说话。你说这么晚了，谁还会在外面待着呀？"

徐建忽然想起什么："噢，我忘记和你说了，这座楼下对面的车库里住着一个疯老太太，她经常在天黑以后出来又唱又说的。"徐建说完，就快速脱了衣服钻进被子里。

"啊，你的脚怎么这么冷呀！"一进被子徐建就喊了起来。

“我的脚一到冬天就这样的。”雅歌充满歉意地看着徐建。

“看你这么可怜，那我就帮你焐焐脚吧。”说完，徐建捧起雅歌的双脚，放在自己的腋下。

“哇，好暖和呀！”雅歌的双脚冻得像冰一样，一接触到徐建温暖的身体，她就舒服地欢呼起来。她笑得眯起了双眼继续说：“我现在算是知道有老公的好处了。”

“有什么好处？”徐建有点丈二和尚摸不着头脑。

“有老公，就有了‘恒温牌热水袋’呀。”说完雅歌得意地看着徐建。

转瞬间，两人在互望后，忍不住哈哈大笑起来。

在这个寒冷的初冬的夜里，他们只有一条单人薄被子，细心的徐建总是尽量把被子给雅歌多盖些。雅歌第一次和徐建挨得这样近，她抚摸着他的胸口，感觉他那有力的心跳。在他的怀里，雅歌感觉自己真的很渺小。雅歌可以清晰地看到徐建的每一根胡须，清晰地听到他的每一次呼吸。来自徐建身体上的温暖，正源源不断地把寒冷驱走。雅歌放心地闭上困倦的双眼。

如果时间可以静止，那么就让它停在这时吧，这种宁静、平和不正是雅歌想要的嘛。她是该歇歇了，靠着徐建的肩膀。

他腼腆地笑了

徐建这个星期上早班，下午三点就可以下班了，路上花十分钟的时间，三点十分他总是会准时到家，雅歌也习惯了在等待中听见钥匙开锁的声音。

看看时间，徐建就要下班了，雅歌竖起耳朵，静静等待徐建开门的声音响起。忽然，她隐约感觉到头顶的某个部位痒了起来。雅歌用惯用的方法，转移注意力，尽量去想别的事情，可不知道为什么，平时这个方法挺好使的，今天却失去了效果。头顶上的痒还带动了别的地方也跟着一起痒了起来，雅歌想用手去挠，可是试了几次，手根本举不起来，雅歌只有放弃了。

就在这时，雅歌听见钥匙开锁的声音，不用问，一定是徐建回来了！这声音就像救星，让雅歌一下子看到了希望。

“徐建快点，我头痒死了，快给我挠挠！”雅歌等徐建的脚一踏进屋里，就迫不及待地喊起来。

雅歌不停地让徐建的手变换着位置：“往前一点……过了，再往后点……对，就那，用点力。”徐建不厌其烦地给雅歌挠着，一只手酸了，就换另一只手，直到把雅歌的脑袋全部挠了一遍。

“徐建，我的头痒死了，我要洗头！”雅歌知道好几天没有洗的头发已经油腻腻的了。

“噢，好的，那我现在去烧水。”徐建说着就去厨房了。

一会儿工夫，徐建烧好水，进来把雅歌抱坐在轮椅上，把她推到洗手间。他先在脸盆里放好水，试好水温，然后将轮椅固定好，把雅歌的身子慢慢向后仰，调整好高度，用左手托着她的头，右手用毛巾撩水。然后开始倒洗发露，可是刚才忘记打开盖子了，现在他无法腾出左手来。徐建手握着洗发露的瓶子，用大拇指试着去推盖子。第一次没有成功，徐建放下洗发露，把手在衣服上反复擦了擦，湿漉漉的手干爽了，再重新拿起瓶子，稳住手，拇指用力一推，开了。雅歌看见徐建的脸上露出满意的微笑，她自己也松了一口气。

可是，事情还没有完，徐建倒好洗发露，放回瓶子的时候，不知道怎么回事，瓶子好像故意不肯站稳，一个“踉跄”就摔在了地上。徐建的手忙脚乱让雅歌看在眼里，急在心上，可是她什么忙也帮不上。听着徐建用脚去够掉在地上的洗发露，雅歌提醒说：“不要够了，等我洗好了再捡吧，反正现在已经倒好了，也用不着了。”

徐建在雅歌的提醒下，放弃了拾洗发露的意图，开始认真地做着手中的活。雅歌半仰着身子，从下往上仔细地端详着眼前的这个男人：雅歌可以清楚地看见徐建的脸，还有他脸上的胡子、眉毛，甚至他瞳仁里映出的那个小人。他的表情是那样地专注，他的动作也是一板一眼的，他手上的每一次抓挠都会让雅歌特别的舒服，她静静地用心体验着。

徐建被雅歌看得有些不好意思起来：“你干吗这样看我呀？”

雅歌仰着头用调侃的语气说：“喜欢你才看你的呀。”

听雅歌这么说，徐建竟腼腆地笑了，露出洁白的牙齿，眼睛里也满是笑意。从这笑容里，雅歌知道他已经接到了自己传递过去的信息。徐建快乐地继续着手里的工作。“还有哪里痒？”

雅歌不忍让徐建这样弯腰的时间太长了，就赶快说：“好了，差不多了。”

徐建要给雅歌擦干头发，又发现自己一只手根本没有办法把毛巾拧干。为了能把托着雅歌头的左手腾出来，徐建将手掌朝下，让雅歌的头枕在他的手腕上，这样他就可以用两只手来拧干毛巾。

雅歌可以观察到，在洗头的过程中，好几次徐建都是可以放下自己的头来完成手中的事情的，可是徐建一直都坚持着，不愿让她有一点的不舒服。这一点雅歌深深地记在心里。

害怕吓到他

徐建用手轻抚着雅歌的头发。“我看看洗没洗干净？”

雅歌可以感觉到清爽的头皮在自由地呼吸。“洗干净了，洗头的感觉真舒服呀！”她说话的语气也透着清爽。

把头发擦干，徐建要把雅歌抱下轮椅。“好了，洗好头，我该做晚饭了。”

“等会儿……”雅歌阻止着徐建。她耳朵有点进水，晃晃手示意徐建把她的胳膊拿上轮椅扶手，然后继续说：“我不要进屋，我要去看你做饭。”

徐建帮雅歌扶着手臂，让她好把手指伸进耳朵。“做饭有什么好看的，你不嫌有油烟味呀？”

雅歌摸索到自己的耳朵眼，将食指伸了进去，可是她的手指就像面条一样一伸进去就弯曲成了S形，根本使不上劲。她一下又一下努力地挠着，却怎么都挠不到痒的位置。

徐建收拾好洗头用的东西后，就要把雅歌推进屋，他好去厨房烧饭。

雅歌看徐建把自己往屋里推，急了，一边和自己较劲，一边回应：“不嘛，我不要一个人待着，我要和你在一起，我要看你烧饭。”

徐建停下脚步，看着雅歌吃力地歪着身子，就问:“你在干什么哪？这么吃力。”

“我耳朵里痒。”

“你早说呀，有我哪，我帮你挠。”

“不要，”雅歌看徐建要来帮忙，她急了，“我要自己挠，我不要你帮忙。”徐建不知道雅歌这是在生自己手指的气呢。

“好好，你自己慢慢抠吧。”徐建把雅歌的胳膊放稳了，转身去擦地上的水。

雅歌忽然想看看自己的手指，她把手移到眼前，仔细端详着已经弯曲成S形的食指，有些困惑：自己的手指从什么时候开始抠个耳朵都这么吃力了呀？去年还没有这样呀！那就是今年，今年的什么时候？雅歌努力搜索着记忆。自己的病情再这样发展下去，是不是就要连吃饭的碗都端不起来了？雅歌越想越害怕，她的心里有种莫名的难过。她不知道自己还能活多久，因为小时候医生就和爸妈说过自己活不过30岁，现在她已经32岁了，早过了医生说的死亡期限了。

“不，我现在还不想死。”雅歌在心里对那个看不见的死神喊着。她的幸福生活才刚开始，和徐建在一起是那么快乐，她也可以和健康人一样有自己的小家了，有好几次她都偷偷地笑出声。可是现在，一切都才刚刚开始，自己的生命却好像已经开始倒计时了。雅歌不甘心，她把僵硬的手指弯曲起来握成拳头，好像要把那稍纵即逝的生命牢牢地抓住。

“你在想什么？走吧，你不是要看我做饭吗！”徐建对雅歌默然的样子感到奇怪，他俯下身，看着雅歌。

雅歌被徐建的关切之语唤醒，她一脸不舍地看着徐建，张了一下嘴，想把刚才的所思所想都告诉徐建，因为徐建是唯一能给她爱的支撑的爱人，她需要他的支持和鼓励。可是话到嘴边她又咽了回去，她不是不想让徐建来分担自己心中的恐惧，她是怕还不那么了解自己病情的徐建会害怕。她实在不忍心说出事实。

已经打定主意什么都不说了，雅歌放下手指冲徐建笑笑："我手指冻得伸不直了，我哈点热气暖和暖和。"

徐建不等雅歌再说什么，就把她的手抓在自己的手里，慢慢揉搓雅歌像面团一样软绵绵的手。

雅歌的手在徐建的揉搓下，一点点地温暖过来，弯曲的食指也可以伸直了。随着徐建的揉搓，雅歌感觉有一种东西也被揉搓进了她的眼中、心里，她用力眨了眨发涩的眼睛，微笑了一下。"好了，不冷了，我们去烧饭吧。"

雅歌不想让任何东西来打乱自己的心情，他们的新生活才刚刚开始……

第二章　这是我想要的生活吗？

感冒就像洪水猛兽

“阿嚏！阿嚏！”雅歌狠狠地打了两个喷嚏。她感觉自己的嗓子和平时好像有点不一样，稍稍有一点发紧，会不会是……想到“感冒”两个字，她心里不由得一惊。很可能是昨晚洗头着凉了。雅歌最害怕自己生病了，因为每一次生病对她来说都是一次和死神的较量，虽然到现在为止，这种较量一直在进行，也一直都是雅歌获得胜利。可是每一次生病，她体内的力气都会流失掉一些，而且失去了就再也回不来了。想到自己的胳膊软得越来越像面条了，连一小碗饭都端不到嘴边了，她就不敢再往下想了。

雅歌的判断一点不错，到了中午，她的嗓子已经痛得说不出话来了，浑身也绵软无力，头更是像要裂开一样地痛。雅歌用手托着头，上半身半靠在小桌子上，她已经没有力气直起自己的身子了。她现在就想能有个人来抱自己上床躺着，可是面对空荡荡的屋子，雅歌唯一能做的就是等徐建回来。

勉强支撑着等到徐建下班回来，雅歌吃了药就上床睡觉了。她希望睡上一觉，醒来时病就会好起来。果然如雅歌所料，睡了一宿后，药物真的起了作用，醒来时感觉好了许多。但是徐建看雅歌脸色苍白，担心地说：“我们去医院吧。”

“我不去医院。我自己的病我自己知道，没事的。”雅歌稳了稳神说。即使是在这个时候，她也并不慌张，她知道这是感冒药吃多了引起的，她心里很清楚只要不发烧就不会有事。雅歌忽然想起什么，声音嘶哑着问：“你怎么在家？你没有上班呀？”

“我今天上晚班。”

是呀，雅歌想起来了，今天徐建转班，上夜班，所以白天在家。太好了，这样白天就有人在家陪我了。可是，雅歌转念一想，又担忧起来，那到了晚上怎么办？不是还要自己一个人在家？那我晚上要发烧了怎么办？

“你要吃什么？我给你弄去。”徐建的问话打断了雅歌的思绪。

雅歌用无神的眼睛看着徐建，什么也没有说。她现在什么也不想吃，一点胃口都没有。

“你想吃什么？”徐建看懂了雅歌眼神里的含义，但是他却没有理会，而是继续用关切怜爱的语气缓慢而又轻声地问，仿佛怕自己一口气都会把雅歌吹倒。他的表情上写着：如果雅歌不回答，他就会一直这样问下去，直到得到回应。

雅歌看着徐建关切的目光，感觉全身心都被笼罩在关切与怜爱里。“我想喝牛奶。”

徐建听雅歌说要喝牛奶，就像得到了圣旨一样，冲出门去楼下超市买了。他走得急，防盗门也忘了关，一股凉气冲进来，雅歌不由得打了一个寒战。她低头看，徐建给自己围裹好的被子不知什么时候已经滑落到肩下了。雅歌的两只手被被子压得死死的，就算不压着，她的手也没有一点力气，此刻的雅歌感觉自己就像一截木头，除了脑袋还可以思想，身体的其余部分都已经不归自己管了。

雅歌知道自己现在病情的好转只是暂时的。她需要给自己做做检查。她吃力地咽了一下口水，嗓子传递给大脑的信息是不那么痛了，感冒症状已经缓解了。雅歌缓缓神，稍作停顿，又做了一个深呼吸。这个动作看似平常却是至关重要的，她感觉到了自己的胸口像是被什么东西给压住了，根本就不能深呼吸——这个状况传递给雅歌的信息是：接下来她还会有更危险的一关要过，那就是发烧。进行性肌肉萎缩症患者的肺部都是最薄弱的，一次小小的发烧就足以引起肺炎。小时起父母就知道患病的女儿有这样的弱点，穿脱衣服都相当地注意，冷暖交替时更是十二分地小心。长大了虽然感冒不是那么频繁了，但是春秋两季的发作还是逃不过的。

喝了牛奶，雅歌又吃了和昨天一样大剂量的感冒药和抗生素。一整天她都是躺着的，徐建也寸步不离地陪着她。每到吃药或是小便的时候，雅歌都是全身倚靠在徐建身上。徐建的身体是那么的结实，雅歌靠在上面感觉很温暖很安全；徐建的双手也很有力，他给雅歌翻身的动作非常的轻松。

也许是心理作用，雅歌整个白天都很好，晚饭还喝了一小碗粥。

我要好好活着

雅歌吃了晚饭就继续睡了。不知过了多久，有一个声音轻轻地在耳边响起："雅歌，雅歌。"

"嗯。"雅歌迷迷糊糊答应着。

"起来我帮你小便，我要上班去了。"是徐建的声音。

怎么这么快就要上班了？雅歌在心里思忖着。她闭着眼睛不想睁开，任由徐建动作熟练地把自己抱起，小便后再放下。徐建的动作已经很轻很轻了，可是雅歌依然感觉到全身的每一根神经都在发出疼痛的指令。

"不好！"雅歌心里暗叫，这是发烧的前兆，一发烧就意味着病情的加重，就意味着要去医院了。真是怕什么就来什么，可是怕有什么用，只有去扛了，扛得过是运气，扛不过就……雅歌不敢再想下去了。

听着徐建关门下楼的脚步声渐渐远去，雅歌明显感觉到房间四周的寒冷开始行动了，它们正慢慢向自己聚过来，侵进厚厚的棉被。不，在寒冷的侵袭下被子是那么的薄，薄得就像一层纸，寒冷开始爬上四肢，爬上脚心、手心。寒冷……寒冷……还是寒冷……这寒冷肆无忌惮地抚摸、舔舐着雅歌的身体，雅歌全身不受控制地开始发起抖来。她用力紧闭双眼，牙齿紧紧咬着，可是无论她怎么用力，还是听见牙齿在口腔里相互撞击的声音。她的每一寸肌肤都像漏风的筛子，体内的热量快速地向外逃着。

忽然，雅歌看见一个小女孩正向自己走来，迈着轻快的步伐，脸上带着微笑。女孩伸出手，对雅歌说："来吧，到我这来，我带你去一个美丽的地方，那里没有疾病，没有痛苦，到了那里你就会和我一样，可以拥有健康，可以拥有美丽，可以去任何你想去的地方。"

“真的吗？真的可以吗？那个地方在哪里呀？远吗？我要怎么去呀？我动不了，我不会走路，我全身没有一点儿力气……”雅歌已经被说动了，可是她还是有点不敢相信。

“你不想去吗？你不想自由吗？你只要愿意放弃，你就不会再被自己的身体禁锢了。”女孩的声音就像带着魔力，深深地把雅歌吸引住了，“来吧，来吧，不要犹豫了。”雅歌在这样的声音里，一步步滑向那个未知的地方。在女孩转身拉着雅歌要离去时，雅歌发现女孩的背后是一片漆黑，看不见尽头，在那片黑暗之中，仿佛有无数个影子在飘荡，若有若无，没有形状。雅歌看着看着，感觉自己的身子变轻了，在一点点地上升。自己的脚可以迈步了，脚下软绵绵的，像踩在云彩里。

“雅歌……雅歌……”是谁在喊自己的名字？这声音怎么这么熟悉？雅歌努力搜索着记忆，是母亲的声音，好像不是；是父亲的声音，也好像不是。噢，是徐建，对，是徐建。徐建，你在哪？我怎么看不见你？雅歌努力挣脱开女孩的手，她要去找自己的爱人。

“雅歌，我回来了，你怎么样？”这声音离自己好近呀，好像就在耳边，雅歌一使劲，睁开了双眼，一束强光的照射又使她马上闭上了眼睛。她慢慢回想着刚才发生的一切，自己刚才要去哪里？那个女孩呢？刚才发生的一切都是梦吗？是梦又为什么那么真实？

雅歌重新睁开眼睛，她看见自己还躺在床上，面前是徐建在用毛巾给自己擦着脸上的汗水，他的脸上写满了焦急。“我不放心你，从单位偷跑回来了。”

“你怎么才回来？我一个人害怕，你快抱抱我。”一瞬间，雅

歌的泪水夺眶而出。委屈、恐惧交织成深深的渴望，渴望徐建的怀抱，

徐建把雅歌连被子一同抱起，紧紧地搂在怀里，他用自己的嘴唇吮吸着雅歌的眼泪。“不要哭了，我会一直陪着你。”

雅歌知道自己又胜利了。她哪也不去了，她要好好地活着，和徐建在一起。还要去黄山湖公园，徐建早就答应自己等有时间了两个人要一起去黄山湖公园玩，这可是自己心中期盼了好久好久的愿望呀。

抚摸他有力的大手

雅歌早早地就醒了，躺在床上，看着还在熟睡的徐建。已经几个小时没有翻身的她蜷缩着身子，安安静静地躺在徐建身旁。因为过于瘦弱，雅歌可以感觉到自己和床接触的半个身子的骨头痛得钻心，她努力地憋住一口气尽量将身子向后仰，这个方法可以让身体的麻木得到短暂的缓解。感觉稍微好些了，雅歌的身子慢慢恢复原样，尽管这样，她也不舍得叫醒徐建。因为只有这时雅歌才感觉徐建是真正属于自己的。

雅歌经历了前几天的又一次生死考验后，越加依赖徐建了。今天徐建休息，雅歌为了不浪费这属于自己的每一分钟，她就那样睁大着两只眼睛，看着徐建，生怕一不留神，就会把徐建给弄丢了。

睡梦中的徐建动了一下，他把手无意识地搭在了雅歌的身上。

瘦弱的她虽然感觉徐建的手臂像木棒一样压得自己有点喘不上气来，但她还是没有叫醒徐建，而是将自己的左手垫在徐建的胳膊下，可是又感觉被他的手压着不舒服，索性，雅歌左手拉着徐建的手指头，右手拉手腕。就这样两只手一起用力，吃力地把那只大手向上拉了拉，然后顺势把它抱在怀里。雅歌抱着徐建的胳膊，感觉很踏实。

她开始轻轻抚摸着那只大手，雅歌无意中触碰到徐建的脉搏，这也引起了她的好奇。她将自己的手指放上去，一下、两下，脉搏均匀而有力的跳动正撞击着自己的手指，雅歌感觉自己的心也随着它一起跳动着。她用右手摸自己左手的脉搏，好半天才摸到，似有若无，有气无力。唉！雅歌轻轻叹了一口气。健康真好！

听着他轻微的鼾声，看着他安静的表情，雅歌很想去探索徐建的内心都在想些什么，因为徐建曾经和自己说过，他是浮萍，找不到人生的方向。他不知道自己为什么而来，将来又要去哪里，更找不到家的感觉。听了徐建的这番话，雅歌的心疼了好久，甚至一想起来心就会疼。一个多么健康、多么年轻的生命呀！可是他的内心却是空的，他一定是经历过很多辛酸的往事。徐建很少甚至是从不和雅歌说自己的过去。这也更让雅歌对他的过去充满了怜惜和好奇。

雅歌继续抚摸着那只大手，虽然看不见，但是她可以感受到那只手的温度。她伸直手指，将自己的手放在徐建的手上，手心贴着那只大手的手心，这两只手无论是大小，还是厚薄，都相差好多。雅歌的手绵软无力，也很小，手指更是细得像面条；而徐建的手结实、有力，手指的骨节硬硬的，在手掌靠近手指的部位，有四个凸起的圆圆的、硬硬的东西，这是老茧，小时候爸爸手上也有这样的老茧，这是力气活干多了留下的。

抚摸着徐建的胳膊和大手，雅歌想起小时候父亲常常抱着自己去玩，也是这样一双有力的大手，抱着她去公园晒太阳，抱着她去医院看病，抱着她晚上去看露天电影。雅歌小时候太多美好的记忆都是父亲的大手带给她的。此刻她看着身边还在熟睡的这个男人，不知道他是否也会带给自己许许多多美好的东西。

雅歌常常这样想：让自己的心成为他的土地，可以让他生根，自己也愿意细心地呵护和浇灌。她多么希望徐建可以长成一棵大树，一棵可以让自己依靠的大树，一棵可以给自己支撑的大树。雅歌更希望这个他们花了无数心血经营起来的家可以成为他停泊的港湾，让他那颗漂泊的心不再孤独，不再没有方向。

今天我推你出去玩

忽然，雅歌的脑子里出现一个恶作剧的念头，她用自己的手指轻轻地挠徐建手心最柔软的地方，边挠边看徐建的表情。徐建先是皱眉，然后鼻翼忽闪了几下，接下来喉咙里还发出含糊不清的声音。雅歌看着徐建丰富的表情偷偷地笑着，实在忍不住就笑出声来。

正笑着，雅歌看见徐建忽然睁开眼睛，貌似生气地看着自己，她被吓了一跳。“我不是故意的，你继续睡吧，我不闹你了。”

徐建看着雅歌怯怯的样子，突然认真地说：“今天我休息，我推你出去玩，要不要？”

雅歌一听就心痒痒了，她再也躺不住了，喊着：“我要起来，快点给我穿衣服！”

徐建将拿好的衣服放在床上，站在雅歌旁边，弯下腰，右手从雅歌的后背伸过去，放在她的腋下，轻轻一用力就将雅歌的上半身拉出被子。然后再把被子围在雅歌的周围，不然雅歌就坐不稳。等雅歌坐稳了，就开始给她穿衣服。

雅歌坐得摇摇晃晃，徐建先将针织衫套进雅歌的脖子，再慢慢拿起她的手臂伸进衣袖里。身子缺少了支撑，雅歌顺势倒靠在徐建身上。她的脸摩擦着徐建的衣服，可以感觉到一粒小小的纽扣在脸颊上硌得慌，雅歌非但没有感觉难受，反倒觉得还有点好玩。这时徐建已经把雅歌的两个袖子都穿好了，又细心地把衣服拉平；然后重新抱雅歌躺下，接着给她穿裤子、穿袜子。

很快坐在轮椅上的雅歌，从头到脚都收拾得立立整整，就像她的性格一样干净利落。雅歌拿着小镜子一番打量，她对镜中自己的打扮很满意：红色的针织衫衬托得消瘦的脸颊不那么苍白了，穿着牛仔裤的双腿也越发地笔直修长。可是，也同时发现一个问题：打底衫是V字领的，过于消瘦的脖子显得更加细长。雅歌对着镜子脑子一转，有了——“徐建，你把柜子里上次莉雅送我的丝巾拿给我。”

徐建拿出纱巾，细致地折叠成细细长长的，然后两手捧着叠好的纱巾，按照雅歌说的方法，轻轻地在她的脖子上绕了一圈。徐建端详了一下，继续将纱巾下垂的部分整理了一下，为的是让纱巾的流苏自然地下垂，飘散在胸前。

淡紫色的纱巾，衬托得雅歌的肤色更加白净，下垂的丝巾还巧妙地遮住了她固定身体用的绳子。

雅歌对自己想出的这个妙招很满意，她有些得意地抬眼看着徐建，问:“好看吗？”

徐建站在雅歌面前，上下打量着。雅歌被徐建看得心里有些紧张，那得意的表情也被徐建看得开始变得僵硬。过了有那么十几秒，徐建才故弄玄虚地说:“嗯，真好看。”

终于听到了肯定的回答，雅歌的脸上又恢复笑意，她心里暗暗地想:别看徐建平时少言寡语的，原来他也有风趣幽默的时候。

此刻，徐建的评价对雅歌来说真的很重要，她渴望得到夸奖。就像一个小孩子，渴望得到老师或家长的夸奖一样。

“好了，我们可以出发了吧？”徐建也收拾妥当。

雅歌放下小镜子，上下打量着徐建:一件T恤，一条牛仔裤，一双球鞋，这很普通的装束穿在徐建身上就特别好看、精神。雅歌看着眼前的徐建帅气的样子，眼中流露着从未有过的爱慕。雅歌特别想能站起来挽着徐建的胳膊，两人肩并肩地一起去散步，那该是多么美好的情景呀！

“还有没有什么事吗？没有我们就走啦。”徐建看雅歌半天不出声，开始催促了。

雅歌收回目光，最后打量一下有没有落下什么。

“哎呀！我还没有换鞋，穿着拖鞋怎么出去呀！”明亮又整洁的房间里又响起雅歌清脆的声音。

徐建听见雅歌喊叫起来，连忙去拿来一双黑色系带方口平跟皮鞋。“是这双吧？”不等雅歌回答，徐建蹲下来给她穿。虽是雅歌只花 22 元买的革质皮鞋，但她也特别珍惜这双鞋，也最喜欢穿这双鞋了，特别是配上白袜子穿在脚上，感觉很知性、很淑女。雅歌特别喜欢这种感觉。如果不看上身只看脚，谁都不会看出雅歌是坐轮椅的残疾女子。

人比桃花更美丽

太阳在东方缓缓上升，暖洋洋的阳光照在雅歌身上，她的手不再僵硬了，她用柔弱的手指将胸前丝巾的流苏一根根地梳理整齐，让它们在微风的吹拂下轻轻地飘舞。

路上许多女孩子都已经穿上短袖和裙子，雅歌羡慕地看着她们挺拔的腰身、健康的双腿。

忽然，雅歌感觉自己也是很美的，对，这种美不是表面上的，而是一种自信、一种乐观，还有就是敢于挑战。

徐建一本正经地提议："雅歌，你现在是我的脑袋，我现在是你的腿，你要去哪里，我就带你去哪里！"

"扑哧……"雅歌被徐建的话给逗乐了。她心里的快乐也被徐建的话给激荡出一串串涟漪，顷刻间就涌进了身体的每一个细胞，让雅歌全身都感觉很轻松。

她故意清清嗓子，放慢语速用带着笑意的语气命令："腿，你现在要带我去哪里呀？"

"脑袋，你想去哪里我就带你去哪里。"徐建忍着笑回答。说完他自己也被自己给逗乐了，雅歌也跟着笑出声来。雅歌看见路两旁的树叶都已经绿油油的了，桃花也含苞待放。每棵桃树枝头都缀满了花蕾，在风中摇曳着。

“啊！好美的桃花呀！”雅歌惊呼道。她第一次看到这么多桃花，她想好好观察桃花。

徐建好像读懂了雅歌的心思，把她推到马路边。雅歌从没有想到自己可以置身在花海当中。一抬头，她看见正有一朵桃花向自己“招手”，那盛开的花瓣粉得像婴儿的笑脸。雅歌看着看着，心中有了要去抚摸的冲动。“徐建，我想摸摸桃花骨朵。”

徐建把长满桃花的枝慢慢地拉下来，雅歌满脸期待地抬着头，直到花瓣碰到了她的鼻尖，淡淡的花香掺杂着阳光的味道一直送到心里。雅歌陶醉地闭上眼睛，她感觉自己已完全融化在了花的世界里。阳光照在脸上，感觉就像徐建温暖的大手在抚摸，这个念头出现在脑海里，雅歌有些不好意思地睁开眼去看徐建,这时她才发现徐建也正看着她。他们就那样相互注视着，在他们的目光里，整个世界就只有彼此和桃花。

不知何时，徐建松了手，树枝又恢复了原样。或许是桃花也被这样的美景所打动，散落下一些花瓣，落在雅歌的头上、身上。雅歌伸出手，想接住花瓣，可是她的手抬不起来，只能任由花瓣从手边滑落。徐建将雅歌头上身上的花瓣收集起来放在雅歌的手心里，雅歌把一片片花瓣细心地放在口袋里。

第三章　爱的苦与乐

一个月的生活费

“徐建，小梅要结婚了。”等徐建下班一进门，雅歌就迫不及待地报告着自己刚刚得到的好消息。

可是徐建好像根本没有心思听雅歌说什么，就应付地“哦”了一声。他脱去工作服，就开始做晚饭去了。

一想到要和徐建分享的开心的事，雅歌的思绪就回到了刚才接的电话上。

“喂！”

“雅歌，我小梅。”

“小梅，你最近忙什么哪？也看不见你的人啦！”听到好朋友的声音，雅歌一下子来了精神。

“我在忙着准备婚礼哪。”

“啊，你要结婚了！太好了，祝贺你！”雅歌的兴奋不亚于小梅。接着她又问：“你什么时候举行婚礼呀？”

“我正要和你说，我 11 月 3 号举行婚礼，你和徐建都来参加我的婚礼啊。”

“那还用说，我们肯定要去的，到时候我要好好欣赏欣赏你做新娘的风采。”

“那就一言为定！”

“一言为定！”

挂断小灵通，雅歌兴奋得心突突直跳。以前她最怕听到好朋友要结婚的消息，那会让她倍感孤单。随着年龄的增长，那种孤单感也越来越强烈。现在好了，她不再是一个人了，徐建可以和自己一起去参加好朋友的婚礼。对雅歌来说，没有什么比这个更令她兴奋的了。她仿佛已经看见徐建推着自己走进热闹的婚礼现场。

“在想什么哪？快，吃饭了。”徐建端着两碗饭走了进来。

“你还记得小梅吗？她 11 月 3 号结婚，刚才打电话来让我们去吃喜酒。”

雅歌停下来，等着徐建的回应，可是徐建只是闷头吃饭。

雅歌有点沉不住气了，提醒道:“我在和你说话，听见没有呀？”

“快吃饭吧，我听见了。行，到时间我和你一起去！”徐建的回答让雅歌听了很满意。可是，徐建好像还有什么话想说，他吃了一口饭，想去夹菜却又把筷子停在了半空。“去参加婚礼是不是要送礼金的呀？”

雅歌感觉徐建不光是问问这么简单，他的问话里肯定还有另一层意思。于是她就用非常肯定的语气回答：“当然要送了！”说完雅歌看了看徐建，又加上了一句：“别告诉我你没有参加过婚礼！”

“你准备送多少？”徐建没理雅歌的话，继续问道。

雅歌有点明白徐建的意思了。其实这个问题她早就想过了，既在自己可以承受的范围内，又不能太少，只是雅歌不知道自己最后定的那个数字徐建是否能接受。但是不管徐建能不能接受，雅歌都不会改的，这是她的性格。"我想过了，准备送 300 元。"雅歌不愿再僵持下去，她眉毛一扬果敢地看着徐建说。

也许是雅歌的回答太出乎徐建的预料了，他沉默了，转瞬又问："怎么要送这么多？"

"300 还多？现在这是最起码的了！"

"你不能和人家比，300 块钱就是我们一个月的生活费呀！"

"你这人怎么这样，送多少合适难道我不比你更清楚？有些钱能省，有些钱是不能省的！"

徐建没有再说什么，接着吃饭，只是气氛有点压抑。雅歌兴奋的情绪也减退了，她想不明白本来很好的心情为什么就那么轻易地被徐建给破坏了。她感觉徐建已经不是节俭这么简单了，他简直就是不通人情世故，雅歌真的有点生气了。

徐建并没有再一次反对，反倒很快就妥协了："那你说送多少就送多少吧。"

徐建的勉强妥协是雅歌意料之中的事，家里的很多事情都是雅歌掌握主动。她不喜欢徐建多想多问，他只需要按照自己的话去做就可以了。接下来两个人都不再说什么，只是闷头吃饭，可是雅歌总感觉哪里不对劲，空气好像凝滞了一样。

雅歌很想去探究徐建内心的真实想法，可是，她又怕会引起新的分歧。那样是不是会更麻烦？还是算了吧，既然意见已经统一，还需要想更多吗？

婚宴上的“焦点”

好朋友的婚期很快就到了，徐建推着雅歌来到了举行婚礼的酒店。

酒店的大门口停着一辆婚车，车子被鲜花和绸带点缀得充满了喜气。雅歌在大街上无数次看见过这样的婚车，但是每次她都不敢多看，那种豪华让她很自卑。坐在这样漂亮的花车里的新娘都是健康的，都是不需要坐轮椅的。

车门打开了，从车上走下一位穿着洁白婚纱的新娘，她身材高挑，束胸的婚纱将她的腰肢衬托得挺拔、纤细。再看新娘的脸，她的脸庞被大红色的短披肩衬托得白里透红，再加上甜蜜的笑容，让雅歌都快认不出这就是自己的好朋友——小梅。

雅歌被徐建推着走进酒店大厅，顿时被一种喜庆的气氛给包围了。形形色色的人把宽阔的大厅给挤得满满的，还有人陆陆续续进来。雅歌坐在餐桌前感觉眼睛有点不够用，她好奇地四处打量。雅歌有了新发现：原来酒店里好多来参加婚礼的人都打量着自己（也包括徐建）。雅歌早已经习惯了陌生人好奇目光的打量，可是在今天这个场合自己怎么会成为“焦点”？雅歌有点纳闷，但是很快她就明白自己之所以能成为焦点，是因为徐建陪伴在自己的身边。

雅歌收回目光，轻轻转头看了一眼徐建。她看见徐建正用右手摆弄着桌子上的筷子，他微低着头，嘴唇紧抿，表情严肃。徐建专注着手上的动作，仿佛置身在另外一个世界里。他不看别人，不看热闹的场面，也不和雅歌说话。

“徐建，你快看！小梅好漂亮呀！我都快认不出来了！”雅歌拉拉徐建说。

徐建听雅歌这么说，却没有抬头，依然在摆弄着自己手中的筷子，敷衍地回答：“嗯，我看见了。”

雅歌看着徐建，感觉有必要去阻止他继续这样下去，就用胳膊肘轻轻碰了一下他：“你别弄了，你看这里多热闹呀！你以前肯定没来过这么高档的地方吧！”

雅歌希望自己的话可以引起徐建的好奇感（她自己就是这样：每到一个热闹的地方她就会特别好奇，特别有新鲜感），可是，雅歌的话非但没有引起他的兴趣，反倒似乎刺激到他了。他快速把手从桌上移到桌下面，并且夹在两腿之间，然后抬眼快速地看了一下四周，就又把目光移到了那双筷子上。

雅歌发现低着头的徐建，是不愿意和那些好奇的目光碰撞，才选择进入自己的世界里的。他不愿在别人的关注中抬起头，他害怕。好在很快服务员就开始上菜了，人们都开始把注意力放在了面前的佳肴上，再没有人朝着自己和徐建指指点点、交头接耳了。雅歌暗暗松了一口气，她也被那香喷喷诱人的菜给吸引了。可是看着那一道道的菜，她的手怎么也抬不起来，根本就无法把菜夹进面前的小碗里。她就拿着筷子，等徐建把菜夹进自己面前的小碗再吃。平时在家，徐建总是会把菜放在雅歌跟前或是夹进她的碗里。可是今天徐建好像忘记了雅歌的存在，只顾自己吃，也不给雅歌夹菜。雅歌用胳膊肘轻轻碰了徐建一下，也不知道是不是因为自己没有力气，动作太轻了，徐建一点反应都没有。

雅歌等了一会儿，看徐建依然没有给自己夹菜的意思，就装作无心的样子问徐建："你吃的那个菜好吃吗？"

雅歌的话真的很管用，徐建马上就夹了几样菜给雅歌，然后就又继续低头吃自己的了。徐建的表现让雅歌失望极了，她再没有心情吃任何东西。但是雅歌知道在那种场合自己该怎么做，虽然她心里很难受，却依然在脸上保持着微笑，并且向来敬酒的新郎新娘说着祝福的话。

只是没有人知道在她微笑的背后，一直有一个声音在反复强调："他故意这样的！你不是高兴吗？他就要让你不高兴！"

"不会的，他不是这样的人！他肯定是有什么心事才会这样的。"雅歌马上就反驳。

"他故意这样的！你不是高兴吗？他就要让你不高兴！"这个声音又重复了一遍。雅歌怀疑地悄悄看了看徐建，她想从徐建的脸上看出破绽，她真的很想知道徐建是不是真是这样的人？

夜晚的街头只有两个人在走

从结束的婚宴上出来，天已经黑了，公交车已经没了。雅歌知道坐车回家已经不可能了，那就只有走回家了。初冬的夜晚虽然还不是特别冷，但是刚从有空调的酒店出来，雅歌还是被凉风吹得打了一个寒战，她不由得喊起来："外面怎么这么冷呀！"边说还边缩起了脖子。

徐建停下脚步，转到轮椅前面来，非常熟练地帮雅歌把羽绒服上的帽子戴上，然后又开始系帽子两角上的带子。在明亮的路灯下，雅歌可以很清楚地打量徐建：他穿了一身休闲西装。雅歌很喜欢看徐建穿上西装后的帅气样子。可是，每一次雅歌让徐建穿西装，他都很勉强，总是说自己是乡下人，穿不惯这种衣服。今天雅歌也是下了命令，他才穿的。

徐建认认真真地给雅歌系着帽子上的带子，可总是系不上，徐建的手不时地触碰到雅歌的下巴。雅歌感觉到徐建的手很冷，她心里有点自责，是自己非要他穿西装的，为了满足自己的虚荣心，没有让徐建穿棉衣。

"还冷吗？"徐建系好带子问雅歌。

雅歌看着徐建的脸，刚才在酒店里那种严肃到不自然的表情，不知在何时已经褪去了，他又恢复了自然的神情。看着徐建关切的眼神，雅歌感觉自己越来越捉摸不透他了。

"不冷了。"雅歌有点心不在焉，"现在没有公交车了，我们怎么回去呀？"

"没事，我们走回去。"徐建说话又有了活力。

雅歌也喜欢两个人一起走回去，但她还是有点担心地问："你穿得不多，冷不冷呀？"

徐建推着轮椅快步走起来，他说："我和你不一样，我走一会儿就热了。"徐建的声音也和他的脚步一样带着节奏感，"刚才在酒席上那么多人，我心里一点也不舒服。我就喜欢这样：就我们两个人。多好！"徐建语速越来越快，仿佛要把刚才憋在心里的话一下子都说出来。

雅歌不知道为什么徐建不喜欢人多，她觉得他有太多和自己不一样的地方了。她深深地吸了一口气，带着凉意的空气一直被吸进了肺中，感觉刚才压抑的心情好了许多。也许是刚才在婚宴上兴奋的原因，走在回家的路上，雅歌感觉有点疲惫，她不想说话，只想让徐建推着自己一直走，一直走。

可是，徐建却打开了话匣子，他说："小时候，我家里穷。有一次，我爸不知道从哪拿回一件女孩子穿的旧外套给我穿，我要不穿就没有别的衣服穿了，只有穿着它去学校。当时别人看我的眼神，现在我还记得。后来学校发校服了，我就一年四季穿校服，因为我没有别的衣服穿。"

"嘀嘀……"一辆轿车从旁边开过，打断了徐建的话题。他吸了一下鼻子，又深深地叹了一口气，好像要把淤积在心中多年的压抑都吐出来。雅歌听着徐建的诉说，没有说什么，她不是不想说，而是不知道该说什么。她真的不知道徐建心中有怎样的秘密。她忽然有点明白徐建为什么那么怕人注视了。自己又何尝不是和徐建一样怕被人注视？小时候只要爸妈抱着自己出门，一路就会不断引来好奇的目光，有时还会有陌生人追着问东问西的。雅歌不用再多想，她已经知道今天徐建为什么会有那么反常的表现了。

"小时候总是会有同学、老师用歧视的目光看我，我就怕到人多的场合去，就是现在我也不习惯别人看我。"徐建继续说着。

雅歌不知道徐建花了多大的勇气才说出今天这一番话，如果自己不是他最信赖最亲近的人，他是肯定不会说出自己心里的秘密的。这个念头一出，雅歌就忘记了心中所有的不快，并且她希望徐建也忘记心中那些不快。于是，雅歌就想岔开话题，她不想再让刚才发生的不愉快影响两个人的心情。

“我想明天我们去黄山湖公园玩。”

“好呀，只要不是人多的地方，你想去哪都行！”徐建说完，加快了脚步。飞速转动的轮椅，引得雅歌尖叫了一声，接着两个人开心的笑声划破了凄冷的暗夜……

你也吃一口吧

昨天，雅歌和徐建说自己想去黄山湖公园玩，徐建毫不犹豫地答应了。

现在，他们正走进公园。第一次来到这个新建的公园，雅歌兴奋得两眼放光。她不由得用手抚摸了一下胸口，感到胸口就像揣了一只兔子一样怦怦乱跳。是激动，是高兴，还是……雅歌也形容不出来。总之，她太喜欢这个公园了。在通向公园的道路两旁开满了鲜花。鲜花被摆成了梯形，一层粉色的，一层紫色的，还有一层白色的。雅歌从没有看见过这么多颜色各异的花。微风吹过，淡淡的花香扑面而来。走在花丛里，雅歌感到每一朵小花朵都在朝自己微笑。

轮椅在光滑的大理石地面上滑过，那样地轻盈，雅歌简直都感觉不到轮椅在移动。徐建选了一条小路，两人拐了一个弯，眼前像变魔术一样出现了一片竹林。他们一路观赏，不知不觉来到一张小石桌前。徐建停了下来，对雅歌说：“你在这等着，我去给你洗葡萄。”

雅歌乖巧地点点头。徐建跑到一个栏杆面前，他不是绕过去的，而是一个箭步跨过去的。看着徐建消失在树木掩映的小路上，雅歌环顾四周，一个人都没有。她毫无缘由地想到徐建会不会丢下自己一个人走了，然后再不回来了。这样一想，雅歌竟打了一个寒战。

雅歌不停地东张西望，过了一会儿，终于看见徐建从那条小路上出现了。她心里一阵狂喜，刚刚的恐惧随着徐建的出现也烟消云散了。徐建手捧着葡萄伸到雅歌面前：“都洗干净了，吃吧。”

徐建把葡萄放在小桌的最边上，就去拍照了。雅歌看着水灵灵的葡萄想拿来吃，她先将右手放在轮椅扶手的最前面，然后将身子向右倾斜压住胳膊（这样可以防止胳膊从轮椅扶手上滑下来）。可是，等伸出手去，雅歌才发现自己的目测有些误差，手指离葡萄就差一厘米的距离，就是这一厘米的距离，雅歌却是那么的无奈。

歇了一歇，雅歌还想再试一次，她努力晃动身体，试图靠晃动身子产生的惯性带动轮椅向前滑动。只要一厘米就够了，可是晃了几下，轮椅没有反应。雅歌发现轮椅给徐建刹车了，更糟糕的是自己用力过猛，整个身体前倾，倒在了扶手上。

就在雅歌沮丧到极点的时候，徐建仿佛从天而降，他小心翼翼地扶起雅歌。“你怎么搞的，干吗不叫我呀？”

雅歌又气又急地涨红了脸，她急着为自己解释说：“我想自己拿葡萄，我不想什么事情都叫你。”

徐建把雅歌重新扶好，什么也没有说，而是坐下来拿起一粒葡萄，将皮剥好送到雅歌嘴边。

葡萄刚进嘴感觉有一点点酸，她不由得皱起了眉，眼睛也眯成一条缝。当整个葡萄肉被咬开时，汁水充满了口腔，也开始变甜了，这种甜缓缓流进心里。徐建每喂雅歌吃一粒就会停下来看着她缓慢地咀嚼着，等她吃得差不多了再继续剥。雅歌感觉自己在徐建面前就像一个需要照顾的婴儿。

“你也吃呀。”雅歌嘴里吃着葡萄，含糊不清地说。她不想一个人品尝这种甜蜜。

“这是买了给你吃的。”徐建说完从身边又拿出一个食品袋，“我刚才买了两个馒头，我就吃这个。”

“馒头等会儿再吃，你尝尝葡萄，可好吃了！”

徐建咬了一口馒头，放下，再继续给雅歌剥葡萄：“这个这么贵，不够我吃三口的，还是留给你吃吧。”

当徐建再一次将剥好的葡萄送到雅歌嘴边时，雅歌故作生气地说：“你不吃，我也不吃了！”

徐建看着雅歌噘起的嘴巴，有些无奈地笑笑：“好好，我吃。”说着就把葡萄放进嘴里。

看着徐建吃葡萄的样子，雅歌感觉比自己吃还甜，她试探着问：“甜吗？”

徐建看着雅歌开心地笑了，乘机说：“我吃一个尝尝就好了，剩下的还是留给你吃。”

雅歌不想勉强徐建，她就是想让徐建跟自己一起分享快乐。

看见徐建吃了，她就开心了。

为了省一块钱

不知不觉，太阳不那么明亮了。一阵风吹过，雅歌感觉微微有些冷，她看看徐建，说："我有点冷了，我们回家吧。"

徐建掏出小灵通看看时间："都四点多了，时间怎么过得这么快呀！那我们回家。"

雅歌环顾被夕阳包围着的公园，那是另一种美丽的景象。逛公园的新鲜感依然还在，可是已经抵不过自己那个温馨小家的诱惑，她此刻特别想回家。徐建慢慢推轮椅，轮椅的转动带动身体的晃动，让坐了一天的雅歌全身都感觉疲惫不堪。她心中越发渴望快点回到家里，然后躺在那张简易的床上。

出了公园，雅歌怕徐建走了一天累了（其实也是自己累了），就建议坐公共汽车回家。徐建坚持要步行回家，他依然大步走着。雅歌知道徐建不是不愿意带自己坐公共汽车，其实他是想省那一块钱的车票钱。走过等车的站牌，雅歌没有再要求坐车，也没有告诉徐建自己已经很累了。只要能和徐建在一起，再累也不算什么。

正是下班时间，马路上显得非常的拥挤，大部分的人都是骑着车子在赶路。雅歌知道那些人都是在往家赶。一想到家，一想到是徐建推着自己往家的方向赶路，雅歌的心暖暖的。

雅歌的身体已经很累，可是脑子却异常活跃，她想起上次看桃花。好奇怪呀，那桃花的芬芳竟然还依稀留在空气里。细细体会着那种芬芳，雅歌发现原来桃花的芬芳不是留在空气中的，而是留在自己的心里了。雅歌隐约可以肯定那种芬芳以后也会随时出现在脑海，出现在每一个或快乐或忧伤的日子里。还有公园里徐建给自己剥葡萄的情景，甜甜的葡萄在徐建的大手里被剥去了皮，又加进了体贴和关爱，这样的感觉真的好美妙呀！

这时，已经很累的雅歌还不忘了调侃："徐建，你猜我回到家，第一件事情会做什么？"

"肯定是先躺着。"徐建很自信地回答。

"不对，我要先上厕所，我都一天没有小便了。"雅歌一边说一边笑。

徐建听了雅歌的话非但没有笑，还急着说："不行，厕所要先让我上，完了你再上！"

雅歌这下笑得更厉害了："好好，我不和你抢，你先上！"

两个人笑够了，就继续前行。雅歌好想有一天，自己能把今天所有的情节都写成书，一本可以让很多人看到的书，特别是残疾朋友。说不定这本书可以让很多人得到些什么。雅歌被自己的这个想法给感染了，她看着路的前方，一直看到很远，仿佛那里正有一个希望在向自己招手。雅歌喜欢这样的感觉，她为自己又有了一个新的人生梦想而微微一笑。只是，现在她还不想把这个并不成熟的想法告诉徐建，这是属于自己的小秘密。

只一会儿工夫，天色已经暗了，马路上亮起了路灯。雅歌已经可以看见通向家的那条马路了。徐建可能也看到了，他突然加快了脚步，把好多骑自行车的人都甩在了后面。坐在轮椅上，雅歌竟有种快要飞起来的感觉。她和徐建都渴望快点回到家，回到那个属于他们两个人的家。从没有玩得这样晚的雅歌知道：自己晚上一定会兴奋得睡不着觉了。

第四章　我们都“倒下了”

我不能照顾你了

一早起来，雅歌就忙着化妆，拾掇自己。

徐建有些不解地问:“我今天要去上班，没有时间陪你出去玩，你打扮这么漂亮干什么？”

雅歌冲着镜子中的自己微微一笑，然后说:“你不陪我，我就不能上街了？今天青青来推我出去玩。”

徐建对雅歌的得意很不以为然:“没有我陪着行吗？”他还是有些不放心。

雅歌把小镜子放进抽屉，轻轻抿了几下刚涂过唇彩的嘴唇。“看你说的，没有认识你之前我还不出去玩了？我照样哪都去的！”说完，雅歌开始戴耳环。可是也不知怎么搞的，耳环就是戴不上。雅歌有点沮丧地放下手，她已经累得喘粗气了。

其实，雅歌和朋友上街，是想给徐建买件衣服。他的衣服都是以前的，很旧了。可是每次和徐建上街，雅歌要给他买衣服他都不让。雅歌知道，他是不舍得花钱。

和朋友逛了好多家店，衣服不是太贵，就是款式不好看。朋友推着雅歌一家店一家店精心地挑选着，功夫不负有心人，在一家店里雅歌选到了非常适合徐建穿的一件衣服。买好衣服雅歌就不想再逛了，她想快点回家让徐建穿上新衣服，看看他穿上新衣服的样子。走在回家的路上，雅歌和朋友一路谈论着穿上新衣服的徐建会是何等精神。

“零……”一阵清脆的铃声响起。雅歌接通了电话。

“我……我生病了，在医院里。”徐建在电话那头说。

“你怎么了？严重不严重呀？”雅歌有点蒙了。

“我现在也不知道今天能不能回家了，你怎么办？”

“你不要管我，我自己知道该怎么做的。”

“那好吧。你自己当心点噢。”徐建依然有点不放心地叮嘱着。

“嗯，我知道，那我挂电话了。”雅歌干脆地和徐建说着，然后挂了小灵通。

雅歌让朋友把自己送回家，就让朋友回去了。天很快就黑了，雅歌一个人坐在屋子里。她满脑子想的都是徐建，一想到徐建在医院一个人饿着肚子挂盐水，既没有人陪，也没有人给他送饭，她的心就被一种说不出的痛给牢牢地抓住了。自己这个做妻子的，什么也不能为他做，在他最需要人陪的时候，却无法在他身边。雅歌的眼泪再也控制不住，涌出眼眶，缓缓流过脸颊。

她抓起一直放在身边的给徐建新买的衣服，把它紧紧地搂在怀里，慢慢地抚摸着衣服的每一个地方：衣领，袖子，纽扣。当她的手指划过每一个地方时，她就感觉是在抚摸着徐建的有胡茬的脸颊，带老茧的手掌……雅歌边抚摸着衣服，边喃喃自语：“你一定要快点好起来呀，我在家等你回来！”

不知不觉，雅歌的泪水已经将新衣服打湿了一大片。“零零……”突然小灵通响了。雅歌看见来电显示是徐建打来的，心中一轻松。在要摁通话键时，她又犹豫了：会不会是他的病加重了？当“病情加重”这四个字出现在雅歌的脑海里时，她的心就像一架失去控制的飞机，没有了方向。

雅歌心惊肉跳地接通了电话：“你……你好点了吗？”

“好多了，现在的痛已经可以忍受了。”

徐建的说话声依然很无力，可是雅歌听了却很清晰。她急切地问：“那你今天能回来吗？要不要住院？”

徐建停顿了一下说：“我不住院，还有一瓶盐水，挂好了我就回家。”

听徐建说要回来了，雅歌松了一口气：“那我在家等你。”

“嗯。”

挂了电话，雅歌用手擦干了脸上的眼泪。她不想让徐建回来看出自己哭过，她要笑着等徐建回来。雅歌用无力的手吃力地叠着给徐建买的新衣服，她细心地把被泪水打湿的一块折在了里面。一天都没有好好休息的雅歌，手已经没有一点力气了，但是她仔细地叠着。叠好衣服，雅歌就什么也不做什么也不想了，她只专心等徐建回来。

窗外已经很黑了，对面楼上的灯也一盏盏地熄灭。只有雅歌家里的灯一直亮着，这盏灯是为徐建亮的，这盏灯是等徐建回家的。雅歌执着地相信，这灯光一定能够照亮徐建回家的路。

好想能站起来去扶他

夜色越来越深了。雅歌一直在等徐建回家。雅歌看着自己对面雪白的墙壁，她在想徐建回来一进门自己该说什么，自己的表情是不是也应该和平常不一样，至少应该微笑。雅歌对着雪白的墙壁试着微笑，可是她的笑不知牵动了哪根神经，她的心马上就痛了起来。她的眼泪忍不住流了出来。雅歌不想再哭了，徐建就要回来了，不能让他看见自己哭，那样他也会难过的。雅歌努力控制住自己的眼泪，又用手抹干脸上的泪痕。

就在雅歌再一次平静下来后，她听见了一点很微弱的声响。她还来不及用耳朵去捕捉，那声音又没有了。可是，她下意识地感觉是徐建回来了。雅歌静静地等待着，她尽可能地屏住呼吸等待着，一秒、两秒……防盗门很轻地被人推开了，然后又很轻地被关上了。雅歌知道徐建马上就可以出现在房间门口了，于是她努力扭转头，盯着在身体左侧前方的房门，等待着徐建的出现。平时徐建从大门口走到里屋门口，只要几秒就可以了，可是今天，雅歌不仅听不见徐建的脚步声，好像他的人也蒸发了一样。雅歌的心一阵一阵地缩紧。时间仿佛静止了一样。她突然特别恨那隔开房间和走廊的墙壁，如果她有特异功能，她就会让那墙壁马上消失。她要马上看见徐建，只有看见徐建她的心才会踏实。可是，尽管雅歌心里急得冒火，她也只能坐着等。这种等待真的是太难熬了，一分钟就像一年那么漫长。就这样不知过了“几年”，徐建还是没有出现。

“徐建。”雅歌实在着急，就喊了一声。

“嗯。”好像徐建答应了一声。这声音好微弱，雅歌还来不及从徐建的回答声中捕捉到任何信息，它就消失在了空气里。但是，这声音至少告诉她徐建是回来了，已经回到这个家中了。这多少让她的心安稳了一点。

雅歌又等了一会儿，徐建终于出现在了门口。雅歌用最快的速度将目光投向徐建的眼睛，她希望徐建也正用同样期待的目光看着自己。可是，雅歌看到的那个人是徐建吗？她本来已经有点安稳下来的心，又再一次被揪了起来，雅歌真的有点不相信自己的眼睛。徐建的脸色很苍白，他紧紧地皱着眉头，眼神是那样无光。他紧闭的双唇似乎默默诉说着他正承受很大的痛苦。徐建的身子微微弯曲着，他的双手按在肚子上，手里紧抓着衣服。被弄皱的衣服越发显出徐建身形瘦弱。徐建每走一步都很慢很慢，他艰难地往床边走，每走一步都要停几秒钟歇一歇，仿佛随时都有可能摔倒。

从徐建虚弱无力地出现在门口那一刻起，雅歌就有种冲动，她恨不得马上站起来去扶住徐建，在他快要坚持不住的时候去给他支撑。雅歌要伸出自己的胳膊搂着徐建的腰，让徐建的胳膊放在自己的肩膀上，让徐建虚弱无力的身体可以倚靠着自己。然后扶着他一起走到床边，让他慢慢躺在床上，再给他盖上被子。对了，徐建还没有吃晚饭，要去给他烧点粥吃，然后把热乎乎的粥端到床边，不需要徐建起来，自己喂他吃。先舀一勺放在唇边试试温度，再慢慢送到徐建的嘴边，看着他一口吃下。

“你吃饭了吗？二姐有没有来过？”

雅歌对徐建的问话微愣了一下，她没有想到徐建已经病得这么重了，还在不放心自己。雅歌看着徐建走到床边，艰难地爬上床躺下。她看着徐建剧烈起伏的胸口，她的眼泪再一次涌出眼眶。她在心中问自己：“你能为他做什么？你除了让他担心，让他牵挂，你还能为他做什么？”

“来过了，我也吃了。”雅歌很轻易地就撒了个谎。“你吃了吗？”她又轻声问。她怕自己的声音稍微大一点都会引起徐建身体上的不舒服。

“我什么也不想吃。”

徐建的回答让雅歌心里一动，她为自己可以和徐建一起挨饿而感到高兴。她什么也不能为徐建做，唯一可以做的是和徐建一起受苦，只有这样雅歌才感觉心里好受些。

用凝望来彼此安慰

徐建躺在床上，闭着眼睛，一动不动。雅歌看着徐建安全地回到家里，躺在了自己身边，她也感觉踏实了很多，至少不再像一个人在家的时候那样惴惴不安了。这个家也因为有两个人的存在才更像一个家。雅歌从徐建眼睫毛不易察觉的抖动中知道他没有睡着，只是在休息。但是雅歌也不想打扰徐建，她就这样安静地坐在他身旁就很满足了。雅歌慢慢打量着徐建，发现他的手一直捂在肚子上。雅歌可以感觉到徐建手捂的地方一定是发病的地方。她看着那个部位，想象着疼痛从那里涌遍徐建全身。那种疼痛一定是来势汹汹的，那种疼痛一定是横扫一切的。早上还是健健康康去上班的徐建，到了晚上就已经被疾病折磨得憔悴而又虚弱了。想到这,雅歌不由得全身哆嗦了一下，接着又是一种莫名的寒意涌上后背，仿佛那种疼痛已经在她身上开始发作了。

雅歌稳了一下神，让自己不再胡思乱想。她又继续把目光移到徐建身上，这时她才注意到徐建身上什么也没有盖。雅歌快速地看了一眼，离自己不远处放着一条毛巾被，从目测的距离来看，她知道自己的手可以够得着，于是雅歌就伸出手去拉那条毛巾被。可是这毛巾被怎么这么重呀！雅歌用尽全身的力气也没有拉动一丝一毫。雅歌沮丧地收回手。她看着自己的手，恨自己这双修长纤细的手，为什么就一点力气都没有？雅歌怕徐建冷，怕他的肚子冻着了会更加不舒服，她就想给他找点东西盖盖，她要为徐建做点事情，否则心里就很不安、很难受。雅歌不愿放弃，她要继续想办法，任何困难都不能让她放弃希望。忽然雅歌看着手边放的那件叠得板板正正的新衣服，顿时眼睛一亮。她轻轻地拿起衣服，打开，再缓缓地盖在徐建的肚子上。雅歌尽量让自己的动作轻柔，她不想打扰徐建休息。

但是，雅歌把衣服一盖到徐建身上，徐建就睁开了眼睛。“我不冷，不用盖。”他看着雅歌吃力地尽量把衣服拉平整，有点心疼地说。

徐建说话的时候，一直都看着雅歌。雅歌对徐建这样的凝视反倒有点不习惯。她的脸上升起一丝不易察觉的红润。雅歌甚至不敢回望徐建，只是有点不自然地继续把盖在徐建肚子上的衣服拉平整。

“你是怎么回来的？”雅歌不想房间里太沉寂了，就随便找了个话题。

“我走回来的。”

徐建说话的声音很轻，但是雅歌却感觉自己的心被这声音给震得生疼。她生气了：“我电话里不是让你打出租车的吗？你干吗要自己走回来，万一累得病变严重了怎么办？”

雅歌话一出，就后悔了，她怪自己的脾气太急了。

“我想平时这点路走走也就十几分钟，打出租车又要花钱，我今天在医院里已经花了不少钱了。”徐建的声音里带着愧疚，就好像真的是自己做错了什么。

雅歌想到徐建是为了省钱才不舍得坐出租车的，自己却还冲他发脾气。她的鼻子一酸，眼泪又开始往上涌了。为了掩饰自己，不让眼泪流出来，雅歌尽量找着话题：“你从医院走到家走了多长时间？”

“我路上走走歇歇，走了有50多分钟吧。”徐建说起来很平静。

雅歌想象不出徐建是怎么忍着疼痛，一步一步挪到家的。她抬起手，放在徐建的肚子上，轻抚着问：“还疼吗？”

徐建伸手握住雅歌的手，说：“不怎么疼了，就是酸胀得难受。”

这曾经总是热乎乎的大手现在却很凉。雅歌抬眼看着徐建，当两人的目光相碰时，就再也不想分开。徐建的眼中有着对突然袭来的病痛的无助，也含着一种无法像平常一样照顾自己妻子的内疚。他就像一个孩子一样单纯地望着雅歌。雅歌慢慢读着这来自徐建的无声的语言，也在用心体会自己最爱的人的感受。雅歌望着徐建的眼睛，一直望着，她要给那无助中注入力量，来自爱的力量。她也要用自己眼中的爱代替徐建眼中的愧疚。雅歌一直相信爱的力量是无穷的，在彼此交织的爱的目光中一定会没有孤独，没有惧怕。雅歌相信徐建已经感受到了来自爱的力量，他的手已经不那么冰凉了，已经慢慢温暖起来了。

希望自己可以像羽毛一样轻

夜很深了，窗外万籁俱寂。对面楼上的灯光也都灭了。雅歌看看窗外，再看看墙上挂的钟，已经是8点50分了。平时这个时间她早已经躺下了。其实这一天雅歌一直都是在紧张和担心中度过的，那种身心的疲惫比平时更严重，她感觉自己的脖子已经快支撑不住头的重量了。

“我起来弄你睡觉吧？”徐建说话的声音打破了屋子里的寂静。

“不用。”雅歌看着徐建要起来，急得脱口而出，“我……我再坐一会儿，我现在还不想睡。”雅歌知道自己说的不是真心话，所以她努力让自己说得很轻松。

雅歌也后悔自己刚才看钟，不然也不会引起徐建的注意。她知道徐建从医院走回家已经耗尽了全身的力气，她现在唯一能做的就是让他好好休息。

可是，徐建不等雅歌说完话，就已经从床上缓慢地爬起来。雅歌一看到徐建吃力的样子，她急得都快哭出来了。她用手去拉徐建的衣服，用近乎哀求的语气说：“你再休息会儿吧，我真的不想睡，我不累，一点也不困。”

“你都坐了一天了，怎么能不累哪？”徐建说得很坚定。他坐起来，一边轻轻地拉开雅歌的手，一边拿下盖在身上的衣服，用手支撑着床站了起来。“你不用担心我，我能抱动你的。”

“那要不这样吧。”情急之中雅歌忽然想起一件事，“你不要起来了，我打电话给我姐。她现在在下面药店里上班，我让她来弄我睡觉好了。”

“不要打！”徐建阻止道，“只要我还能动，我就不喜欢让别人来弄你，那样我心里会不舒服的。哪怕是二姐，除非……除非我真的……”下面的话徐建没有说下去。可是雅歌知道那话里所隐藏的含义。她庆幸徐建没有说出来，她也相信那样的情况是绝对不会发生的。

雅歌只有眼睁睁地看着徐建艰难地站起来，走向卫生间去拿便盆。徐建向外走的时候，雅歌可以很清楚地看到他的背影。在雅歌的眼中，徐建的背影总是那么挺拔和棱角分明，可是现在眼前的这个背影是徐建吗？这个背影是那么虚弱，还有些——苍老。雅歌的心里有一股热流在往上涌，涌出眼眶。雅歌有点恨自己总是控制不住自己的情绪，她抬眼看着天花板上的日光灯，努力不让眼泪流出。

当徐建拿了便盆回来时，雅歌不敢看徐建。她告诉自己要乖乖地听话，不要再给徐建增加任何的负担。雅歌先躺在床上，再让徐建把自己的身体拖到床边，这样就可以沿着床边直接滑坐在便盆上了。等把雅歌半拖半抱地在便盆上坐好，徐建就扶着床坐下来歇息。天气并不热，可雅歌还是看见徐建的额头上渗出汗来。雅歌突然感觉自己真的太重了。以前她总是感觉自己七十几斤太瘦了，总想能胖点，再胖点，可是现在她后悔了，她多么希望自己可以变得像羽毛一样轻，这样徐建就可以不费力地抱自己起来了。

徐建歇息了会儿，又擦了一下汗，重新站起来。他走到雅歌的后面，把双手放在雅歌的腋下，用力把她的身体向上提。在平时很轻松就可以完成的动作，此刻却是那么艰难。雅歌可以感觉到自己腋下的那双手是微微颤抖的。也许是徐建怕自己抱不动雅歌就积蓄了全身的力气，雅歌感觉自己的身体被徐建僵硬的手臂夹得生疼，她紧紧咬着牙，同时也屏住呼吸，和徐建一起使劲。终于，雅歌被徐建抱起又趴到了床上，只是和平时不一样，这次是两个人一起趴到了床上。

雅歌知道徐建已经用尽了全身的力气，可是就在他摔倒的刹那，还想着尽量用双手支持住身体，不要压到雅歌。雅歌在徐建的身下，可以很清楚地听到徐建急促的呼吸。雅歌努力使自己一动不动，用最轻的方式呼吸，她怕自己的哪怕一点点的动静都会引起徐建的自责或是不安。雅歌同时也很无助，她不知道自己能做什么，她只能等，等徐建继续弄自己躺好。

等雅歌在床上躺好时，看墙上的钟，时间已经过去 23 分钟了。这在平时只需要四五分钟就能完成的一件事，现在却花了这么长时间。雅歌看着徐建又重新躺在了床上，心里才渐渐安稳了下来。

第五章　有你就有了一切

你知道我多担心你吗?

黑夜慢慢消退了，清晨像初生的婴儿张开了蒙眬的眼睛。一切都是新的，一切都是美丽的。不知是哪一只早起的鸟儿，为迎接清晨的到来发出了一声清脆的啼鸣。这声音像是鸟儿的集结号，顷刻间，无数的鸟儿被召集起来，从四面八方开始了鸟儿的大合唱。鸟鸣此起彼伏，时而是独唱，时而是大合唱，清晨就这样被唤醒了。雅歌看着窗外，虽然她看不见鸟儿的踪影，但是她依然被这样美好的早晨给陶醉了。

这一夜，雅歌都陪伴着徐建。徐建一夜睡得都很好，加上这样美好的清晨，雅歌相信这是一个好兆头。她心中坚信徐建没事了。雅歌把目光从窗外收回，移到徐建身上。他面朝着雅歌侧躺着，身体蜷缩，就像一个小孩子正香甜地睡着。雅歌好像第一次这样长时间、这样近距离地注视着徐建的脸庞，就连他的眉毛、胡须都可以看得清清楚楚。徐建的脸色不像昨晚那样难看，消瘦的脸颊还有些许的红润透出。雅歌不由得抬起手，轻轻地抚摸着徐建的脸颊。徐建在熟睡中皱了一下眉，接着又咂吧了一下嘴，好像在吃什么东西。雅歌看着徐建睡梦中滑稽的表情，不由得笑出声来。等到雅歌意识到这样会吵醒徐建时，徐建已经睁开了眼睛。他看雅歌还在咯咯地笑，有点莫名其妙地问:“你醒了？”

雅歌看着徐建睡眼惺忪的样子，更加忍不住笑。她又不想打扰徐建睡觉，就解释说:“你睡吧，我没事。”其实，雅歌希望徐建能和自己一起享受这美好的清晨。她又说:“你听外面的小鸟叫得多好听呀！”

徐建抬起头，侧耳倾听着，样子很专注。

“你听出来它们在说什么吗？”雅歌忽然天真地想知道鸟儿为什么这么快乐。她看见徐建认真地听着，就把希望寄托在了他身上。

徐建听雅歌这么问，翻了一个身，脸朝着屋顶，语气天真得像个孩子似的说:“我听出来了，我听见一只小鸟说:‘我捉到一只虫子，我有早饭吃了。’”

雅歌听着徐建的回答，有点信以为真了:“你真能听出来它们是这么说的？”

徐建扭过头看着雅歌认真的表情，一脸坏笑说:“你等我再去给你问问去。你们在说什么哪？”

看着徐建的表情，雅歌这才明白自己上当了，她故作生气:“好呀，你敢骗我，看我怎么收拾你！”说完就握起拳头，单独跷起大拇指朝徐建的腋下捅去。

这招果然好使，徐建一看见雅歌竖起了大拇指，马上就一脸无辜地讨饶了:“不要挠我，我错了，我再也不敢了！”

徐建的讨饶非但没有让雅歌罢手，反倒激起了她的兴致，雅歌故意虚张声势地吓着徐建。

“哎哟！哎哟！”

情况来得有点突然，徐建的呻吟声让雅歌全身的汗毛都紧张得竖了起来。刚才玩笑的心情一下子就跑得无影无踪了。雅歌有种不祥的预感：“怎么了，是不是肚子又不舒服了？”雅歌紧张得说话声都有点颤抖了。她对自己刚才的举动后悔极了。“要不要去医院呀？要不要去医院呀？”雅歌不停地问着徐建。

徐建不再呻吟了，他认真地看着雅歌紧张的样子，内疚地伸手摸着雅歌的脸，连忙解释说：“你不要着急，我没事。我是逗你玩的，我是怕你挠我痒，我才这么喊的。”

雅歌对徐建的话有点将信将疑，她怕徐建是不想让自己担心才这么说。为了查明情况的虚实，雅歌定定地看着徐建，直到她确信徐建真的没有什么事才放下悬着的心。

可是，心是放下了，雅歌却有些伤感地嘟囔着：“你下次不许吓唬我！你知不知道我多担心你呀！”说着，雅歌急得都快要哭出来了。

“我知道你担心我。我已经好多了，肚子不是特别疼了，不像昨天晚上那么难受了。现在就是全身没有力气。”

“那肯定的啦！人家阑尾炎都要动手术的，你这么快就不疼了，已经是万幸了！”雅歌这么一说，心情又好了起来。徐建的病情有了好转，这可是比什么都值得高兴的事。她用力眨着眼睛，开心地笑了。

两个人吃两碗白粥

雅歌躺在床上，并不急着起来。能和徐建一起欣赏着不用花钱买门票的鸟儿音乐会，她感觉是上天的恩赐。她很用心地听着，和徐建有一搭没一搭地聊上几句。忽然她听到“咕噜噜”的声音，这声音很熟悉，好像是谁的肚子在叫。雅歌想起徐建昨晚就没有吃晚饭，肯定是他的肚子在叫了。

“你的肚子在叫了，是不是饿了？”雅歌关心地问。

徐建转头看着雅歌很认真地说：“不是我肚子叫，明明是你肚子叫。”

雅歌听徐建这么一说，真的感觉自己的肚子很饿。雅歌有点不好意思地说：“好像是我肚子在叫。”

正说着，又是一阵“咕噜噜”的声音。雅歌这回听清了，那是徐建的肚子在叫。他们互相看了一眼，不约而同地笑了起来。

“我要起来去烧饭了。”徐建说着坐了起来，慢慢地穿衣服，穿好衣服就下地了。“家里什么菜都没有，我去买点菜吧。”徐建刚要向厨房走，又有点迟疑了。

“不要，我什么也不想吃。我们就煮点粥吧。没有菜就放点糖，我小时候就经常这样吃的。”雅歌知道，徐建的病只是稍微有点好转，离全部康复还有段时间。她可不想他有一点点的劳累。她就算自己十天吃白粥白饭，也不会有一点点的埋怨。

徐建听雅歌这么说，也没有坚持，然后就转身向厨房走去。

雅歌看着徐建的精神状态比昨晚好了许多，走路已经不像昨晚那么吃力了，脊背弯得没有那么厉害了，一直紧绷的神经也放松了许多。可是，她的心里还是感觉空落落的。她真的不敢想象，如果徐建的病严重了怎么办？谁去照顾他？还有就是到哪里去筹医药费？难道自己守着他，用全部的爱去关心，他就能够改变现状吗？

经历了这次生病事件，雅歌不知道徐建心里是怎么想的，他会不会对以后两个人的生活没有了信心，会不会开始怀疑自己的选择？这件事对谁来说都是一种考验。雅歌越想越害怕，她不敢再想下去，连忙收回自己的思绪。

正好，徐建也从厨房走了回来。雅歌就说："你先歇会儿，再穿我起来吧。"

徐建听雅歌这么说，略微想了一下，又说："我还是先把你穿起来吧，等一会儿没事了我再躺。"

说完，徐建把雅歌扶着坐起来，又熟练地把毛巾被垫在她的腿下面（不然雅歌会坐不住坐不稳），然后把衣服非常轻地给她穿好（即使很轻微的触碰也会让她摔倒），再一粒粒地把纽扣给她扣好。等做好这些，徐建歇息了一下，吸了一口气。抱起雅歌，让她坐在地上特制的小凳子上。

在雅歌洗脸的时候，徐建安静地躺在床上等着。雅歌洗好脸，他再起来把洗脸水倒了，盛了两碗粥放在雅歌的小桌上。雅歌用勺子舀起放进嘴里，甜丝丝的，不用说，徐建在粥里放了糖。那种甜丝丝的滋味，从口中慢慢滑落到心里。雅歌一口接一口地吃着，她要让那淡淡的甜一直涌遍全身。雅歌一边吃一边看着徐建，徐建也很认真地吃着。

“你的粥放糖了吗？”雅歌很想知道，徐建是不是也会和自己一样品尝到甜甜的滋味。

“我没有放糖，我不喜欢吃甜的。”徐建继续吃着粥。

雅歌听徐建说吃的是白粥，心里有点小小的难过。雅歌忽然想起小时候玩过的一个游戏，就把手中的小勺在小桌上装模作样地舀了一下，然后送到徐建的嘴边说：“这个红烧肉很好吃，你尝尝。”

徐建看着雅歌举着的空空的勺子愣了一下，转瞬又明白了，他张开嘴装作把肉吃进了嘴里，又开心地嚼着，然后又用筷子在空气中夹了一下，放在雅歌的碗上说：“你爱吃鱼，多吃点啊！”

说完，两人不约而同地笑了。

一碗白米粥很快就吃完了，但是雅歌却感觉意犹未尽，她也说不清为什么今天的粥比平时的都好吃。是因为确实饿坏了，是因为经历了昨天的担惊受怕，还是因为徐建的阑尾炎不用动手术而且这么快就有了好转？这也许就是人们常说的“同甘共苦”吧。

雅歌不怕过苦日子，只要有徐建在，苦也是甜的。同时她也有着一种隐隐的担心，担心什么，说不清楚。

体验做贤妻的感觉

时间在一天天过去，徐建也一天天地好起来。

徐建在家休养，雅歌可以 24 小时与徐建在一起。一直以来，雅歌都特别向往这样的生活：远离外界的搅扰，远离世俗的关注，两个人单纯用自己喜欢的方式生活。有时候两个人的一个眼神、一个动作彼此都心领神会。大部分时间他们都不怎么说话，房间里有时静得听得见对方的心跳。雅歌可以感觉到两个人的心跳是一致的，是在一个节拍上的，就像是一首和弦曲，奏着爱情的篇章。

这天，雅歌看见徐建脱在床边的拖鞋的前半部裂开了一个大口子。雅歌这才想起：每次看见徐建穿着这双拖鞋走路的样子都是怪怪的。雅歌忽然很想为徐建补拖鞋，她得意地笑了一下。

“你笑什么哪？”

雅歌听到徐建的问话，迅速回过头，看见徐建面朝自己侧躺着，正用非常纯净的目光看着自己。雅歌故意逗他说：“你不喜欢看我笑吗？难道你喜欢看我哭呀？”

徐建没有感觉出雅歌是在逗自己，赶忙解释说：“不是，我喜欢看你笑。我就是想知道，你在想什么好笑的事情？”

“你把拖鞋拿给我。”雅歌说。

“干什么？”徐建有点糊涂了。

“给你补鞋呀！”雅歌回答得很干脆。

“不用，等我好了我自己补！”徐建的回答更是干脆。

“你就让我补吧，我坐着也是坐着。要不怪没劲的，你就让我补着玩吧。”

雅歌这么说还真有效果，徐建拿起拖鞋放在小桌上。雅歌从针线盒里找了一根粗一点的针，穿过一根黑色的线，将两根线捋顺打结，就开始缝拖鞋了。雅歌拿着针向拖鞋扎去时，才发现凭自己的力气根本就没有办法把针穿过去。她用拇指和食指拿着针，中指用力抵着针屁股，连试了两次都没有用，反倒是中指被扎出了一个深深的小坑。这要是在平时雅歌早就痛得龇牙咧嘴了，但是现在她没有，因为她知道徐建正看着自己呢。她故作轻松地抬头看了一眼躺在床上的徐建，果然徐建正盯着自己。雅歌早有准备，她很轻松地笑了笑说：“你看着我干吗？快睡一会儿吧！等你睡醒了我就缝好了。”雅歌真不想让徐建看着，如果徐建看到自己缝得那么吃力，肯定就不会让自己缝了。

徐建听雅歌这么说，就闭上了眼睛。雅歌猜到徐建肯定是装睡，就没有动手，而是继续看着徐建。过了几秒钟，果然，徐建的右眼睁开了一条小缝，偷偷地望向雅歌。当他看见雅歌也正看着自己时，有点不好意思地笑了，雅歌跟着也笑了。

“我就知道你要偷看我，你快点睡吧。看着我，我就紧张，不许再偷看了啊！”

徐建翻了一个身说：“好，我不看你。”可是说完他又扭过头再一次不放心地说：“你缝不动就放那，我自己起来缝啊。”

“哎哟，你怎么这么婆婆妈妈的呀！我知道了。”雅歌故意装出不耐烦的表情。

“好好，那我不看你了。”

直到确认徐建睡着了，雅歌开始继续自己手中的活。只是用手缝力气肯定是不够了，雅歌就把针尖顶在鞋子上，针屁股顶在桌角上，然后双手把持好平衡，用力下压。这个方法果然有效，雅歌感觉到针在一点点往里钻了，过了几秒钟，针慢慢地出来了，她舒了一口气。可是，当她再想把针完全拔出来时，那针却纹丝不动。雅歌只有把拖鞋拿起来，举到嘴边，她张开嘴用牙齿咬住针，双手把住拖鞋用力往下拽。这招真好使，针过来了。

就这样，雅歌在拖鞋上缝了八针，花了 50 分钟的时间。等缝好拖鞋，雅歌用力揉了揉鼻子。她总感觉鼻子上黏着拖鞋的味道，这让她有点难受。可是看到拖鞋缝好了，徐建又可以舒服地穿着它在屋里走来走去了，她又很开心了。雅歌把拖鞋在桌子上摆正，自我欣赏了一会儿。她忽然找到点做妻子的感觉了。

徐建还在熟睡中，自己可以听着他轻微的鼾声给他补拖鞋，雅歌的心被某种叫幸福的东西充满了。

被抱下楼的感觉真好

从生病那天算起已经过去一个星期了，徐建已经恢复得差不多了。雅歌看着徐建穿着自己补过的拖鞋，又可以进进出出地忙个不停了，心里的石头也放下了。

这天吃过晚饭，徐建和雅歌说："我都好长时间没有推你出去玩了，现在我们出去散步吧。"

徐建的话让雅歌的眼睛一下就放出光来，她当然很想出去走走，和徐建待在家里是挺好的，但是现在能和徐建一起去散步那不是更好嘛。可是雅歌又有点担心："你连我带轮椅一起抱下去能行吗？太重了。"

"应该行的吧，反正楼梯也不多，就15级台阶。"

徐建说得很轻松，可是雅歌还是不放心。为了保险起见，她提议："你先把轮椅抱下去，然后再抱我下去，这样也轻松点。"

徐建听从了雅歌的建议，先把轮椅抱到楼下去了。雅歌趁着徐建下楼的空隙，打开小桌子的抽屉，拿出粉盒，均匀地在脸上扑了一遍，然后又略微涂了点唇彩，顿时整个人就精神了不少。徐建的动作很快,下楼上楼只一会儿工夫。可是,雅歌的动作更快,她抢在徐建进门之前把东西都收进抽屉。她喜欢自己精神焕发的样子。她调皮地要试试看徐建能不能发现自己的变化。这种感觉让她仿佛回到了童年，雅歌的心怦怦直跳。

徐建进来了，雅歌装作若无其事地问:“轮椅放好了吗？”其实她是想引起徐建的注意。

徐建走到雅歌身边，停下来准备抱雅歌，他本无意的眼光落在雅歌脸上，就没有离开。“你化妆了？”随即他问。

“好看吗？”徐建能看出自己的变化，雅歌很高兴，她笑得像一朵花似的。

徐建用欣赏的眼光看着雅歌:“嗯，好看！”说完就抱起了雅歌。

有一个星期没有这样稳妥地被徐建抱在怀中了，这一个星期，雅歌每一次被徐建抱起，她都是胆战心惊的，生怕自己会带给徐建任何的不适。她尽量少吃饭、少喝水、减少大小便的次数。现在看着徐建又恢复了健康，她的心里有种说不出的欣慰。

徐建抱着雅歌出了门，走下楼梯。雅歌在徐建有力的臂膀里忽然兴起，开始数起台阶。徐建迈一步，雅歌就数一个。“1，2，3，4……”雅歌越数越有劲，开心地一边笑一边数。徐建的脚步也轻快得像风一样，一阵风似的到了楼下。雅歌在轮椅上坐好，他们就出发了……

第六章　生活的艰难才刚刚开始

我想辞职去蹬车

时间过得好快，转眼间漫长而寒冷的冬天已经过去。

雅歌坐在床上。窗外不知什么时候又开始下雨了，雨丝密集地打在玻璃窗上。滴滴答答的雨声不仅传入耳中，也敲打在心上。

雅歌把胳膊放在腿上，举起手托着下巴，艰难地把头转向窗外。此刻的窗外灰蒙蒙的天空仿佛就在头顶，满是压抑。她不由得皱起了眉头，讨厌的梅雨季也不知道什么时候才能过去。

今天徐建休息。因为下雨他们哪也没有去，这多少也让雅歌感觉有些失望。雅歌看着似有若无的雨丝，轻轻地叹了一口气。

这时，徐建拿着一个苹果走过来，坐在雅歌身边，关心地问："为什么叹气呀？"

"我也不知道为什么，就是感觉心里闷得慌。"说完，雅歌将头倚靠在徐建的肩上，她不想再多说什么了，她就想这样靠着徐建。

雅歌能够感觉到徐建将身子往自己这边靠了靠，这样雅歌就可以将整个身子的重量都靠在徐建身上了。徐建这样微小的动作让雅歌的心一下子暖暖的。

徐建聚精会神地削着苹果皮。他削下一小块，送到雅歌面前。雅歌吃力地嚼着苹果，可怕的病情已经随着年龄的增长发展到了晚期，已经在影响她的咀嚼功能了。

徐建看雅歌慢慢地吃着，几次流露出欲言又止的表情。雅歌看出徐建有什么话要和自己说，忍不住就主动问：“你是不是有什么话要和我说呀？”这一问不要紧，嘴里的苹果渣卡在了喉咙里。一阵奇痒引起剧烈的咳嗽，雅歌涨红了脸也无法把喉咙里的东西咳出来。她已经说不出话来了，只能用手示意徐建把自己弄躺下，侧躺了一会儿雅歌感觉好些了。

“你刚才想和我说什么来着？”雅歌攒足力气问。

“我想辞职……”

“什么？想辞职？”雅歌一惊，又是一阵剧咳。总算把喉咙里的苹果渣咳了出来，不然她根本就说不出话来。

雅歌的默不作声让徐建有点等不及了，他就继续说：“我每天要上八小时的班。你一个人长时间在家，我实在不放心。我每天上班，心都放在家里的。”

徐建的话打断了雅歌的思绪，也深深地说到了她的心里。雅歌真的很想让徐建经常在自己身边，就像现在这样：咳嗽了就可以抱自己躺下，渴了就可以喂自己喝水，想小便了弄自己小便。雅歌真的很怕每天一个人待在家里。可是徐建不上班，收入从哪里来？雅歌不敢冒这个险。“我知道你是为我好。可是，你每天上班，领导还批准你中途回家一趟，这已经不错了。”雅歌这么说是想传递徐建一个信息——她不想他辞职。

但是她的话并没有让徐建有一点改变计划的意思，他说：“我昨天发工资了。我现在每个月只有700块钱的工资，这点钱根本不够我们用的，你看我们现在什么不要花钱呀！”

一时间，雅歌被徐建说得没有话了。是呀，现在每个月光房租就要250块，剩下的水电煤气又要花去百八十元。吃饭是能省就省，尽量把钱留一点，不然做什么都没有底气。

可是，没有了工作要去做什么呢？

“你现在上班，每个月还有工资发。你不上班了，我们不是一分钱都没有了吗？”

雅歌的提问让徐建来了兴致：“这个我早想过了，我有个老乡，在江阴蹬人力三轮车，就是可以坐人的那种。前几天我遇到他，他说他一个月不费力就能赚一千多，还自由，时间自己说了算。”

雅歌没有想到，徐建原来早有打算。

雅歌让徐建把自己抱坐起来，然后就让徐建去烧午饭了，她需要静下来好好来想一想徐建要辞职的事。她想到还有两个月就又要交房租了。这半年的房租一交就是1500，而他们现在所有的积蓄加起来才只有四百多块钱，接下来的两个月她和徐建要不吃不喝才能攒够房租钱，这怎么可能呢？想到这，雅歌的心里有些惶惶的。

雅歌举起手托着下巴，把目光投向窗外，她想用这种方式平复一下心情。

窗外依然在下着雨，就像雅歌的心情一样：复杂，矛盾。

雅歌深深地叹了一口气，感觉胸中很憋闷，却找不到出口来排遣胸中的憋闷。

没有钱交房租了

雅歌午睡起来，徐建就上中班走了。雅歌拿起桌上的《三毛散文集》看了起来。正看着，忽然她听见防盗门响，抬头望时，二姐已经走了进来。“这是我在对面超市给你买的面包，你饿了好吃点。”说着，二姐把一个方便袋放在雅歌的小桌上。放下东西，二姐并没有像往常那样赶着去上班，而是伸手拉了一下皱起的床单，然后坐了下来。雅歌看出二姐好像要说什么事情。

“这房子住得怎么样？快满半年了吧，又快要交房租了。”二姐的话音很轻，却让雅歌感觉头顶像被什么给击了一下，她的心也跟着重重地往下一沉。雅歌本能的反应就是：又快要交房租了？时间怎么过得这么快？为了掩饰情绪的变化，雅歌赶忙低下头装作翻看面包，嘴里“嗯”了一声。

二姐不知道什么时候走的，却留下了一座大山压在雅歌的心头。她已经没有心思再继续看书，她需要好好想想该怎么样渡过这个难关。雅歌的耳边不停地出现刚才二姐的那句话“又快要交房租了”。半年的房租是1500元，雅歌不用看也知道，他们这段时间攒下的钱，一共才只有420元，那剩下的怎么办？房子是药店的，二姐在药店上班，她不想拖欠房租让姐姐为难。可是徐建一个月的工资只有700元，除去各种开销，每月能剩下的就那么几个钱。钱……钱……钱……雅歌越想心下坠得越快，仿佛掉进了无底洞。她用手缓缓地抚摸着胸口，希望可以减缓心下降的速度。雅歌先想到父母，他们可是自己最亲的家人，可是离家时母亲说的那句话深深地烙在了她的心里，怎么也抹不去；去找朋友借，那是不是会破坏朋友之间的纯粹的友谊?

雅歌就这样想着，想到后来她有种走投无路的感觉，那种感觉一出现，心下坠得更快了，要坠到那无底深渊里去了。雅歌将头吃力地靠在身后的墙上，严重变形的脊椎使她的身子像桥一样向后弯曲着。她用右手勉强把小桌子的抽屉拉开一条缝，在里面摸索速效救心丹。她的手指触碰到了笔、梳子、发卡……可就是没有救心丹。雅歌闭上眼睛，慢慢平息着急促的喘息。忽然她的手碰到了一样熟悉的东西，是小灵通。雅歌一下把小灵通紧紧握在了手里，她拿着小灵通犹豫着。雅歌感觉自己好累，于是就半趴在小桌上，想歇会儿再看看要不要给徐建打电话让他回来。

不知过了多久，迷迷糊糊中雅歌听见房间里有声音。她努力睁开眼时，看见是徐建回来了。一看到徐建，雅歌感到一股暖流从内心深处涌出来。雅歌的心在徐建回来后已经不那么难受了，只是她依然感觉全身无力。

“你抱我上床躺会儿吧。”雅歌说，“刚才我姐来说，我们的房子快要到期了。”

徐建把雅歌抱上床放平躺好，给她盖好被子，侧身坐在床边。他拿起雅歌的手，将它握在自己的手中说:“我刚才在路上想好了，我一会儿就写辞职信。你长时间这样在家里我也不放心。我要去蹬车，这样可以多挣点钱，你有事我也可以随时回来。”

雅歌静静地听着，点点头。她就仿佛走在一条漫长的路上，刚才是独自一个人在漫天飞雪的旷野里跋涉、挣扎，就在用尽身体上的最后一点力气、快支撑不住时，徐建出现了。徐建用自己的身体遮住了风雪。她可以不用再害怕前面的风雪了，因为她已经不是一个人在孤单和害怕中前行了。

此刻，雅歌的目光一刻也不想离开徐建。她就那样看着，生怕他会突然消失一般。

“你睡会儿吧，我不去上班了。”徐建仿佛看出雅歌的担心，轻声安慰着。

徐建的话提醒了雅歌，她真的感觉自己好困、好累，好想睡一觉。徐建稍稍用力握了一下雅歌的手，仿佛是说：你要快点好起来，我们还有很多的困难需要去面对的呀。

雅歌读懂了徐建的暗示，乖乖地闭上眼睛，她要好好地睡一觉。当她的手被徐建紧紧握起时，雅歌明白自己原来并不孤单。她还有徐建，他会这样牵着她的手，一路走下去。不管前面还有怎样的困难，只要是两个人一起去面对，就一定会战胜的！

让所有的人羡慕我们

夏季来了，天气格外地晴朗。雅歌听着徐建下楼的脚步声，开锁声。“零零……”几声清脆的车铃声从窗外传了进来，这是徐建和雅歌才能懂的一种不需要语言的语言。雅歌顺着铃声，努力地把目光投向窗外。她可以感受到徐建每次在按铃的时候，都会望一眼自家的窗户，雅歌也用同样的方式回应着。他们都在用这样的方式，穿越一切障碍来相互打招呼。

徐建骑车的声音渐渐远去，雅歌打开日记本翻看着。徐建辞职开始蹬车已经有十几天了。他每天早起把一天的饭菜烧好，再把雅歌安排好才出去蹬车。每过一两个小时他就会回来一趟。雅歌感觉自己越来越离不开徐建，他才离开家，自己就已经开始想他什么时候能回来了。一想到徐建是在为这个家操劳，是为了快点赚齐房租才这样辛苦，雅歌的心里就会感觉甜甜的，这甜蜜当中还掺杂了些许酸涩。雅歌无数次地想：如果能发生奇迹让她站起来，她要把家打扫得干干净净，做一桌子的好菜等徐建回来吃。可是，奇迹永远都不会发生的。每天都是徐建在重复做着这些家务，屋里屋外忙个不停。

一想到这儿，雅歌全身都被一种温暖包围着。那是一种无法言语的温暖，唯有笔才能够表达。她打开小抽屉拿出圆珠笔，将圆珠笔的上端顶在下巴上，一手握住笔再用力一低头，只听“咔嗒”一声，圆珠笔的笔芯就出来了（雅歌的手指已经按不动了）。拿着笔，雅歌略微沉思了一下，开始写起来：

如果我能站起来
我会去菜场
买回你最爱吃的菜
为你做可口的饭菜
但是我不能站起来
所以我只能看你烧饭

写了一段字，雅歌就要放下笔歇歇，病情的发展就快要把她握笔的力气都剥夺了。雅歌看着自己的手，她想用这双手为徐建烧上一顿饭，哪怕就一顿也好。每次徐建在厨房烧好一个菜，都会把菜端到雅歌面前，拿着筷子先拣一口给她尝，再问：味道怎么样？在得到赞许后再继续回厨房烧饭。雅歌在心里也想：有一天能把自己烧好的菜端给徐建尝，也可以听到徐建的称赞。只是这个想法是永远也无法实现的。

如果我能站起来
我会在一个阳光明媚的
日子里
把攒了一大堆的脏衣服
全部洗光
但是我不能站起来
所以你只能在下班以后
洗那些衣服

当雅歌再一次放下笔歇息时，一阵微风从纱窗吹进来，吹动了阳台上晾晒的几件衣服。那是徐建早上洗好了挂在那晒的。徐建在晾衣服的时候，会先拿起雅歌的一件衣服，用力抖平整挂在衣架上，然后再拿起自己的衣服挂好。常常是，雅歌目不转睛地看着徐建的一举一动，仿佛在告诉徐建：如果我能站起来，这些事情都应该是我做的。徐建则边挂衣服边时不时地用目光回应着：没事，你只要看着我做就好了。他们在这种目光的交流中积蓄着快乐，然后会相视一笑。

如果我能站起来
我会与你手拉手
去散步
让所有的人羡慕我们的亲密
但是我不能站起来
所以你永远都只能站在我的身后
推我前进

如果我能站起来
我要轻轻地吻你
还要在你的耳边悄悄地
告诉你
我爱你

一口气写完这些，雅歌放下笔舒展着酸酸的手指。她不自觉轻声读着自己写的小诗。当她读到“我爱你”三个字时，脸微微红了起来。随着读出这三个字，甜甜的滋味也弥漫开来。就像小时候吃糖，别的小孩喜欢把糖放进嘴里嚼碎了，这样糖很快就吃没了，而雅歌喜欢把糖放进嘴里让它慢慢融化，让那种甜甜的滋味在口中慢慢扩大，让整个舌尖和牙齿都沉浸在甜蜜里。此刻，雅歌仿佛又重新体会到了那种甜蜜。这种甜蜜已经充满了全身，以及全身的每一个细胞，而且还在不断地扩展，要扩展给徐建，对！雅歌想：等徐建回来，她要给他看自己写的诗，她喜欢徐建读诗时那羞涩的表情，她喜欢徐建把自己抱起来转圈的兴奋……

第七章　一个残疾妻子的无助

为了你，我不怕吃苦

“轰隆隆……”雅歌正陶醉在甜蜜中时，一声雷响，打破了四周的寂静。此刻窗外面正涌来滚滚乌云。太阳不见了，蓝天不见了，一切都变了样子，本来明亮的屋里光线明显暗了下来。雅歌合上日记本，抬头看着窗外，风吹着乌云飞跑着，只是几分钟的时间，乌云就越聚越多，越聚越厚。要下雨了！雅歌猜想：徐建应该用不了一会儿就会回来了（徐建每天蹬车都不会去很远的地方，他怕雅歌有事情找他，所以总是在家附近的菜场等生意）。雅歌一边等着楼下徐建回来的声音，一边担心地看着已经晒干的衣服。她的眼神里充满了无助，刚才那充满全身的甜蜜气息，已经被一种担忧代替了，她的心正被一种无形的惊恐紧紧地抓住。

天空划过一道闪电，那耀眼的光芒急促而又短暂。雅歌下意识地低下头，“轰隆隆”一声响雷，把她还来不及做准备的心震得仿佛要从胸口跳出来。她可以清晰地感觉到脚下的楼板随着响雷抖了一下。她的四周都充满了让她感到无比惊慌、恐惧的气息。“徐建你怎么还不回来呀？”雅歌无助地在心里一遍又一遍问着。她慌乱地把日记本打开合上，合上打开，希望可以用这种方式来分散自己的注意力。

雨，说下就下了。一阵狂风吹进来，带进来的雨滴落在了雅歌身上和面前的日记本上，一滴，两滴……雅歌眼睁睁地看着早上徐建洗干净的衣服被雨一点点地淋湿，她就像一块木头一样，一动不动地看着眼前的这一切。雨仿佛知道雅歌不能动，它肆无忌惮地越过纱窗的拦阻，落在阳台上、衣服上，雅歌的脸上、身上。和雨一起欺负雅歌的还有风，它闯进屋子，将房门用力地开开关关，那发出的"砰砰"声分明是在说：我就在这，看你能把我怎么样！雅歌看着眼前一团糟的情景，她只有闭上眼睛默默祈求，她不管有没有神，她只希望雨快点停下来，这是她唯一能做的了。

过了一个多小时，雨真的慢慢下小了，并很快就停了。厚厚的乌云已隐退，太阳重又露出了头。雅歌焦急的心情也放松了下来。丁零……丁零……丁零……楼下传来熟悉的铃铛声。这是徐建和雅歌的暗号，每一次回来他都会在楼下先按响车上的铃铛再上楼。听着徐建迈着轻快的步子上楼，开门，雅歌心中涌上说不出的委屈。徐建推开房门（刚才下大雨的时候房门被风给吹关上了），问道："这门怎么关上了？"看着徐建莫名其妙的样子，雅歌的委屈一下子爆发出来。她知道自己不能说话，一说话眼泪就会掉下来，她赌气地用沉默来回应徐建。

徐建用凳子把房门倚好，去卫生间拿了一条毛巾擦脸。雅歌这时才看到，徐建身上的衣服已经湿透了，紧贴在身上，头发湿漉漉地还在往下滴着水。瞬间她满腹的怨气都没有了，剩下的只有心疼。"你还不快把衣服换掉，去用热水把头洗了，这样要生病的。"雅歌已经不再怪徐建下雨不回家了。

徐建并不急于换衣服，而是从兜里掏出一把钱，一张张地数着。他的神情依然带着兴奋："下雨天生意真好！都来不及做。我想回来的，可是回不来，都拦着要坐车。"

雅歌看着徐建数钱，她不是关心赚了多少钱，只想等他快点数好钱好去换衣服。她发现徐建的手在发抖。"你的手怎么在抖呀？"雅歌担心地问。

"早上吃的泡饭不禁饿，我这是饿的。"徐建把整理好的钱放进一本书里。

雅歌心一颤："你不会买点吃的吗？"她的语气里带着责备。

徐建开柜门拿出要换的衣服。"没事，我也不全是饿的，还有点累的。一会儿吃点饭就好了。我才不在外面买吃的,怪贵的。"

雅歌看着徐建去洗头换衣服了。她知道徐建是不舍得在外面花钱买东西吃，他情愿饿着蹬车，饿到手发抖。

徐建换好衣服进屋，看见雅歌的眼睛红红的，歉疚地走过来问："怎么了，还在怪我下雨没有赶回来哪？"

雅歌看着他专注的目光，所有想说的话都只有一句："你快去吃饭吧。"

"好好，我马上就去吃。我为了你，不怕吃苦。"徐建揣起钱朝厨房走去。

交过房租后的短暂快乐

交房租的日子很快就到了。徐建早早地就把他蹬车攒的钱从一个本子里拿了出来，他把一大把零散钞票一张一张整理好，然后推着雅歌去药店把下半年的房租交了。从药店里出来，心里仿佛开了一扇窗。她深深地吸了一口气，吸进了阳光的味道，吸进了自由的空气。徐建推着雅歌往家走。家门口快到了，但是徐建并没有把雅歌搬上楼，而是停了下来。徐建说："我今天不去蹬车了，给自己放一天假，我带你去玩吧。"

徐建的话让雅歌一下子开心起来，她真的不想回家，想出来好好玩玩，她更是一直都想坐坐徐建的三轮车："要不你用三轮车带我去玩吧。"

雅歌的建议让徐建有点为难："你能坐住吗？"

"试试再说呗！"雅歌一副兴冲冲的样子。

徐建把雅歌推到三轮车旁，把她固定身体的绳子解开，很轻松地把她从轮椅上抱了起来。三轮车的座位很高，徐建把雅歌高高地举起。雅歌在徐建的怀里，美美的。她感觉就像电视剧演的一样：一个英俊的新郎正抱着穿着红色嫁衣盖着红盖头的新娘走向花轿。徐建一用力就把雅歌送到了三轮车的座位上。坐在三轮车上，雅歌的眼界一下子开阔了许多，就连高高的徐建也变矮了，她被这种兴奋感染得脸颊都热热的。

徐建坐上鞍座，开始踩动踏脚，三轮车开始动起来。徐建骑着三轮车出了胡同，上了大马路，车子也慢慢稳定了下来。雅歌开始看马路上的风景，看着看着，她有些想不明白：这平时看惯了的马路上的风景，怎么坐在车上看就和坐轮椅上看不一样哪？

"小姐，你要去哪呀？"

是徐建的声音。雅歌被问得一愣，转瞬她在心里又笑了，她故意拿腔作调地回道："我要去黄山湖公园，要多少钱呀？"

"你坐车就不要钱了，我白送你吧。"听得出徐建也在忍着笑说话。

"那怎么好意思呀。"雅歌说完，自己实在装不下去了，咯咯地笑起来。

走着，走着，雅歌感觉车子的速度慢了下来，这时她才发现车子已经来到了一段上坡路上，再看徐建已经不再说话了，他正身体前倾，用力蹬着车子。雅歌也不再说话，她默默地看着徐建蹬车。不知道什么时候，徐建后背的衬衫已经被汗水湿了一片，衬衣紧贴在他的身上，在那片瘦弱的向后弓起的后背上清楚地映出一排突出的脊椎骨。车子的速度越来越慢，上坡的路也越来越陡。徐建左脚踩踏脚时身体就会左倾，右脚用力踩踏脚时身子就会右倾。雅歌看见徐建后背上的汗迹不断在扩大，她的心疼也在慢慢扩大。雅歌连大气都不敢喘，她希望这样可以给徐建减轻一点重量。她的心里更有一种强烈的期盼，期盼老天爷可以让她能下来自己走这段路，让徐建不用那么吃力，她更想那个蹬车的人是自己，坐车的人是徐建。

上坡的路虽然只走了几分钟，可是雅歌却感觉那几分钟很漫长。重新走在宽阔的马路上，三轮车又恢复了正常的速度。徐建一边蹬着车，一边用毛巾擦着额头上和脖子上的汗。雅歌心疼地问："你累不累呀？"

"不累，这点路算什么呀，我每天都要走几回这样的路。第一次带你出来玩，你高兴我也高兴。"徐建说得很轻松。

雅歌听着徐建轻松的回答，自己的心却又是一阵紧缩地痛。

这种痛缓缓上升，她的喉咙有点发紧，眼睛也涩涩的。雅歌把目光从徐建的身上移开，看着马路上的风景。马路上的一切仿佛和自己不是在一个空间里，她的世界只有徐建和这辆三轮车。有了徐建，这辆三轮车才可以动起来；有了徐建，自己的世界才会有希望；有了徐建，生活才有了未来。

三轮车给没收了

又是平常的一天开始了。徐建给雅歌打好洗脸水，就去厨房烧饭了。雅歌一个人慢慢地洗着脸，她享受着夏天才能有的这一份自由，穿了短袖衬衫的胳膊也有力气洗脸刷牙了。洗好脸，雅歌又开始给自己化妆,这可是她在夏天里才能拥有的一种享受（冬天衣服穿得多，她的手根本就举不起来，不要说化妆了，就连洗脸都抬不起手）。雅歌对着镜子梳理着头发，她想着要在夏天自己的手还可以动的时候做点什么。她一直都梦想着自己有一天可以写一本书出版，在家的时候，她就已经在电脑上偷偷开始自己的“伟大工程”了（她没有和任何人说过自己的这个想法，如果和家人说，肯定会遭到他们的嘲笑和反对的）。可是，现在离开家，电脑留给了姐姐，自己写书的计划也只能搁浅了。雅歌知道自己的病情每年都在发展，不知道什么时候就可能连打字的力气都没有了。越想她就越是害怕，怕自己有一天只能躺在床上一动不能动了。

“洗好了吗？”徐建不知什么时候已经端着烧好的饭菜站在

雅歌面前。

雅歌收回思绪，把小镜子和梳子放进小抽屉。“洗好了，你也烧好了？”

“嗯，你先吃。”徐建说完就去倒洗脸水了。雅歌等徐建回来，把盛饭的小碗放在自己的左手上，开始吃饭。雅歌心里还在想着写书的事，吃饭也显得心不在焉的样子，她机械地把饭一点一点地送进嘴里。

“雅歌，我想和你说件事。”

什么事情？雅歌放下手中的小碗用眼光询问着徐建，借此她也需要歇歇已经酸麻的手臂。

徐建夹起一块炒鸡蛋送到雅歌嘴边，说：“我想接下来再攒了钱给你买台电脑。”

“买电脑？”雅歌心里一动，她做梦都想能有一台电脑，可是她也从没有说起过，因为她知道以现在的经济条件来说要想买台电脑那根本就是不可能的事。雅歌缓慢地嚼着炒鸡蛋。“电脑那么贵，买它干吗呀？”她这么说是不希望徐建为了给自己买电脑太辛苦地去赚钱。

“你一个人在家没事也好写写文章的。”徐建继续把雅歌刚才放下的小碗端到她的手上。

雅歌的心又是一动，徐建怎么知道自己想写文章？雅歌有点疑惑地看着徐建，难道自己心里所想的事情他知道？雅歌忽然想到“心有灵犀一点通”这句话。这句话在她心里一出现，就像一滴水落入了一潭静水中，激起圈圈涟漪。雅歌看着徐建匆匆地吃着饭，一直到他吃完。雅歌知道徐建要赶着去蹬车，可是自己吃得慢，碗里还有一小口饭，就也放下碗说："我吃饱了，不吃了。"徐建接过碗，拿起筷子一口就把剩饭吃了，然后收拾碗筷去厨房了。

洗好碗，徐建帮雅歌把小灵通拿到身边就出去蹬车了。在徐建的告别铃声中，雅歌的耳边又想起徐建的话："我想接下来再攒了钱给你买台电脑。"这是多么普通的几个字呀，可是却足以让雅歌回味很久，这是承诺，一个小小的承诺，或许这还算不上是承诺。但是雅歌却认为它就是承诺，更是徐建的一片心。"够了，够了，你还要求什么哪？"雅歌和自己说。她从来不奢望什么，只希望能有一个可以每日相伴的人。生活可以艰苦，可以平淡，但是那份相互的体贴、相互的关爱却可以战胜一切生活的考验。

忽然雅歌听见防盗门响，她以为是二姐来了。可是仔细听脚步声又不是，听脚步声应该是徐建，那他回来怎么没有听见三轮车的声音哪？不容雅歌多想，徐建已经走了进来，雅歌刚想问徐建，却发现徐建的神情不对。徐建低着头，脸色阴沉，他脚步沉重地走到椅子旁，一下子就瘫软了下去。雅歌看着徐建的样子全身都紧张起来，心像被谁给一下子揪了起来。她想快点知道究竟发生了什么事："你怎么了，你的三轮车哪？"问完了雅歌就后悔了，因为她感觉自己是在对空气说话，徐建就像泥塑一样一动不动。雅歌没有再问下去，她只能安静地等着，等徐建自己说话，一分钟，两分钟……

"三轮车被交警给没收了。"徐建终于说话了，他的声音沉闷，急促。这声音就像一个闷雷在雅歌头上炸响了。

"怎么会被没收的？"雅歌只感觉耳边嗡嗡作响。

“我想多赚点钱，脑子一热就到步行街那边去等生意了，结果就……”

生活怎么就这么难

时间不知过去了多久，天色开始慢慢变暗了。徐建木雕泥塑一般呆呆地坐着，眼睛始终盯着一个地方，目光是空洞、游离的。雅歌不知道他在想什么，但是她可以感觉到徐建的心很急很痛，就像自己的心一样地急一样地痛，那种痛像一根线牵扯着彼此的情感。其实，雅歌比谁都清楚那辆三轮车对这个家的重要性，没有车就等于没有了生活来源，没有了生活来源就等于……雅歌不愿再往下想，想也没有用，反倒会钻进牛角尖出不来；她也不愿徐建再想下去了，她更不愿看见徐建这样消沉下去，可是她又能做什么？

雅歌和徐建都没有吃晚饭就上床休息了，雅歌一点也不饿，只是感觉很累很累，心力交瘁的累。她需要好好静下心来想想，具体要想什么？不知道。徐建就躺在雅歌的旁边，雅歌第一次感觉两个人躺在一起是那么的不自然。他们虽然离得很近，可是雅歌却感觉徐建离自己很遥远——是心的遥远。她很想用语言去安慰徐建，可是她不知道该用什么样的语言去安慰。

雅歌的泪水不由得涌了上来。借着夜色的掩饰，她的眼泪无声地流在了枕头上，她使劲咬着嘴唇，不想让徐建听见自己在哭泣，她不想再给徐建本来就很痛的心上撒盐了，可是她又忍不住内心的自责和委屈，她真的很恨自己为什么要这样拖累徐建，她更恨自己无力改变现状。

就在雅歌心如刀绞时，她的手被徐建的手轻轻触碰了一下，在那轻轻的触碰间，她感受到了一丝小心、一丝犹豫。雅歌突然间感觉自己紧张得有点透不过气来，她一动不敢动地期待徐建可以再一次地触碰自己的手，可是等了一会儿没有反应，她就试探地用手轻轻触碰了一下徐建的手。就在雅歌小心翼翼、毫无心理准备时，自己的手就被另一只手给牢牢地抓住了。是徐建的手，是他那粗糙而又有力的大手。徐建捂着雅歌的手将它放在胸前。“我以为你睡着了。”徐建说话的声音很轻，但是雅歌却听得很清楚。

“他没有怪我，他还是关心我的。”雅歌在心里告诉自己。她的眼泪再一次喷涌而出，她哽咽着说：“我以为你在怪我，再也不理我了，都是我不好，都怪我。”

徐建在黑暗中用自己的大手抹着雅歌的眼泪。“我怎么会怪你呢，我只是想让自己冷静一下。”说完他又轻轻拍着雅歌的后背安慰着：“好了，不哭了，都怪我不好，我也不知道为什么就是控制不住自己，脑子里反复出现三轮车被交警骑走的画面。”

徐建的话让雅歌心里又是一紧，她不能再哭了，她不能再自责了，她不能一个人再胡思乱想了。她需要保持冷静，想想接下来该怎么办，她要和徐建一起商量。

“谁让咱们的车是黑车哪，当时骑的时候就知道有被交警没收的危险，你也不要太着急了，我们总有办法的。对了，他们没收了你的车有没有给你什么凭据呀？也不能说收就收呀。”雅歌越说越气愤，虽然她晚饭都没有吃，却不知道自己哪来的力气。

雅歌的话音刚落，徐建就像被提醒了一样，腾地坐起来，开灯在衣服口袋里找着什么。“你找什么哪？”雅歌看着徐建不解地问。

“找到了。”徐建从裤兜里掏出一张小纸条，“他们当时给我开了一张单子，我当时脑子里一片空白，也不知道上面写的什么，就揣兜里了。”说完徐建仔细看着上面的字。

“上面写什么呀？”

“上面写的是让我五天后去交警队接受处理。”

“那也就是说我们的三轮车还有希望拿回来啦。”雅歌仿佛看见了一丝希望。

徐建关了灯，重新躺下。“不太可能，我以前听那些蹬黑车的人说，被没收了就拿不回来的。”徐建的声音依然很消沉。

雅歌拉着徐建的手说：“没试过你怎么知道就不可能？什么事情都要试了才知道。”雅歌忽然就感觉自己全身都被一种力量充满，为了这个家、为了徐建她什么都不怕，也没有什么困难能让她退缩。徐建在为这个家奔波劳碌，她也同样要为这个家做些什么，她要用自己的信心、不怕失败的性格来支持身边这个要一生依靠的爱人。

再难也要走下去

五天的时间很快就过去了，到了第六天，雅歌早早地就收拾好，让徐建推着她出了门。交警大队很快就到了，可是大门口那一层楼高的台阶让雅歌大吃一惊。在台阶下，雅歌和徐建都有点犹豫，他们虽没有说话，但是心情和想法都是一样的。雅歌看着高高的台阶上上上下下的人从身边冷漠地经过，没有人朝他们多看一眼或是过来问问需不需要帮助。

不行，雅歌不想再犹豫下去了，在她的示意下，徐建把她连轮椅带人搬了起来，在一双双吃惊、诧异的目光中，一步一步地走上了高高的台阶。进了办事大厅，雅歌又是一惊，办事的柜台差不多和坐着的自己一样高了，她努力伸长了脖子才可以勉强看见里面的办事人员的半个脸，这些都让雅歌压抑得透不过气来。

徐建递上收车单据，办事人员在接过单据时，又轻瞥了他们两个人一眼，雅歌从那人眼里捕捉到一丝不易察觉的轻蔑，随着那人轻蔑的眼光在自己脸上划过，她顿感脸上像有火一样在燃烧，这火一直烧到了心底的最深处，那曾让她引以为傲的自尊片刻间就被烧为灰烬了。雅歌一路上想好的话此刻竟一句也说不出来，她突生一个念头，她要马上逃离这里。

就在这时，一阵嘈杂声传来，是办事大厅又来了几个办事的人，雅歌示意徐建退到一边，等待着。徐建坐在雅歌身边的一排凳子上，他的两个胳膊肘支撑在膝盖上，身子半弯曲着。雅歌看见徐建紧闭着嘴唇，眉头紧蹙，犹如打了一个结。徐建的神情让雅歌心里一惊，她从进门开始就完全沉浸在了自己的感受里，忘记了徐建。不，是忘记了徐建的感受，他要推着自己坐轮椅的妻子来祈求别人可以网开一面，把赖以为生的三轮车还给自己，这对一个男人来说是多么难堪、痛苦的一件事呀。

雅歌调整着自己的情绪，她也在侧耳听着柜台那边的声音：办事的人已经走了，她听到里面的工作人员在打电话，好像是在向领导请示三轮车的事，雅歌一时紧张得心突突直跳，她努力想听清楚他们在说什么，可是却只捕捉到只言片语。雅歌轻唤一声徐建，示意他推自己过去。再回到柜台前，雅歌不再像刚才那样胆怯、自卑，她的信心又重新回来了，她微微扬起头，脸上带着淡淡的微笑。不知是雅歌的自信感染对方，还是别的什么原因，这一次，那个工作人员站了起来，将上半身探出柜台，和颜悦色地说："我刚请示了我们领导，按道理这个车子是没有牌子的黑车，没收了就不还的，但是考虑到你们的情况特殊，我们就破例一次吧。"

雅歌有点不相信自己的耳朵，她看看徐建，徐建此刻也正有点不相信地看着自己。"你在这里签个字，然后就可以拿着这个单子去取车了。"工作人员将一张纸递给徐建，看着徐建签好名字后又说："你去拿车好了，她就不用去了。"

雅歌知道那个"她"是在指自己，她马上接过来说："嗯，我不去了，真的谢谢你们的照顾。"雅歌不知道该怎样来形容自己的高兴劲儿。她看见徐建拿在手里的取车的收据，就要了过来，再仔仔细细地看了一遍，然后小心翼翼地放进自己的小包包里。走出交警队，雅歌长长地出了一口气，能自由呼吸的感觉真好。雅歌从徐建走路的步伐里也可以感觉出他的心情已不像来时那样沉重了。

当走到一个十字路口等红绿灯的时候，雅歌抬头看看阴沉的天空，虽然还没有下雨，但是天气一时半会也晴不起来，她忽然想：这是不是也预示着自己的生活呢，虽然现在是把车子取出来了，可是以后也不可能再蹬车了，那以后两个人的生活该怎么办？

想到这，雅歌本已轻松的心情又沉重起来，看着川流不息的人群，她真想大声喊：我的生活怎么就这么难呀？绿灯很快就亮起了，徐建推着雅歌快步走过斑马线，雅歌可以感觉到徐建那坚定的步伐里所要告诉自己的：再难我们也要走下去。

第八章　无路可走

你是嫌弃我了吗?

从交警队回到家里，雅歌让徐建把自己推到窗户前。她想要一个人凉快一下,再静一静,想一想。阳光虽然已经无法照进屋子，可是阳光掀起的滚滚热浪却从窗户源源不断地涌进房间。时间在不知不觉中接近了中午，雅歌被不断上升的温度带来的热气一层层地包围起来，她的汗水已经浸湿了轮椅上的坐垫，全身也黏糊糊的，这时她的心情也特别地烦躁。

雅歌望了一眼桌子上的那台锈迹斑斑的台扇，这是姐姐前几天在收拾药店仓库时找出来的。那是一台旧得不能再旧的台扇。徐建把台扇好好地擦洗了一番，准备这个夏天就靠它了。可是这台扇脾气实在不好琢磨，好的时候一开就会凉风习习，不好的时候任你再怎么敲打，扇叶也纹丝不动。雅歌收回目光，她准备自己想办法离窗户远点（徐建在外面修理刚领回来的三轮车，她不愿意去打扰他）。雅歌吸足一口气，把两个胳膊放在轮椅的扶手外面，用力握着轮椅轮胎的外圈，然后双手一起用力，身子也努力向后仰。轮椅动了，她可以明显地感觉轮椅向后缓缓移动了，一点点地移动也足以让她激动不已。可是就在她松手准备再接再厉时，轮椅却仿佛在和她开玩笑一样又自动缓缓地退回了原地。她大口地喘着气，低头看着斜在脚下的轮椅前面的两个小轮子，两手无力地垂在轮椅两侧，她难过得要哭了。

门响了，是徐建进来了。雅歌快速地调整了一下自己的情绪，她不想徐建看见自己这个样子。

“今天太热了！”徐建进了屋就去开电扇，可是无论他怎么按电扇开关，都没有反应。“这天这么热，要不你回家住几天吧，家里有空调，多舒服呀。”徐建一边走过去把窗户关上了一边和雅歌说。

“回家住？他说让我回家住？他是嫌我麻烦了？他这是在找借口！”雅歌想到这，心里一阵慌张。她低着头，什么也不说，只感觉有一种酸酸胀胀的东西涌上来。她不能说话、不能抬头，不然眼泪就会从眼睛里涌出来。她不要一个人回家住，只要能和徐建在一起，再热的天她也可以忍受。她不喜欢把心里的想法说出来，她希望徐建可以感受到她的心思。

“怎么了？生气了？”徐建果然感觉到了雅歌的沉默。他过来蹲下，看着雅歌。

雅歌不想让徐建看见自己的难过，她恨徐建不在意自己的感受，她不想看他，只有把头低得更低了，泪水无声地滑落。徐建摇晃着雅歌的肩膀：“怎么了？怎么哭了？”

雅歌抬起头，泪眼模糊地看着徐建说：“你让我回家，你是嫌弃我了，你是嫌我烦了对不对？”

徐建看着雅歌哽咽着，伸出粗糙的大手给她擦着眼泪。“我没别的意思，这么热的天，我是怕你会受不了。好了好了，我们下午去买个电扇，你不愿意回家就不回了。”

雅歌任由徐建粗糙的大手在自己脸上摸着，那带着老茧的手指充满了温柔，这种温柔慢慢地渗透到雅歌无助的心里，心不再那么烦躁了。“我不怕热，我也不要回家，我只要和你在一起就什么也不怕。”雅歌就像一个孩子一样用充满乞求的语气说着。

“你要不要上厕所，然后去看我烧饭？”徐建双手扶着轮椅，用头顶着雅歌的头问。

“要的。”雅歌有点难为情地抹着脸上还没有干的泪水。

徐建推着雅歌跑出房间直奔洗手间。徐建把雅歌抱起来，他的胳膊很长很有力。抱起雅歌徐建就快速地跑起来，嘴里还喊着：“我抢了一个老婆，快跑哟。”

雅歌突然觉得，只要徐建放下手中所做的一切事情，和自己在一起，用粗糙的手抚摸自己的脸颊，用充满关切的眼神和自己对视，她就会感到自己是被在乎的，心里也才会感觉踏实。

雅歌被徐建紧紧搂在怀里，她咯咯地笑着，她的笑声是那样地甜，那样地脆。她喜欢徐建抱自己的感觉。只要有徐建，只要有徐建在身边，别的什么都不重要。只要能和徐建在一起，她就不会感到孤单。

行动在秘密中进行

“哗……”从水龙头里冲出的湍急水流落进水池里，那声音传进坐在房间里的雅歌耳中，还掺杂着衣服在搓衣板上揉搓的声音。

雅歌听着这熟悉的声音，她不用看也知道是徐建在洗手间里洗着昨晚换下来的脏衣服。这几天徐建在家拼命地干活：擦地，收拾屋子，打扫厨房，洗衣服。雅歌知道徐建不能蹬车了心里闷得慌，所以就用干活的方式来打发时间。听着徐建用力在搓衣板上搓着衣服，仿佛要用光自己所有的力气一般，雅歌的心就隐隐作痛。一个男人，一个手脚健康的男人不是找不到工作，而是因为要照顾自己才不得不待在家里。作为妻子的雅歌不想再这样坐等下去，她要做些什么，要为徐建、为这个家，也为自己做些什么。

雅歌的心里已经有了一个新的想法产生："我要写信。"这个想法一出现就让雅歌全身一振，无形中就有一股力量在心里产生了。在这股力量产生的过程中，犹豫想来捣乱，可是它很轻易地就被那股力量打败了。雅歌的人生字典里没有犹豫、害怕，只有勇往直前，只有永不退缩。雅歌抬起头，嘴角微微上扬，面带微笑，当她心里有了新的希望、新的想法时，她就喜欢用这样自信的微笑来鼓励自己。

徐建洗好衣服进房间，把衣服晾在窗户外面。"中午你要吃什么，我去菜场买。"徐建晾好衣服，将湿漉漉的手在身上蹭了蹭。

已经好久没有吃红烧鲫鱼了，可昨天刚花 80 块钱买了一台吊扇，那可是半个月的生活费呀！现在徐建不能出去蹬车了，钱是用一分少一分。"随便买个便宜的素菜吧。"雅歌的心思已经不在这上面，她有很要紧的事要做。

听着徐建出了门去菜场了，雅歌打开自己的小抽屉，拿出信纸和笔。一切准备就绪，雅歌开始动笔：

尊敬的市长：

您好！

我是一个残疾女子，今年 34 岁。从小就患上了进行性肌肉萎缩症，这是一种目前医学界还无法医治的绝症，患了这种病就会全身无力，生活无法自理。

因为患病我没有上过一天的学校，所有的知识都是在家自学的。我喜欢文学，经常在家写些散文投稿。2002 年通过我发表在一本杂志上的文章，我认识了现在的丈夫徐建。我们从认识到相识、相知，直到现在走到了一起，经过了很多的阻碍和反对，但是我们一直都是不离不弃，相互关爱……

"你看我给你买什么了？"徐建不知什么时候回来了，手里还拎了一条活蹦乱跳的鲫鱼。

雅歌被徐建的声音吓了一跳，她只顾着写信了，都没有听见门响。雅歌不想让徐建看见自己写的是什么，因为这是一个还不成熟的想法，一切还都是未知数，所以她要先保密。如果成功了可以给徐建一个惊喜，如果不成功也不会失望。她放下笔，装作漫不经心的样子随手把信纸折了起来。"买鱼干吗？很贵的。我们要省点花钱。"

徐建看着雅歌有点凝重的表情，又瞟了一眼桌上的信纸，眼中有一丝疑惑掠过。"卖鱼的就剩这一条鱼了，他便宜卖给我的。好了，不要写了，陪我去烧鱼吧。你告诉我怎么烧，我自己烧了你要嫌不好吃的。”

雅歌从徐建的眼神里看出他并不是真的不会烧鱼，而是担心自己神神秘秘的样子。为了消除徐建的担心，雅歌把写了一半的信纸放进抽屉，答应和他一起去厨房烧鱼。

雅歌坐在厨房门口，看着徐建忙碌着：徐建先是把挂在门上的围裙系在腰间，然后开始洗鱼。洗好鱼，备好葱姜蒜。打开煤气灶的火……徐建的每一个动作都是那么的娴熟，有条不紊。他那专注的表情里透露着一种坚毅和认真。雅歌静静地看着在厨房里忙碌的徐建，一会儿工夫厨房里就飘出一阵葱爆锅的香味。她用力嗅了一下，这是一个家所特有的味道。一切都是那么的自然。恍惚间雅歌忘记了他们现在面临的困境，她感觉自己的这个家庭和其他的家庭是一样的。

为了这个家别无选择

徐建等鱼开始在锅里炖了，转过身对雅歌说：“一会儿吃完午饭我想出去蹬会儿车。”雅歌仿佛听清了徐建说的话，又仿佛没有听清，她有些不相信自己的耳朵。直到看着徐建收拾好菜板和菜刀，又把锅台擦了一遍，雅歌才确定徐建刚才所说的话，她最直接的反应就是：“不行！万一车子再被没收怎么办？”

徐建已经料到雅歌会这么问，他不紧不慢地打开锅盖舀了点鱼汁端给雅歌尝尝味道，然后回答道：“这个我已经想过了，我会在交警上下班和吃饭的空隙时间出去蹬一会儿，没事的。我也去人才市场看过了，招工的单位都要一天八小时在单位、中途又不能回来的员工，所以我想想还是继续蹬三轮车吧。”说这话的时候徐建并没有看雅歌，而是望着窗外的某个地方。

雅歌也向徐建望的方向看，她仿佛看见那天徐建车子被交警没收的画面。雅歌全身一激灵，她赶快收回目光，定了定神。她真不想再看见那天所发生的一幕了，她情愿徐建待在家里，两个人每天吃咸菜度日。可是，这几天雅歌也看得出徐建都没有笑过，也很少说话，他心中的苦闷又不能说出来。“那你出去一定要小心呀！赚点就回来，别到市中心去。”雅歌不想再拦着徐建去蹬车了，那样他会更难受的。

早早地吃过午饭，徐建就出去蹬车了。当楼下又响起熟悉的车铃铛声时，雅歌丝毫感觉不到平时的那种轻松，反倒是她的心也跟着那铃声渐渐远去了。

徐建的渐渐远去让寂静的房间更加寂静。雅歌一个人呆呆地坐着，她真的好担心徐建出去蹬车，可是她又不能拦阻。心中的担忧和烦躁夹杂在一起，让她心烦意乱的，怎么也静不下来。头上嗡嗡转动的吊扇仿佛知道雅歌心里的担忧，将一阵阵微风吹到雅歌身上。可是面对热得像蒸笼一样的屋子，这微风根本起不到任何作用。雅歌不想再让自己心烦意乱地浪费时间，她抽屉里的信才写了一半呀，她需要继续完成自己的想法，只要是她想做的事情就不会半途而废。

雅歌把小桌子向外推开一些，桌子下面出现了一个小脸盆，脸盆里盛了半盆凉水，里面放了一条毛巾。这是徐建走时雅歌让他弄的，为的是在感觉热得受不了的时候，可以用沾了凉水的湿毛巾擦擦脸，暂时给身体降降温。雅歌先把手伸进凉水里，好舒服的感觉呀！她撩起毛巾吃力地拧着，感觉拧得差不多了，就拿起来放在桌上，再把桌子拉近了，将胳膊肘支撑在上面。突然雅歌的肩膀一阵酸痛，她不由得皱了一下眉。昨晚她看徐建洗了凉水澡惬意的样子，也非要洗。三伏天的高温让雅歌晚上根本睡不着，她顾不了那么多了。洗过凉水澡再在吊扇底下一吹，肩膀就吃不消了，到了半夜就开始酸痛起来了。雅歌先用毛巾敷在脸上，她可以感觉到自己鼻孔里呼出的热气很快就让毛巾不那么有凉意了。擦好了脸，雅歌没有力气再去洗毛巾了，就直接把毛巾搭在脖子上。这个办法真不错，吊扇的风吹在湿毛巾上，那丝丝凉意让雅歌的心也安静了许多。没有拧干的毛巾没一会儿就把雅歌的衣服都洇湿了一多半。她非但没有在意，反而觉得这样更凉爽了。重新拿出写了一半的稿纸，调整一下思路，雅歌继续写道：

> 我因为生活无法自理，身边不能长时间没有人照顾。为了照顾我，我先生不能出去工作，但是待在家里照顾我生活又会陷入困境。为此我们买了一辆人力三轮车，想在空余时间出去赚些柴米油盐钱。可是因为三轮车是没有牌子的黑车，前段时间被交警没收了，一下子我们的生活又陷入了困境。后来在我和交警队领导说明情况后三轮车是取回来了，可是却不能再出去蹬了。我们一直都想能自食其力，不给政府添麻烦。面对生活的困境我抱着试试看的心情给领导写这封信，是否可以针对我们的特殊情况，给我们的三轮车上牌子？这样我们也可

以自食其力。

请领导能酌情考虑，予以批准。谢谢！

此致

敬礼！

期盼回音的人：雅歌

让我做什么工作都行

清晨，太阳还没有出来。雅歌躺在床上艰难地动了一下胳膊，后半夜她就被全身的酸痛给疼醒了。突然，睡在旁边的徐建直愣愣地翻身坐起，他就那样一动不动地僵硬着身体坐着。最初徐建目光直直地看着某个地方，眼神充满了恐惧。他的双手紧紧握成了拳头，手臂上的肌肉绷成一块块的。等了一会儿，雅歌轻轻喊着："徐建。"

等了一会儿没有反应，雅歌提高了嗓门："徐建，你怎么了？"

"啊！没什么。"徐建仿佛刚睡醒一样，用含糊不清的声音回答着。

"你刚才是不是做噩梦了？"

"我刚才梦到三轮车又被交警没收了。"说完话，徐建虚脱一般仰面又躺在了床上。

突然雅歌心中有种不好的预感："徐建，我们今天不去蹬车了吧。"她想阻止徐建今天去蹬车。

"不，我一定要出去！我不相信自己就这么倒霉！"徐建的牛劲又上来了。

徐建又去蹬车了，雅歌继续躺在床上，可是她总感觉心神不宁。不知过了多久，雅歌迷迷糊糊地听见门响，是徐建回来了，对，一定是他，他总算回来了。雅歌睁开眼睛，看见徐建正匆匆走进来，他径直走到阳台的桌子边上，面朝墙站了有几秒钟。突然，他伸手拿起桌上的一只塑料水杯用力摔了出去。那只杯子被摔到了墙上，又落在桌上，然后滚落在了地上，停在徐建的脚边，杯中的水溅得到处都是。

刹那间，雅歌明白她最担心的事情发生了。她看着徐建愤怒的样子，可以感受到他已经到了绝望的边缘。她想大声喊，喊出心中的苦闷和愤恨，可是她现在连说话的力气都没有了，所有的无助、失望都统统涌上心头，涌进眼睛。

"铃铃……"小灵通的铃声响起来。一只大手拿起小灵通按了通话键，又将小灵通放在了雅歌的耳朵上。

"你好，你是雅歌吗？"一个陌生的声音。

"你好，我是雅歌。"

"你前段时间给市长写了一封信，转到我们交警队来了，我们决定让徐建做我们的一名交通协管员，不知你们愿意吗？"

雅歌看了一眼满脸疑惑的徐建，连忙说："愿意！愿意！"

挂断小灵通，雅歌闭上眼睛，她需要平静一下，不然她的心脏承受不了这样的大起大落。等再睁开眼，她看见徐建正担忧地看着自己，就激动地说："前段时间我给市长写了一封信，想给我们的三轮车上个牌照。市长把信转给交警队了，刚才是交警队来的电话，他们说上牌照是不可能了，不过可以给你安排个工作，去他们那里做交通协管员。”雅歌一口气说完，就看着徐建。徐建先是愣愣地没有反应，然后是半信半疑地看着雅歌，当他和雅歌那带着笑意的眼光相触时，又马上移开了。他缓缓坐在雅歌身旁像是自言自语：“这是真的？我以后再不用担惊受怕地蹬黑车了？”

“他们说工作虽然辛苦，但是每工作三个小时就可以休息三个小时，这样你就不愁没办法照顾我了。”

“只要能照顾到你，让我做什么工作都可以。”徐建的话让雅歌的眼睛又一次湿润了。

徐建把雅歌扶着坐起来，又打来洗脸水，轻轻地给雅歌擦着脸，擦着手。徐建用手给雅歌梳理着凌乱的头发，又仔细端详了一下。

在徐建的注视下，雅歌害羞地笑着。他们已经好久没有这样轻松地在一起说笑了。

“徐建，我想吃鱼。”雅歌有点撒娇。

“行，我去给你买鱼吃，你在家乖乖地等我啊。”徐建就像哄一个小孩子一样轻声细语，然后快速地跑出了门，跑下楼梯。

雅歌听着徐建那咚咚的脚步声，感觉又回到了他们刚结婚的时候：那时徐建每天都是这样快快乐乐地跑上跑下的，好像浑身都有使不完的活力。可是，不知道从什么时候开始，雅歌再也听不到徐建这样跑上跑下的声音了，那是因为生活的压力压得他步履维艰。而现在，雅歌又听到徐建跑着上下楼梯的声音了，她的心里好高兴呀！想着徐建又焕发出了活力，雅歌自己的心头也像放下了一块大石头。原来命运并没有抛弃自己，雅歌再一次相信是自己的信念战胜了困难。未来还有好长的路要走。

第九章　如果我会走

我梦见你会走了

午后下了一场雨。雨水让持续多日的高温缓和了许多，湿漉漉的清新空气带着泥土的气息扑面而来。几只蜻蜓在窗外低低地飞着，它们像是在跳一支曼妙的群舞，扇动着翅膀时而俯冲急转，时而优雅滑行。雅歌看着这情景却无心欣赏，她的心很乱。刚刚大姐打来电话说，北京有一家医院有治愈进行性肌肉萎缩症的希望。接了大姐的电话，雅歌的心跳得很厉害，她不断地问自己：自己的病真的可以治愈吗？自己真的还有站起来的希望吗？此生还真的有机会和徐建手牵手一起散步吗？

“唉！”想到这雅歌不由得叹了一口气。

“怎么了？叹什么气呀？”雅歌的叹息竟引来了徐建的关注。

“刚才我大姐打电话说，北京有一家医院好像可以治我这种病。”

“真的？那太好了！我带你去看看。”

“可是，我们哪有那么多钱去治病？”

“没事，我们不是还有点钱吗，来回路费应该够了。我们先去看看，不能治我们就回来，能治我们再想办法筹钱。”徐建一点也没有被雅歌的问题给难住。

雅歌反倒希望徐建说一些可以打消自己去看病的念头的话，可是徐建没有。他的话把自己心中那一点点的希望给一下子点燃了。雅歌知道那火一燃烧起来就再也无法熄灭了。她抬起头看着徐建，在她的睫毛上有晶莹的东西在闪动，那晶莹的闪亮里仿佛有一个健康的女孩在向自己招手，她半信半疑地问："我的病真的能治好吗？你真的愿意带我去看病吗？"

"不试怎么知道呀？"徐建把雅歌往窗户前推了推，他站在轮椅后面伸过两个胳膊搂着雅歌，然后将自己的脸贴在她的脸颊上，缓缓地说："你知道吗？我有好几次都梦见你会走了。你跑得可快了，我在后面追也追不上。"

雅歌的脸颊可以感觉到徐建胡子茬的触碰，她轻轻转动脸颊，痒痒的感觉涌遍全身。她看到自己睫毛上的晶莹在慢慢变大，在西斜阳光的照耀下闪着五彩斑斓的光芒。就为了徐建的话自己也要去试一试。"有机会就要试一试，我决定了，要去北京看病！"雅歌像是对自己说，也像是对徐建说，她的语气里带着一种力量。

从买好火车票那一刻起，雅歌的脑子里就不停地被一个念头冲击着：要去北京看病了！可是同时她又担心自己第一次和徐建出远门，也不知道徐建这一路上能不能照顾好自己，他要带的可是生活不能自理的人，他一个人要怎么弄自己上下火车，又怎么弄自己大小便？

"在火车上我要小便怎么办呀？"雅歌对正在收拾东西的徐建说。

雅歌的问话仿佛触碰到了什么，房间里的气氛一下就低落了下来。徐建把整理好的包放好，坐下来，他微蹙着眉头陷入了思考。雅歌说话的时候，脑子就已经在飞快地转动了，等她话音落地就已经有了主意。只是她没有马上说，她需要酝酿，酝酿到一定程度再说，或者说她在等徐建说。当雅歌确定徐建不会先打破沉默时她开口了："咱家不是有一个小的痰盂嘛，可以带着，在火车上用得着的。还有，柜子里有一块没用的旧布也带着，在火车上只要往卧铺的床两边一系就可以挡住别人的视线了，你看怎么样？"

雅歌知道自己的这个想法一定会等到徐建的赞同，她向徐建投去期待夸奖的目光，可是徐建却并没有理会雅歌，而是站起身就往门外跑。"我把痰盂洗洗去。"徐建的身影和他的话音消失得一样快，留下还没有回过神来的雅歌呆在那里。听着徐建在卫生间刷痰盂的声音，雅歌哑然失笑：她笑徐建的急性子，她笑自己的小聪明。她的笑声像铃铛般在房间里回响。

不管这次看病的结果是什么样，雅歌都并不在意，反倒是徐建那样积极的支持和鼓励让她的心被感动包围着。她甚至可以感觉到徐建那有力跳动的心，这颗心的跳动也为雅歌的心注入了活力，它们互相倾听着，互相感应着。

在火车站的特殊经历

已经过了晚上七点，趁天色还没有完全黑，雅歌和徐建急匆匆地赶到火车站。

一走进火车站的候车室，雅歌就分不清东南西北了。眼前都是拥挤的人群，那些人都是大包小包的，挡得她根本就看不见前面。雅歌努力地透过人群的空隙向前看着，好像远处有谁在向她招手，而且是拼命地招手，雅歌努力地找寻着。突然轮椅“咯噔”一下，她急忙收回目光，定睛一看，原来是一个人走路时不小心绊到了自己轮椅的踏脚上。那人被绊了一下，好像根本没有察觉，只是踉跄了一下，头都没有回就急急忙忙地走开了。雅歌不敢再到处望了，她提心吊胆地看着每一个在自己面前走过的人，生怕他们再撞到轮椅上来。她第一次感觉坐在轮椅上的自己是那么的渺小。没有人看见她，没有人为她让一下路。徐建推着她走走停停，总想等人少点了再走，就这样走了十几分钟才前进了几十米。雅歌越等心里越急，越看心里越烦，当又一个人差点撞到轮椅上时，她决定不再这样躲躲闪闪、走走停停了，她在嘈杂的人群里大声对徐建喊：“走快点！”

最初徐建有点迟疑，但轮椅还是开始动了起来，有几次差一点就要撞上对面的人时，对面的人反倒主动地躲开了。徐建推着轮椅越走越快，他们就像海中的鱼在无边无际的大海里努力向前游着，向自己的目的地游着，任何障碍都阻挡不了他们的脚步，很快他们就找到了相对应的入站口。徐建找好位置坐下来，又把雅歌拉到自己身边。就在这时，雅歌听见徐建说：“这检票口的过道也太小了！一会儿轮椅也过不去呀。”

徐建的话让雅歌的心“咯噔”一下，她收回目光看了一下前面不远处的检票口，那狭小的通道轮椅确实过不去。

徐建看雅歌不吱声，有点坐不住了，他站起来把双肩包放在凳子上，四处张望了一下，自言自语道："我去看看有没有残疾人通道。"说完也不等雅歌回应就离开了。

雅歌看着徐建越走越远，很快她就把徐建给跟丢了。当徐建在她的视线里消失的一刹那，她不由得感觉后背有一股凉气袭来。现在可是夏天呀，怎么会有凉气？雅歌有点不相信地用眼睛四下里找寻了一下，突然她发现自己已经是孤零零的一个人了，这个发现让她的心一下子就缩紧了。

突然，雅歌感觉右边有一道目光投过来，雅歌第一反应是转过头看看是谁在看自己。她的眼睛最先看到的是一个个子不高、长着络腮胡子的中年男人，正用一种捉摸不透的眼神看着自己。从她的直觉来判断这人不像是好人，雅歌的目光只是在那人身上一扫而过，就转回了头。她怕那人从自己的脸上看出惊慌和害怕来，这可是对自己非常不利的。在转回头后，她的第一反应就是紧紧捂住自己背的小挎包，那里可有去北京的两张火车票和600多块钱呀！雅歌感觉自己的心已经提到嗓子眼了，她又一次看了一下座位上的包，不停地在心里安慰自己："徐建马上就会回来的，他没有走远。"

不知过了多久，就在她感觉时间都已经凝固的时候，突然看见有一只手拎着徐建的包，雅歌刚要喊时，才发现那人是徐建。

"我刚才去那边看了一下，残疾人通道是有的，可是现在是晚上，工作人员都下班了，那边的门都锁上了。"徐建坐下来失望地跟雅歌说。

徐建回来了，雅歌马上心就稳定下来，也不那么害怕了。在徐建说话的间隙，她又装作无意地向右面瞥了一眼：奇怪，刚才那个人怎么不见了？她又在人群里找了一遍，那个人真的不见了。雅歌松开满是冷汗的手，松了一口气。这时，她看了一眼旁边座位上大学生模样的一个男孩。正好那个男孩子正放下书朝自己这边看着，雅歌不失时机地问："你也是坐这趟火车的吗？"男孩点了点头"嗯"了一声。雅歌又接着说："那一会儿能不能请你帮个忙？这里的过道太小，我的轮椅过不去，一会儿检票时我老公抱我过去，麻烦你帮我把轮椅折叠起来推过去好吗？"雅歌面带微笑，非常有自信地用平和的语气说着，她很相信那个男孩子是不会拒绝自己的。果然男孩很爽快地答应了。

再累也不会把你丢下

还有十分钟火车就要进站了，雅歌和徐建来到站台上等着火车的到来。天色已经完全黑了下来，空旷的站台被黑夜笼罩着。和候车室相比，这里突然变得冷冷清清的。站台下的一条条铁轨时而交错、时而分开地绵延着伸向远方。站台上的路灯发射出乳黄色的光芒。站在路灯下，雅歌和徐建的身影被拉得长长地映在地上。在空旷的站台上，雅歌看着自己的身影，感觉它是那么的孤单，那么的渺小。一个穿着制服的工作人员走过来对徐建说："一会儿火车只停三分钟，你先抱她上火车，轮椅我帮你拿上去，不然你们来不及的。"雅歌对这位好心的工作人员感激地连声说着"谢谢"。

"呜……"是火车来了，雅歌朝火车来的方向努力地看着：她看到远处有一束光亮出现了，那束光亮起初只有一点点，慢慢地越来越大、越来越亮，很快火车头就出现了。雅歌好奇地要好好看看火车的样子，可是心急的徐建过来一把就把她抱了起来，早早做好了上车的准备。雅歌半躺在徐建的怀里，脸朝着灰蒙蒙的天空，她用耳朵捕捉着火车的轰鸣声，那声音越来越近了，很快就充斥了整个耳膜。火车在她的身边缓缓停下了，带起的一阵风吹动了雅歌额前的头发。

火车门打开了，雅歌感觉自己的身体被向前送了一下，在她还无法辨明情况时火车门边已经擦着她的头发过去了，原来刚才徐建一个箭步就迈上了火车。进了车厢拐了一个弯，雅歌可以感觉到他们来到了一个更加狭小的空间。徐建后面背着包，前面抱着她，根本无法正常地走路，只能侧着身子艰难地一步一步向前移。雅歌感觉到徐建每走一步自己的身子就会往下坠一点，她的头从徐建的肩头慢慢下滑，很快就滑到了他的胸口。雅歌提醒徐建说：“你先找个空铺位把我放下来，缓缓再走。”

徐建并没有按照雅歌的提醒去做，依然咬牙坚持着向前移动。雅歌看见徐建的头上已经有汗珠出来了，他因用力而拧成一个结的眉头让她心痛得不忍看下去。雅歌想要帮帮徐建，她试图用从徐建腋下穿过的无力的下垂的左手抓住点什么，她几次试着抬手拉住徐建的衣服好让自己不要再往下滑了，可是她的手是那样绵软无力，不要说抓住东西了，就连抬都抬不起来。无助的雅歌感觉自己就快掉到地上了，她急得都要哭出来了。就在这时，徐建突然停了下来，雅歌以为到了自己的铺位，可是徐建并没有把自己放下，而是抬起了一条腿，把脚踩在什么地方，这条抬起的腿正好垫在自己下坠的屁股下面。雅歌半仰着坐在徐建的腿上，趁着徐建喘息的空余急切地问：“你怎么不把我放下歇歇呀？”

徐建缓了一口气，把抱雅歌的两只胳膊向前伸了伸。“怎么歇呀？每个铺位上都有人。”说完后放下脚继续前走。

“还有多远了？”

“马上就到了。”

徐建说得没错，他很快就找到了铺位。在铺位前，雅歌不是被轻轻放下的，而是被“秃噜”下来的。放下雅歌，徐建也跟着虚脱一般瘫软了下来，大口喘着粗气。

“呜……”一声汽笛响起，火车缓缓开动了。雅歌躺在铺位上仰起头向车窗外看去，窗外的路灯开始移动起来，并且越来越快。很快灯光没有了，车窗外陷入了一片黑暗。雅歌直直地盯着窗外看，那黑暗中仿佛有着某种魔力，将雅歌所有的兴奋、紧张、忧虑、期待统统吸走了，只留下空落落的心。这心在胸腔里空荡荡地跳着，和着火车的车轮发出的“咣当、咣当”声忽上忽下。她想：如果说刚才是像打仗，那现在就是硝烟过后的短暂歇息。

雅歌让徐建把自己放好，就让他到上面一层的铺位睡觉去了。很快雅歌就听见徐建睡熟后发出的轻微的鼾声，她知道徐建这一天推着自己赶汽车、赶火车，抱上抱下真的太累了。自己又何尝不是！此刻自己全身的每一个关节都在发出酸痛的抗议，雅歌唯一安慰这抗议的方法就是闭上眼睛，赶紧睡着。只有好好休息，才可以养足精神迎接阳光的升起。当阳光再一次升起时，也预示着又要开始一场新的“战役”了。

为什么心如此忐忑

夏季的天亮得特别早。太阳从东方缓缓升起：一圈光晕由小变大，在光晕的周围有光芒围绕着，光芒的颜色随着时间的变化而由深变浅，越来越亮，直到太阳喷薄而出，射出耀眼的万道光芒。这光芒照到充满生机的大地上，也照到一列正在疾驶的火车上，阳光透过火车的玻璃窗照进车厢里，也同时照在了还在熟睡的雅歌的脸上。这初升的阳光就像一只轻柔的手抚摸着她的脸颊，又像是爱人的嘴唇亲吻着她的睫毛。在这阳光的抚摸和亲吻中，雅歌的眼皮动了一下，她微睁开眼睛，陌生的环境和刺眼的光芒让她又立即闭上了眼睛。雅歌还没有完全清醒，她有点恍惚，想不起自己这是在哪里？

雅歌惬意地沐浴在透过窗子照进来的那一小块阳光里。她努力地在记忆里搜索着，片刻后她才想起自己是在火车上，是在去北京看病的火车上。

雅歌让徐建把自己扶坐起来，腿下垫了两个枕头（不然坐不住），她的半个身子和头斜靠在铺位的隔板上。她的目光望向窗外，就再也不愿收回，因为火车正驶过一大片一大片的农田，满眼的绿色铺天盖地而来。雅歌没有看见过这么大片的绿色，方方正正的车窗就像是一个画框，正在向她展示着一幅幅美丽的图画。她将目光投向远方，那里是蓝天与绿地相接的地方，太阳洒下的光芒让绿意更加生机勃勃。

“长这么大第一次出来看病，也许就真的会有奇迹出现，自己能站起来了。”雅歌不由得想。她的耳边是火车发出的“咣当、咣当”的声音,这声音像是脚步声,正在朝北京方向前进的脚步声。

“北京站到了！”当雅歌听见列车员播报时，火车就像一头跑累了的怪兽在“扑哧”一声泄气后，停下不动了。车厢里的乘客开始陆续向外走了。徐建对雅歌说:“你先在这等着，我先把轮椅搬下火车再来抱你。”

雅歌好想能和徐建一起离开火车，她不要一个人留在车厢里，哪怕只有一分钟。看着徐建走了，雅歌在心里安慰自己:“不要急，马上就可以到医院了，也许自己的病真的有希望治好！这样以后到哪里都可以和徐建在一起了。”一想到自己有可能在未来的某一天站起来，她的心也再一次地缩紧。她感觉心脏每跳一下声音都很重，这声音传入自己的耳中有点怪怪的感觉，头皮都被震得麻酥酥的。

雅歌躺在卧铺上，车厢里的乘客也都走光了，只留下她一个人在空荡荡的车厢里。徐建还没有回来。她抬眼看着头顶上方的车窗，外面就是北京了，此刻出现在窗外的蓝天也是北京的蓝天。

忽然她看见铺位顶头有一个人影出现。“徐……宏炜，是你呀。”雅歌开始还以为是徐建，可是当她定睛看时才看清楚是在北京工作的好朋友宏炜来接自己。雅歌看着好朋友跟自己打招呼，她对自己的狼狈样子有点难为情。好在徐建也在宏炜的身后出现了，他过来抱起雅歌，三个人一起往外走。这次有宏炜帮着背包，徐建抱雅歌轻松多了。

出了火车车厢，徐建抱雅歌坐上轮椅，就快步地推着她向火车站外面走。这次有朋友领路，不再需要自己摸索，速度提高了很多。雅歌现在就希望能快点到医院，她的心迫不及待，仿佛要跳出来一般。尽管从知道要去北京医院看病的那天开始，她就把什么都想好了，也做好了最坏的打算，可是此刻她感觉离医院越近越有种紧张逼近。她一双手紧紧地握着轮椅的扶手，仿佛这样就可以缓解紧张的情绪。不知何时她感觉手心湿湿的，是热的？是紧张的？无从分辨。

雅歌很明显地觉察出自己的急迫和紧张也传染给了徐建。徐建走路的步伐特别快，以至于坐在轮椅上的她都感觉到了颠簸，可是雅歌依然希望徐建能走得更快些，更快些。

无法把那块“烂泥”咽下去

在一间明亮而又简单的房间里，一位外国医生正在用英文和宏炜说着什么，雅歌就坐在两人旁边。刚才她向外国医生介绍了自己的病情，现在宏炜在做翻译工作。她听不懂英文，不知道他们谈话的内容，但是她从两人不时朝自己看一下的眼神中，清楚地知道他们说的每一句都是和自己有关的。很快两个人的谈话结束了。房间里出现了短暂的寂静，这寂静让雅歌可以清楚地听到自己的心跳。

“雅歌，我刚才把你的病情翻译给医生听了，但是医生说他们的药并不适合你这一类的病情，因为进行性肌肉萎缩症是有很多种的，所以医生说你的病他们治不了。”

宏炜的声音并不高，可是雅歌却感觉自己已经被这声音震得脑袋嗡嗡地响。忽然她转念一想，宏炜会不会翻译错了，也许医生不是这么说的。这个念头一出，雅歌就马上去看那个外国医生，她不知道自己的眼神里有什么，那个外国医生一看见她望过去，就摊开双手摇了摇头。

雅歌心像被掏空了一般，一直以为这样的结果是不难接受的，可是当自己亲耳听到这个结果时完全不是想象中那么容易接受。

徐建不知什么时候站在了雅歌的身旁，这给了她很大的支持，很快雅歌恢复了平静。她对宏炜说："你再和医生说说，我想试试他们的药，既然是治疗进行性肌肉萎缩症中的一种的，那说不定也会对我有一点效果。我既然已经来了，就想试试，真的不行，我也不遗憾。"

宏炜认真地把雅歌的话翻译给了外国医生，雅歌紧张地拉着徐建的手，等待着结果。很快宏炜笑着告诉雅歌，外国医生同意她的请求了。

在一个房间里，徐建手里拿着几粒外观很普通的药片站在雅歌面前。他小心翼翼地拿起一粒药片，递给雅歌说："医生说这十粒药是一顿的量，如果有效果，吃了这一顿你的身体就会有感觉的。"

雅歌接过药，她有点迫不及待地想吃下去试试，可是她看着徐建一直站着不动有点急了："你快给我倒水呀！"

"医生说了，这个药要含服，让药片在嘴里自己慢慢融化。"

"啊，不能用水吃呀。"雅歌看着药片有些发愁，也不知道这药苦不苦呀？"徐建，你说我吃了这个药会不会有效果呀？"雅歌很希望徐建给自己打气。

徐建拿着药看了看说:“我也不知道，这个要你吃了才知道。”

看着药片，雅歌不由得咽了一下口水。她一狠心，把药片放进了嘴里，然后她先用舌尖试探性地舔了一下药片，第一下因为害怕有苦味舔得太快没有感觉，第二下稍微停顿了一下，还好，没有什么味道，也不苦，只是药片有点粗糙。

渐渐地，开始融化的药片散发出一种说不出的味道，而且那味道越来越浓。雅歌皱起了眉头，她努力控制着自己的胃里向上泛的苦水。“不能吐,一定要咽下！这可是用钱也买不来的机会呀，长这么大第一次有这样治病的机会，多么难得呀！就算没希望也要试一试。”雅歌一边想着，一边看着徐建，她感觉看着徐建就会有坚持把药吃下去的勇气。她继续含着药片，一次次努力地咽着口水，她希望可以用唾液带下慢慢化开的药片，只是那化开的药片像一块烂泥堵在嗓子眼。雅歌试了几试都无法把那块“烂泥”咽下去，她感觉自己全身的血液都在往头上蹿，她已经喘不上气了，胃里也翻江倒海似的往上涌着。

“雅歌，你怎么了？”徐建被雅歌的样子吓到了。

已经来不及说话的雅歌再也控制不住胃里的翻江倒海，一张口呕吐了出来，刹那间吃下去的药全部吐在了徐建的身上。雅歌顾不得嘴里的苦涩，大口地喝着徐建递过来的水。喝了些水，雅歌感觉好多了，她急促地喘息着，胸口也跟着一起一伏的，她对徐建说:“快给我吃药。”

徐建给雅歌擦着嘴说:“我们不吃了，反正这药也治不好你的病。”

“说不定会有用的？”雅歌还有点犹豫。

“有用我们也不吃了，看你吃药那么难受我都吓死了！”

雅歌看着徐建一脸的关切，她轻轻点了点头。那一刻她发现能不能走对自己已经不那么重要了，重要的是徐建对自己的爱可以越过一切的障碍和困难。

第十章　两个人一双脚

为什么叹气?

夜色慢慢降临了。马路上的路灯亮了，像一双双眼睛调皮地打量着这个世界。这时，徐建推着雅歌走出医院。雅歌看见马路上湿漉漉的，应该是刚下过雨，空气还弥漫着泥土的气息。雅歌用力吸了一下被大自然的雨水洗涤后清新空气，让那股清新一直深入到心肺中，然后再很用力地呼气，把心肺里的压抑、污浊全部呼出去。啊！好舒服呀！雅歌闭上眼睛将头靠在徐建的胸口，随着徐建走路时身体的摆动，她的头也一颠一颠的。刚才发生的一切是如此的清晰——这就是自己心中一直都很期盼的治病的经历，也许这也是自己这一生唯一的一次治病经历了。“唉！”想到这，雅歌轻轻地叹息了一声。

“怎么了？干吗要叹气呀？”徐建捕捉到了雅歌的叹息。

雅歌睁开眼，略显失落地看着前面没有尽头的马路。“我们的北京之行就这样结束了吗？”她的声音依然很轻，就像在自言自语。

徐建推着雅歌来到一个卖馒头的店铺前停了下来，他说：“还没有完，我还要带你去看天安门。”

那是一间很小的店面，门前的一个炉子上摞了一摞的蒸笼，上面正冒着热气。一阵浓浓的馒头香味钻进雅歌的鼻孔，这诱人的味道引得雅歌竟感觉肚子饿得有些受不了了。徐建掏钱买了两个豆沙馒头、两个白馒头。徐建把豆沙馒头放在雅歌手里，自己留下两个白馒头。雅歌留意看见价格表上写着：白馒头 0.50 元一个，豆沙馒头 1.00 元一个。她转眼看着徐建大口地啃着白馒头，不自觉地把自己手里的一个豆沙馅馒头握得紧紧的。

“快吃呀，要不馒头都凉了就不好吃了。”徐建看着雅歌朝自己发呆，催促着。

雅歌回过神来“嗯”了一声，举起馒头用力地咬了一口，慢慢咀嚼着。两个人不约而同相视而笑。

“吃完了我们去看天安门的夜景。”徐建几口就已经消灭了一个馒头。

“去天安门？”对，刚才徐建就是这么说的！只是自己光感觉着饿了，没有理会这个。虽然雅歌感觉很累，可是她一听说要去天安门一下子就感觉全身是劲了。也许是这馒头有着神奇的力量，雅歌又狠狠地咬了一大口馒头。

“徐建，你希不希望我的病能治好呀？”雅歌咬着馒头含糊不清地问着。

“当然希望了，你忘了我和你说过，我有好几次都梦见你会走了。”徐建说话的声音充满着希冀。

雅歌听了徐建的回答，有些失落地放下手中的馒头。“可是照现在看，我的病可能永远也治不好了。”这话说出来时雅歌的声音已有些哽咽。

徐建的脚步迈得很快，仿佛前面有着某种神奇魔力在吸引着他。“治不好也没有关系，我决定了，就这样照顾你一辈子了。”徐建的话音微微上扬着。

徐建的话引来了路旁几个人的注目，那好奇的目光让雅歌的脸上感觉一热。就因为坐轮椅，所有朝自己望过来的目光都是异样的，雅歌的内心深处害怕这种异样的目光，她喃喃地说：“我要是有健康的腿多好呀！”

“我就永远做你的腿了。”徐建说话声音还是那样微微上扬。这声音就像是从高处流淌下来的一条小溪，很轻易地就流进了雅歌的心里。小溪一路流淌着，那失望和自卑的泥沙很快被这欢快的小溪全部冲走了，留下的是自信，是坚强。雅歌在小溪边找回了那个不知道在什么时候迷失的自己，她正在那里微笑着，等待着。她忽然醒悟，原来自己真的很美，坐着轮椅上微仰着头，嘴边总是带着微笑，可是为什么以前从没有发现，还把自己丢了？

“雅歌快看，前面就要到天安门了！”徐建一边走一边提醒着雅歌。

雅歌顺着徐建的提示向前望去，在不远处霓虹耀眼夺目，黑暗已经不存在了，代替它的是光明。那被霓虹灯装点起来的天安门，已经可以看得很清楚。

这就是雅歌最向往的北京天安门广场，她已经有些等不及了：“徐建，我们走快点吧。”

“飞”起来的感觉真好

夜色已经完全笼罩了大地，天空深幽空旷。几颗星星稀稀拉拉地散落在天际，就好像仙女颈上的项链被无意间弄断后撒落下的珍珠。

夜色中的天安门广场是那么的耀眼夺目，数不清的霓虹灯发出五颜六色的光束。放眼望去，到处都是人：散步的人，游玩的人，拍照的人，驻足观看的人……

在平时这个时间雅歌早就已经休息了，可是今天她太兴奋了，所有的劳累和疲乏都不知道跑到哪里去了。她满脸都是笑意，嘴角弯弯地向上翘着。雅歌的脸庞好像一朵盛开的花，那样地娇美、动人。

雅歌小时候在课本上就看见过天安门的样子，那时就常想什么时候能去首都北京看一看。也许是因为知道自己永远都不可能去北京，所以那种渴望就更加强烈，更加魂牵梦绕。

现在自己就在以前只有在梦里才会到的地方——北京。“北京真漂亮呀！”雅歌在心里感叹道。难道自己现在是在梦里吗？雅歌有些怀疑自己的眼睛所看到的景象，她用牙齿轻轻咬了一下嘴唇，有点痛。不是做梦呀，真的不是做梦！雅歌偷偷地笑着。

忽然前面出现一对情侣的身影，这身影有点熟悉。雅歌定睛看那个男孩子真的很像徐建。等那对情侣稍微走远一些，雅歌轻声喊徐建：“徐建，你看前面那个男的很像你。”

“在哪呢？”徐建从雅歌身后弯下身子，将头和雅歌的头紧挨在一起。

广场的人太多了，雅歌再想找那对情侣已经不见踪影了。可是徐建依然还在不停地问：“在哪呢？”

雅歌正不知该怎么解释时，正好看见路边的一个路灯的杆子，就顺手一指含糊地说：“就是它呀。”说完后自己都感觉好玩，就偷笑起来。

雅歌听着徐建没有声音，知道他还没有明白自己在捉弄他，忍不住笑出声来。徐建听见雅歌那银铃般的笑才明白过来是怎么回事。他故作生气地说：“好呀，你欺负我，看我怎么治你？”说完就加快脚步推着雅歌在广场上跑了起来。

铺着大理石的广场地面光滑得像镜子，轮椅的轮子在上面滚过就像溜冰鞋划过冰面一样轻盈。当轮椅开始快速滚动起来时，雅歌心一惊，好像有一股力量在把她的身体向后拉。她用力抓住轮椅扶手，她感觉胸膛里有一种力量在往外冲，她想喊徐建停下来，可是当话冲到喉咙时又停住了，无法用语言形容的兴奋让她不想停下来。雅歌屏住呼吸，微风从她的脸上吹过，带着夏季独有的凉爽，这凉爽让皮肤上的每一个毛孔都舒展开了。就像她的心，放下所有的烦恼，就单单让快乐自由地在心里飞翔。

徐建半弯着腰，双手按着扶手（雅歌感觉自己就像在徐建的怀中）越跑越快，他的脸庞挨着雅歌的头。雅歌喜欢徐建和自己头挨着头，就像一对手牵手的情侣一样。虽然他们永远都不可能手牵手地一起并肩走，但是头挨着头的方式却是属于他们自己的。徐建的身上有股淡淡的汗酸味，就是这平时不喜欢的味道，雅歌现在闻起来却感觉很舒服，她甚至还努力捕捉着徐建身上那种似有若无的味道。徐建推着雅歌在广场上自由地奔跑，没有羁绊，没有阻挡，没有顾虑。轮椅一直都是很笨重的，可是现在它变得轻盈、飘逸，就好像生了翅膀，正在慢慢地飞起来。雅歌的目光飘过人群，飘上天空，飘向很远很远的地方。雅歌和徐建喊着，跑着，笑着。

一顿饭只能花一块钱

不知玩了多久，雅歌想找个地方让徐建坐着歇会儿，可是每一个供游客休息的地方都坐满了人。再往前走，忽见前面有一个凳子空了出来，雅歌伸手一指。“那里有空位置。”她的话音还没有落，徐建一个滑行，就冲到了座位前，快速坐下，这一切动作都是一气呵成。雅歌看着徐建坐下后洋洋得意的样子，笑得不行。“看你平时做什么都是慢慢腾腾的，这次倒挺利索的。”

雅歌的话让徐建更加得意了：“那当然，要看是什么时候了，这慢了位置就会被别人抢去了。”说完他又把轮椅朝自己拉近了些。

被拉近的雅歌可以很清晰地看着徐建，他热得把衬衣的袖子高高地挽起，然后又用手摸了一把脸。雅歌看着他本来就很瘦的脸颊因为这几天的吃不好睡不好而显得更加的消瘦了。她在脑海里搜索着最适合的词，可以表达出自己心里的愧疚和关心：“你累不累呀？”雅歌对自己的问话很不满意，可是她又找不到更适合的言语。

“不累，这点累算什么呀。”徐建拿出水杯喝了几口水，“你不总想来北京看看吗？现在来了，我要带你好好玩玩。”

徐建的话正说到雅歌心坎里去了，她心里乐开了花。可不知为什么，雅歌总感觉徐建说话时的神情里有种微妙的变化。“你不喜欢北京吗？这里多好呀。”雅歌很想知道那是为什么。

徐建没有马上回答，他的目光转向地面，停留片刻又望向远处。“我以前来过北京的。”

“你以前来过北京？来干吗？”雅歌可是第一次听徐建说起他以前来过北京，这勾起了她的好奇心。

徐建收回目光，把水杯盖好，放在雅歌轮椅座位的边上，然后说：“那时我刚退伍不久，经人介绍我就来北京打工了。”

徐建平淡的回答实在无法满足雅歌的好奇心。“你来北京做什么工作？做了多长时间？有没有来天安门玩过？”她一口气问了好几个问题。

又是片刻的沉默。就在这时，坐在座位旁边的一个陌生游客站起来走掉了，雅歌感觉空间一下大了许多。他说道：“我来北京是做保安的。当时来的时候我身上只有一百块钱，这一百块钱要用一个月才有工资发的。那时我每天每顿饭只能用一块钱。”

“啊？一顿饭就吃一块钱？那能吃得饱吗？”雅歌不由得打断徐建的话。

徐建看着雅歌一脸惊讶的样子，淡淡一笑道：“那时候能不能吃饱已经不重要了，重要的是还有得吃，那时候晚上睡觉经常会饿醒的。”

雅歌看着徐建心微微有些颤抖，不知道该说什么。她知道这个话题会越说越沉重，她想换个轻松的话题：“你那时候有没有来过天安门？那时和现在有没有什么变化？”

徐建站起身，推着雅歌的轮椅慢悠悠地在广场上继续前行。“那时候哪有心情玩呀，就想打工能多赚钱。在北京的半年时间里感觉特别孤独，根本没有心情去想玩的事情。”

徐建的话在微风的带领下飘进雅歌的耳中，也飘进她的心里，她的心很痛，仿佛徐建当时的孤独又回来了，并且一下子钻进她的心里。雅歌一直以为徐建是一个很简单的人，她现在才知道在徐建心里有很多他不愿意提起的往事。她感觉自己对徐建真的还有很多不了解的地方。

夜越来越深了，广场上的人慢慢往四处散去，这时雅歌忽然想说一句话，她大声地对徐建说：“你现在有我陪伴了，以后就不会再孤独了。”雅歌的声音很大，她就是要徐建清清楚楚地听到，她也想让所有的人都能听见，让全世界都能听到。

逛故宫成了一种挑战

雅歌和徐建一起来故宫玩了。他们先走进一个很高很大的门洞，光线一下子暗了下来，雅歌感觉像进入了时光隧道。当光线再一次亮起来的时候，她的眼前出现了和外面完全不一样的景象，处处是亭台楼阁、雕梁画栋。正走着，前面出现了一排高高的石阶，雅歌看着石阶心里一点也不愁，有徐建在，好像任何障碍都已经不能拦住轮椅的前进。雅歌正想着，徐建那长长的双臂已经伸过来，用双手握住了轮椅的扶手，把雅歌连轮椅搬了起来，在徐建熟练的动作中，雅歌惬意地半靠在徐建身上看着风景。

上了十几级台阶，雅歌的眼前出现了一座宫殿。他们转了一圈后，继续往前走，前面又出现了十几级台阶，雅歌望着台阶有点疑惑，故宫为什么要有这么多的台阶呀？这时徐建已经又搬着轮椅迈上了台阶。就这样，他们每走一段路就会遇到十几级台阶，徐建上台阶的脚步越来越慢了。当再一次有台阶出现在面前时，雅歌决定不再逛故宫了。“徐建，我不要上去了，我们回去吧。”

“上，来了就一定要看完，没事，我有的是力气。”徐建在台阶下停了一下，用力吸了一口气，又把轮椅抬了起来。

雅歌想坚持回去，可是坐在轮椅上她又不敢说话，怕徐建会分散精力。徐建向来走路的脚步都是有力的、坚定的，可是现在当徐建开始迈步上台阶时，雅歌感觉徐建的脚步有点摇晃，她只有尽量坐稳了不给徐建增加压力。徐建已经无法一口气把雅歌搬上十几级的台阶，他向上迈一步就要放下轮椅停一下，喘一口气再上一级。每一次把轮椅搬起来，徐建都要尽量用胸口顶住轮椅，让双手减轻点重量。雅歌同时也会后仰着靠在徐建的胸口上，雅歌的后背可以清晰地感触到徐建胸口的起伏，他的呼吸很重，每一下的呼吸雅歌都可以从那瘦弱的胸膛处感觉到。

这时的雅歌想和徐建一起努力，是的，她不能就这样傻坐着干着急。看着台阶雅歌盼着可以快点上去，她不由得轻轻数着数：1，2，3……忽然她感觉自己这样做就是在和徐建一起爬台阶，两个人一起在用力，一起在向上攀登。终于，11级台阶爬完，轮椅在地上停稳，徐建双手支撑着轮椅扶手大口喘着粗气，然后说：“走，我们继续。”

接下来，雅歌感觉他们已经不是在逛故宫，而是在完成某种挑战，这种挑战需要他们齐心协力地去完成，每当有台阶要上时，雅歌都会帮徐建数台阶。故宫里有许多许多的楼梯、台阶，好像永远都走不完。无形中，雅歌和徐建好像不是为游玩故宫来的，而是为了攀爬故宫的台阶来的。每当有台阶出现，雅歌就会说“加油”，这个加油是给自己的，也是给徐建的。

不知道走了多久，他们终于走出了故宫，找了一处凳子坐了下来。一坐下来，徐建就拿出水杯大口地喝着水，水流进喉咙时发出咕嘟咕嘟的声响。这时雅歌看见徐建拿水的手掌很红，她的心也揪起来，平时徐建的手不是这样的。雅歌拿起徐建的另一只手，把手掌翻过来轻轻抚摸着，徐建的这只手掌也是红红的。她知道了，这是徐建刚才搬轮椅过度用力的结果。雅歌看着这手有点出神，她在感受着刚才徐建搬自己时的每一个动作，以及他的呼吸、他的表情。在这个世界上，除了徐建再没有另外一个人能为自己做到这些了。

徐建突然把雅歌的手握了起来，雅歌先是一愣，顷刻又释然。徐建的手热得发烫，雅歌柔软的手被徐建手掌粗糙的皮肤包裹着，也被手掌中湿湿的汗迹浸润着，她感觉到徐建手指的每一个骨节都很结实。

雅歌看着徐建的手，心中出现一个声音：“这双手一直会这样牵着自己走下去吗？”雅歌又有点出神了。

好像从没有离开过家

终于要回家了。

到了晚上，雅歌和徐建很顺利地上了火车。在火车上经过一夜的休息，雅歌的精力也完全恢复了，当太阳再一次升起时，火车进站了。

下了火车，徐建把在北京买的背包里装不下的东西一样样地挂在雅歌的轮椅上，说："当然是自己家好了，回到家能来上一碗粥就更好了。"

雅歌等着徐建把大大小小的几个塑料袋往轮椅上系好，这时她的视线里出现了一个熟悉的身影。"二姐，你怎么来了？"雅歌看见二姐，有点喜出望外。

"你不是发消息给我说今天回来吗，我正好休息，就来接你了。东西不要往轮椅上挂了，给我拿吧。"

雅歌看了徐建一眼，他们正发愁多出来的几样东西要怎么拿呢。二姐的到来让他们都松了一口气，更感到一种亲情的温暖。

"快走吧，爸妈还等你们回家吃饭呢。"

二姐的话让雅歌感到很突然，她又一次去看徐建，眼中放出喜悦的光芒——她用眼神和徐建说："爸妈在等我们回家吃饭，那就是说爸妈已经开始接受你了。不对，是接受我们的感情，我们的婚姻。"

"我们要回家吃饭吗？"雅歌希望能得到徐建明确的回答，如果他不愿回爸妈那里，雅歌也会接受。

“去，干吗不去？正好我们买的东西还要送给爸妈和妞妞。”说完徐建推起轮椅就走。

在徐建飞快的脚步中，雅歌也有点归心似箭的感觉了。一个小时后，雅歌回到了家里。一进门她就看见爸爸正在厨房烧菜。不用看，闻味道就知道是自己最爱吃的红烧鲫鱼。这味道是那么的熟悉，好像从来都没有变过，好像自己从来没有离开过这个家，没有离开过爸妈。

雅歌让徐建把自己推进里屋，大姐还坐在她已经坐了几十年的那张特制的椅子上。真的没变，什么都没有变，屋子里的摆设没有变，屋子里的人也没有变。雅歌开心地在飘散着鱼香的屋子里和妈妈、大姐说着去北京的一些有趣的事；徐建在陪外甥女妞妞用在北京买的画笔画画，他们一会儿聚精会神地画着，一会儿又为争夺一支彩笔相互打闹着，徐建快乐得像一个大小孩。雅歌看着他们玩得那么开心，自己也笑得肚子疼。

“吃饭了。”爸爸开始在客厅喊了。

很快，一家人在饭桌前坐好，爸爸端上红烧鱼，放在雅歌的筷子能够到的地方。以前爸爸就是这样有好吃的就会放在离雅歌最近的地方，现在还是没有变，雅歌心里一热，暖暖的感觉涌遍全身。

“快吃吧，不要等了。我还特意给你们烧了粥，知道你们在外面容易上火，嘴里没有味道，一定想喝粥的。”妈妈端了两碗粥放在雅歌和徐建面前。

雅歌用胳膊肘碰了碰徐建，她想和他说：“回家的感觉真好。”可是，她又感觉这样的语言根本表达不了自己心中的那种快乐和幸福，就用了这样的一种方式。

徐建已经等不及了，端起碗呼噜噜地一口喝下了小半碗。雅歌听着徐建喝粥发出了很大的声音，忍不住笑了。“你慢点，不要烫着了。”

“呵呵，这粥不烫，我早盛出来晾凉了。”妈妈看着徐建吃得那么香，也开心地笑着，说完又从厨房里端出了一盘凉拌黄瓜丁。徐建看见了凉拌黄瓜丁，夹了一大口放在嘴里，幸福得满脸放光。

“妈，你也来吃吧。”雅歌一直没有动筷子，她在等，她要等爸妈都坐下了，一家人一起吃。此刻虽然雅歌也很饿，也很想吃爸爸烧的菜，却不想一个人先吃，她要和爸妈一起吃。一家人在一起吃饭的情景雅歌从离开家后就无数次地梦到过，现在不是梦，是真真切切的。看着爸妈进进出出地忙碌着，雅歌感觉自己好像从来没有离开过家，家人一直都在身边。

等爸妈都坐好，雅歌已经有点迫不及待地先吃了一口爸爸烧的鱼。当红烧鲫鱼那熟悉的味道在口中弥漫开来时，雅歌陶醉在了一种浓浓的家的氛围里，她悄悄环顾着一家人，每看一个人她的陶醉就深一些。那种感觉好像从来都没有过，又好像一直都在，只是需要妈妈忙碌的身影，需要爸爸红烧鱼的香味，这种陶醉才会跑出来，快快乐乐地跑出来，毫无顾虑地跑出来。这陶醉包围着雅歌，她的脸都被润染得红红的。

第十一章　不是秘密的秘密

无意中发现的秘密

从北京一回到家里，徐建就开始洗在北京那几天换下来的脏衣服。雅歌因为几天的奔波，劳累过度，身体还没有缓过来。她懒懒地坐在床上，看着徐建把脏衣服一件件地拿进卫生间。她很想坐上轮椅到卫生间去看徐建洗衣服。她希望徐建一直都能在自己的视野范围内，和他说话或是看他干活都可以，哪怕就是安静地在旁边看着他忙手里的活，那也是一种享受。

也许就是因为这个原因吧，雅歌总喜欢给徐建找活干：擦桌子，擦地，洗衣服。看着徐建总是会按照自己的要求把屋子打扫得很明亮，她就感觉很有成就感。此刻，雅歌像个主妇一样用一种幸福的眼神打量着房间：这个房间虽没有什么家具和装饰，但是很整洁。柜子上的书徐建一直都会摆放得很整齐，床上也很干净，每半个月床单被套就要换洗一次，有时徐建偷懒不愿意洗，雅歌就会又哄又骗地非让换。如果这些办法都没有用，雅歌就装生气，这样徐建就会乖乖地去洗了。

听着徐建在卫生间洗衣服的声音，雅歌知道他要忙一会儿了。自己坐了一会儿也很累了，就想躺一会儿缓解一下腰部的酸痛。

因为腰部的变形，无法支撑身体的重量，稍微一累到，腰就会像要断了一样地痛。雅歌努力把身体的重心向右移，失去重心的身体快速向右侧倒去,只听“咣当”一声,她的头重重地撞在了床上。雅歌皱了一下眉头，好在床上铺了一层棉被，头被撞的疼还可以忍受。雅歌在对面的电视机屏幕上可以清晰地看见自己侧着身子躺在床上的样子，两只脚交叉着耷拉在床沿上，上身弯曲，肚子和大腿挨在了一起，右边的一只手被压在了身底下一点也不能动，左边的一只手在上面还可以活动。雅歌以这样的姿势躺在床边上是很难受，但是至少腰不那么疼了。她不想喊徐建来帮自己躺好，她感觉这样就是在给徐建减轻负担。她能做的也就只有这些了，能让徐建减少一次进出的忙碌她认为也值得。

雅歌安静地躺着，等待着徐建洗好衣服。忽然她感觉有什么东西在影响自己的视线，她抬起眼皮，看见是一个薄薄的小本子。“这不是徐建一直都带在身边的小本子吗？”雅歌心想。经常看见徐建在这个小本子上写写画画的，可是她从没有问过这小本子上写的是什么。现在这个小本子就在面前，一定是徐建刚才换洗衣服时掏出来的。雅歌用自己还可以动的一只手拿起这个小本子，这个小本已经很旧了，还脏兮兮的，下面的角大部分都卷着，有的还残缺了。雅歌翻开小本子第一页，看到上面是徐建为每天的花销记的账：茄子 1.20，土豆 2.00，番茄 0.80……雅歌眼前仿佛出现了徐建数算着兜里不多的生活费，把买的每一样东西都仔细地记在小本子上，时而为当天的超支皱眉，时而又为当天买了又便宜又好吃的菜而得意微笑的场景。

再翻过几页，“菜谱”两个字映入雅歌的眼中，番茄炒蛋、凉拌海带丝、豆腐羹……雅歌不知道徐建什么时候写了这样一个菜谱，而且一个星期的七天，每天的菜谱都不重样。雅歌看着这个“菜谱”，心里甜丝丝的，同时她也在心里感叹：“真是难为他了”。

那个小本子上散发着一种味道，淡淡的，混合着徐建身上的汗味，还有徐建烧菜时头发上粘的油烟味。

在这种熟悉的味道引诱下，雅歌又翻开了下一页，这一页上面写了很多字，这字体工工整整，还很秀丽，而且是那样熟悉。雅歌慢慢看着那些字：你怕雅歌受苦，可是你的老爸不是也在乡下身体不好没人照顾吗？你为别人考虑，可是谁又为你考虑哪？你办了一张金穗卡到现在也没有存进一分钱。徐建指的这个“你”是谁，是他自己吗？对，是他自己。那他写的这段话是什么意思呢？是他不满意现在的生活？是他对自己辛苦的付出内心很矛盾？对，这就是他的内心最真实的表露。原来在他的内心还有一个角落藏着秘密。雅歌感觉自己的脑子已经转不过来了，仿佛被某种力量掏空了一切思想。时间停止了，空间定格了，雅歌拿着本子呆呆地望着。

他的心不是完全属于我的

雅歌拿着本子，她反复地读着那几行字，那几行字特别地粗黑，每一个字都是被反复描过的，本子上的字被圆珠笔的油墨浸染得有些斑驳。雅歌的整个身心都已经被那几行字给吸进去，读一遍温馨被吸走了，再读一遍幸福感被吸走了……很快，雅歌的心也有种被掏空的感觉。她想用手去捂住胸口，可是她的手没有力气，她的手已经麻木了，而且还冰凉、僵硬。

“谁让你看我的本子的？”

一个声音突然出现，让雅歌一惊，这声音恍如在梦中，让她感觉很模糊，也让她努力去辨认这是谁的声音。是徐建！他一把抢过小本子，快速地放进衣兜，眼中射出责备的光。雅歌看着那陌生的目光，不由得打了一个寒战。刹那间，内心的恐惧在上升，在膨胀。

“我还没有来得及看，你就拿走了，我什么也没有看到。”雅歌的声音出奇地冷静，这冷静中还带着冷漠，她自己都被自己这样冷漠的声音给吓了一跳。同时在她心底还有一个声音在说：“你怕什么？你如果心中没有什么可隐瞒的私密，用得着这么怕我看吗？”可是雅歌没有勇气把心中的话说出来，她就想快快把自己伪装起来，不要再让任何事来伤害自己。

“你那上面写的什么，给我看看吧。”雅歌不知道自己为什么要这样说，或许是希望徐建能够主动把他心里最真实的想法告诉自己，这样就说明他内心没有什么隐秘不愿意让自己知道，自己也可以不用这样惊慌失措，这样害怕。

“没有什么，这上面都是我瞎画瞎写的。”说完徐建又把刚放进兜里的小本子拿出来，匆匆走到桌子前拉开抽屉，把本子放进去后又快速关上了抽屉。

看着徐建把本子放进抽屉，雅歌的难过充斥了她整个的心。她真的很希望徐建能将心底的话说出来，也好给自己机会去安慰他。可是徐建的选择是继续把心底的真实想法隐藏起来，这是雅歌最无法接受的。

徐建帮雅歌重新躺好，又拿过一条毛巾被给她盖上，并且细心地把被角掖好。雅歌听见徐建给自己盖好被子就向外走了，可是走了几步，他又走回来，说:“我去洗衣服了，你有事就喊我啊。”

徐建又出去了。房间里的一切都是静悄悄的，只有窗外吹进来的风，吹动墙上的中国结下面的流苏，那红红的流苏随风摆动着，悠悠荡荡。雅歌很喜欢在这样深秋的时节去感受那午后特有的温暖。她努力让自己被那飘动的中国结吸引。那个中国结是她和徐建一起去买的，外面是一个心形的框架，里面是一个用彩线编成的“喜”字，那个心就像是徐建给自己的一块地，大大的，空空的；而那个“喜”字就是雅歌自己，她喜欢被呵护，她喜欢占据徐建的整个心，而且是不留一点余地地霸占他所有的地方，不许他有任何一点属于自己的空隙。

在徐建的这块心田中，雅歌一直都是在按照自己的意愿随意地折腾：把自己的喜怒哀乐都种在了那里，她想种什么就种什么，想要哪个位置就要哪个位置。她每日流连在这块心田里，直到有一天，她发现一个不是自己种下的情愫在某一个角落里悄然地生长着，就发疯似的要去拔掉它。

时间不知道过去了多久，雅歌忽然感觉有什么地方不对，究竟是哪里不对，一时又说不清楚。难道是自己不该独自霸占这颗心？

“我在徐建的心中随意地播种是想让他能快一点接受新生活，我这样做错了吗？我不让他有自己的空间是希望他可以放下很多不切实际的想法，我这样做也错了吗？”雅歌还是不服气，她不认为自己有什么不对。

可是雅歌的内心不得不承认自己确实是变了，变得自私，变得霸道，变得只在乎自己的感受，却忘记了给徐建留一块属于他的地方，忘了徐建也有自己的喜怒哀乐要种，没有想过问这块心田的主人要种什么。

“霸占不等于拥有。难道自己真的占据了徐建全部的心房就会满足和幸福了吗？”雅歌问自己。

违心地想给他自由

雅歌忽然明白：自己不能总像小孩子一样地依赖徐建，总是刁蛮任性地想操纵徐建；自己无法控制徐建的情感和想法。徐建有自己的私密空间，那就让它存在吧，不仅要让它存在，还要好好呵护它，保护它。雅歌很想为徐建做点什么，一直都想，哪怕是给他擦擦汗，给他捶捶背。自己是徐建的妻子，可是自己做到一个妻子该做的一切了吗？自己给徐建应该有的自由空间了吗？

徐建洗好衣服拿进屋，站在阳台上一件件地往衣架上挂。窗外的阳光很亮，在这明亮的背景下，徐建显得很高大，这高大让雅歌很陶醉，她希望这高大能够让她一辈子都依靠。可是，真的可以依靠一辈子吗？如果以前是这么想的，那现在开始她有点怀疑了。

“睡着了吗？”徐建晾好衣服，看见雅歌正看着自己，就关心地问。

徐建关切的问话让雅歌觉得很“假”。她不想回答，就没有吱声，只是继续静静地看着徐建。

“又在想什么？”徐建看雅歌不回答就又问。

雅歌看着徐建关切的眼神也想和他说些什么，她知道自己不该任性地选择沉默。可是，她没有办法说服自己，她感觉自己连说话的力气都没有了。

“你一会儿要不要出去？”徐建继续问着。

雅歌不知道徐建问这话的意思是什么。她移开目光看着墙上的中国结，仿佛是在自言自语：“出去干吗？”她的声音很轻，轻得微风都可以吹走。

徐建看雅歌说话了，就走过来。“刚才我一个老乡打电话给我，说他下午来玩。他找不到咱家，我想出去陪他转转，你要不要去呀？”

雅歌听出徐建是在用试探的口吻和自己说话，她有种预感：徐建一定不愿自己去，因为自己坐轮椅让他的老乡看到会……雅歌不愿再多想，她已经决定要给徐建一些自己的空间和时间，她自己也需要继续梳理那还没有完全理清的思绪。“我不想去了，我借的书要快点看完好去还掉。”雅歌很轻易地就找到了一个不去的借口。

“那过会儿我们吃完饭你就在家看书，我出去最多两个小时就回来。”徐建对雅歌的回答并没有勉强。

雅歌从徐建的说话声里可以感觉出他对自己一个人出去和老乡会面充满了期待。她真的希望徐建能再问一遍自己要不要去，哪怕是敷衍一下也行呀。

吃过饭，徐建就出去了，留下雅歌一个人在家里。她打开书，努力地想让自己能看进去。可是这次她失败了，她发现自己根本就没有心思看书，她忽然感觉那些字就像一个个针尖刺着自己的眼。

雅歌闭上眼睛，她的眼前出现刚才徐建一个人开开心心出门的样子，她的心痛得紧缩在一起。她想不通原来徐建是那么渴望自己一个人出去，为什么自己以前就从来没有感觉到哪？难道他以前都是装出来的吗？难道他和自己在一起并不是真心的吗？有时候，雅歌也会问自己：徐建这样每天重复着单调的生活来照顾我，究竟是为什么？是因为“爱”？那又是哪一种爱有这么大的力量哪？雅歌想起徐建曾经说过，梦想着有一天能和自己一起去爬山，一起去跑步。难道是这种梦想在支撑着他和自己在一起的吗？

雅歌想得有点累了，她看看时间，徐建离开家有一个小时了，这一个小时平时和徐建在一起时眨眼间就过去了，可是现在却感觉那么漫长。雅歌大部分的时间都是一个人在家，她喜欢一个人在家看书、写作，然后等徐建回家。可是不知道为什么，现在她感觉一个人好孤独好害怕，她已经没有心思做任何事情了，心里就是慌慌的。

雅歌想起徐建走的时候，特意把小灵通放在自己的小桌上，还一再叮嘱“有事就给我打电话”。还是给他打电话问问吧，不催他回来，就问问他现在在哪？在干什么？雅歌把要说的话都想好了，开始按那熟悉的号码。可是在要按通话键时她又犹豫了：也许徐建现在正和老乡谈得开心呢，自己的电话一打过去是不是会破坏徐建开心的心情？就是自己不问他什么时候回来，他的老乡又会怎么看徐建？想到这，雅歌放下了小灵通。

故意挑逗他发火

不知道什么时候阳光不见了，厚厚的云从远处涌来，一层又一层地把蓝天给覆盖了。那明亮又温暖的阳光说不见就不见了，刚刚还透过窗子照在房间里的。雅歌用目光找寻着，她的眼睛望向窗外的天空，可是窗外广阔的天空却被窗户的铝合金框子给分割成了方方正正的一小块。是的，雅歌知道，现在唯一属于自己的就只有这一小块天空。可是阳光呢？雅歌收回目光，屋子里的光线变得暗淡了。她努力叹了一口气，想把心中淤积的苦闷都释放出来。她的叹息声幽幽地在房间四散开来，在触碰到墙壁后就又荡了回来，溜进雅歌的耳朵。这声音像一个诡异的精灵，让雅歌捕捉不到它的踪影，却可以感觉到它在脑海中肆意游荡。雅歌再一次看时间，早已过了两个小时了，可是，徐建还没有回来。

又不知过了多久，雅歌的耳朵捕捉到一阵很轻微的声音，她的心猛烈地跳了几下，是徐建回来了。他正在用钥匙开防盗门的锁，那钥匙在锁眼里转动的声响，雅歌太熟悉了。接下来是徐建开门和关门的声音，很快徐建就出现在房门口。雅歌最先看徐建的脸，她习惯从徐建脸上的表情来揣摩他内心的活动。徐建的表情很平淡，眉头微微蹙着，双唇紧闭。雅歌有点失望，她又去看徐建的眼睛，她希望可以从这扇心灵的窗户中看到他的内心变化，这次她又失望了。徐建仿佛知道雅歌内心的动机，他感觉到雅歌敏锐的目光正盯着自己看时，他并没有去迎接这目光，而是好似无意地把自己的眼光从雅歌的头上飘过，然后走过来问雅歌："累了吗？要不要上床躺一会儿？"

雅歌对徐建的关心毫不理会，她想要知道徐建这次出去和老乡都干什么了，于是就拐弯抹角地问："你老乡呢？你没有带他到家里来玩玩呀？"

"我老乡已经回去了，他就有半天的时间，来不及到咱家来。"徐建拿起雅歌桌上的书，好似随意地翻着。

徐建的回答并不是雅歌真正关心的，她要得到更多的信息："你老乡难得来一次，你也要请人家来家里吃顿饭呀。"

徐建对雅歌的热情并不领情，语气淡漠地说："我领他在外面转了转，在小吃店里又随便吃了点东西，再送他走的。"说完他继续翻着书。

怪不得你回来得这么晚，原来是去和老乡吃饭去了，和老乡在一起吃吃喝喝，把我一个人丢在家里连电话也不打一个。雅歌心里这样想，但是她忍住没有说出来。她还要再多打听一些情况出来："你老乡不是在无锡工作的吗，这次怎么想到来看你的？"雅歌为了让自己显得很随意，她故意拿起小灵通在手中摆弄着。

听了雅歌的问话，徐建合上手里的书，低下头想了一会儿，说："他要回老家结婚了，来请我去吃喜酒的。"

"你老乡不是有老婆吗，怎么又要结婚了？"

"那个女的年纪比他大很多，他家里人不同意，就又给他找了一个，现在要回去结婚了。"

雅歌听完徐建的回答，有点为那个女的打抱不平，仿佛眼前的徐建变成了他的那个老乡，就情不自禁狠狠地说："男人没一个好东西！”

“你说得也太绝对了吧！这世界那么多男人，就没有一个好的了？”徐建把手中的书抛在了雅歌的小桌上。

书落在桌上发出“啪”的一声响，毫无心理准备的雅歌被这声音给吓了一大跳，她心中的怨气也被这一声响给激发出来了。“男人本来就没有一个好东西嘛，也包括你在内！”雅歌为自己能发泄出来而感觉心里畅快了很多。

徐建被雅歌不负责任的话给冲得有点不知道怎么回答好。他转身向外走了几步，又转回来对雅歌说：“你说的这叫什么话！”

雅歌看着徐建一脸的不快，心中有种报复的快感。她不想控制自己的情绪，就继续说：“你急什么急？不就因为我说到你心里去了嘛！刚才说你老乡要回家结婚了，你自己心里不知道有多羡慕，别以为我不知道你心里想什么，你要是也想重新找一个，我也不会拦你，我会成全你的！”雅歌为自己能这样伶牙俐齿地回答徐建有点得意，她挑衅似的看着徐建。

大哭是最有效的武器

暮色不知在何时降临了。也许是阴天的缘故，黑暗也在快速地从房间的每一个角落里涌出来，肆意地吞噬着已经所剩不多的光亮。

房间里静得出奇，雅歌坐在地上的小板凳上高昂着头用挑衅的目光看着徐建。只见徐建的眉头已经完全地纠结到了一起，他的血在往上涌，脸色变成了紫色。那曾让雅歌特别爱抚摸的脸颊，此刻已经像一块铁板一样冰冷僵硬。雅歌看见徐建眼中在快速地积蓄一种东西，那种快速积蓄起来的东西让雅歌感受到徐建目光的灼热。雅歌虽然看着徐建的眼睛，可是她却不敢直视他的瞳仁，在那个小黑点中温度越来越高。雅歌有种预感，他们再这样对视下去，定会有火山爆发出来。她移开自己的目光，心中有点后悔，后悔刚才自己说的话有点过头了。可是，此刻她心中也充满了愤怒，她感觉自己再压抑下去会疯掉的。她不要再伪装了，她压抑了许久的情绪渴望找到一个缺口发泄出来，后悔的念头只在她的脑海里一闪就消失了。雅歌重新扬起目光迎向徐建，她心中隐约有种得意，为自己能激怒徐建而得意。

徐建看着雅歌得意的表情，他动了几下嘴唇，好像要说什么。雅歌也如一只小刺猬，竖起自己全身的刺，准备迎接徐建的挑战。可是最终徐建还是一句话也没有说，他转身望向窗外，站了有几秒钟，又烦躁地向房门外走去。他的脚步又快又急，好像有什么东西追着他，要快点逃跑。徐建在走到门口时，突然停下了脚步，他全身僵硬，像一根木头一样定定地站在那里，过了一会儿徐建猛地抬起右手，握紧拳头，用力向房门上砸去。他的动作又快又狠，仿佛积蓄了全身的力量，顿时，木质的房门发出一声痛苦的呻吟，塌陷下去拳头大小的一块。

雅歌的目光始终没有离开过徐建，但是她却没有看清楚刚才究竟发生了什么。雅歌整个人都愣在那里了，她试图努力去回想刚才事情发生的经过，可是她的脑子已经不听使唤了，一片空白。徐建砸完门后不知道哪里去了，他已经不在雅歌的视线之内。雅歌也被徐建的举动吓坏了，她的心在惊吓中乱窜，她就那样呆呆地看着门上那支离破碎的一块，那个塌陷下去的地方雅歌感觉就像一只眼睛，正在嘲笑地看着自己。这嘲笑让雅歌感觉很委屈，她不知道自己做错了什么，徐建要这样生气。自己不就是说了几句气话吗？他用得着这样生气吗？雅歌越想越委屈，徐建的那一拳虽没有砸在自己身上，可是却比砸在自己身上还痛。她情愿那一拳是砸在自己的身上，那样的话，肉体的痛也许就会替代心理上的痛。

雅歌感觉胸口好像有火在烧，她抓起小灵通用力向地上摔去，她希望小灵通可以摔碎，摔烂，这样她才感觉解恨。可是她无力的手根本就举不起来，小灵通只是从她的手中滑下去，轻轻地落在地上，既没有碎，更没有烂。雅歌彻底绝望了，她连摔东西发泄的能力都没有。她的心已经被委屈、愤怒的火烧焦了，她痛得快受不了了，她的胸口被堵得快爆炸了，她需要找到一种适合自己的方式来抗议，来发泄。“那就哭吧。”一想到哭，雅歌就再也忍不住大声地哭了起来。是的，她没有别的能力反抗，但是她可以哭，她哭得很大声，她不怕别人听见，她就是要让人听见，更要让徐建听见，哭是她的宣泄，是她的权利。

泪水顷刻间就流满了雅歌的脸颊，在泪水的淹没下她感到了从没有过的畅快淋漓。原来哭还可以这样舒服，雅歌第一次发现哭可以成为保护自己的最好武器。她更加大声更加用力地哭着，眼泪像开了闸的洪水喷涌而出。雅歌在哭中找到了久违的痛快，她要把心中所有的憋闷都哭出来。

咬他一口才解气

雅歌投入地哭着、专注地哭着，哭到最后甚至忘记了刚才发生了什么，忘记了自己为什么伤心、难过。在泪水冲刷中，雅歌真的什么都不想，她就是要好好地哭一场，把所有淤积在心里的东西全部让泪水带走。她的哭声划破黄昏的黑暗，像一把刀子要把所有的伤心难过都杀死。

泪水冲刷着她的面颊，凉凉地划过，像一只温暖的“手”在抚摸着心上的伤痛，缓缓的、柔柔的。只是这抚摸的“手”忽然变得有些粗糙，这粗糙又很熟悉。雅歌睁开眼，她的眼睛已经被泪水给充满，模糊得看不清东西。她在黄昏暗淡的光线下努力地辨别着，她看见一个熟悉的身影挡住了她的视线，是徐建。雅歌看见徐建，好像本来已经忘记的事情又重新涌了上来，涌上来的还有更多的泪水。她用力晃着头，努力躲避徐建的手，那刚才砸门的拳头让她讨厌。

“好了，不要哭了，是我错了。”徐建的声音里充满了妥协。

雅歌不要听徐建的道歉，她闭上眼睛，继续摇头躲避着。

“好了，不要哭了，是我错了，我向你道歉还不行嘛。”徐建又重复了一遍。他还用双手捧着她的脸，让她的头不能摇动。

雅歌对徐建捧着自己的脸非常不满，她想要甩掉，可是试了几下都挣脱不掉，雅歌就顺势将头用力向徐建的胸口撞了过去。只是她的头还没有碰到徐建的胸口，身体就已经绵软地倒在了徐建的怀里。雅歌对自己的无用表现非常不满意，可是她自己又起不来，就气急地把脸上的眼泪、鼻涕一股脑地都蹭在徐建胸口的衣服上。

徐建一把抱住雅歌，继续哄着她："我真的错了，不要哭了，我给你道歉。"

"我不要你道歉，我不要听。"雅歌抽泣着，说话也含糊不清。

"那你要怎么样才不生气，你说……"

雅歌听出徐建说的话非常诚恳，她犹豫了，犹豫自己要不要马上原谅他，现在原谅他吗？那刚才发生的一幕算什么？当没有看见？可是心中的痛真实地证明自己目睹了刚才所发生的一切啊。一想到刚才徐建挥拳砸门的那一瞬间，雅歌全身不由得颤抖了一下，她不想这么轻易地原谅他，她想咬他，狠狠地咬一口。"你让我咬一口。"这次雅歌说话说得非常清楚。

对于雅歌提出的要求，徐建很爽快地答应了："行。只要你不哭，不生气了，怎么都行。"徐建把雅歌扶起坐好，"你说要咬哪里？"

雅歌听徐建毫不犹豫地答应了自己的无理要求，自己倒拿不定主意了，她看着徐建伸过来的胳膊，不知该怎么办？于是她用求助的眼神看看徐建，希望他能求自己不要咬了，那自己就正好可以找个台阶下了。可是，雅歌看徐建时，发现他正用一种得意的表情看着自己，仿佛在说：你舍得咬吗？你敢咬吗？雅歌本来软下来的心一下子又被那得意的表情给激怒了。她张口就向徐建的胳膊咬去（她知道自己用尽全力也不会把徐建的胳膊咬破的）。她想到徐建刚才那恶劣的动作就用尽全身的力气咬着，一秒、两秒……她要看看徐建能坚持多久。

过了有十几秒，徐建夸张地喊叫起来："救命啊，谋杀了……"

雅歌被徐建夸张的喊叫给气乐了，她再没有力气咬下去了，就松了口。这回该轮到雅歌得意地看着徐建了。徐建收回胳膊，看着胳膊上两排深深的牙齿印嘟囔着:“你还真咬，都咬成这样了，你怎么这么狠呀？”

看着徐建五官都皱到一起的苦瓜脸，雅歌也忍不住地笑了。“别以为我是好欺负，看你以后还欺不欺负我了。”

“只要你不生气了，让我怎么都行。好了，老婆不生气噢。”徐建凑过脸来，嬉皮笑脸地对雅歌说。

第十二章　婚姻危机

一个打破平静生活的电话

“你买的什么菜呀？”雅歌对着刚买菜回来的徐建问。

徐建站在门口看着还在赖床的雅歌，扬了扬手中的塑料袋说：“今天我给你包饺子。”

听说包饺子，本来想趁徐建休息，好好睡个懒觉的雅歌有点躺不住了，她喊住正要走进厨房的徐建：“我不睡了，我要起床。”

徐建被雅歌着急的样子给逗乐了，他故意装出不耐烦的表情说：“我要忙着包饺子，没空穿你。你再睡会儿吧。”

雅歌知道徐建是故意气自己的，也佯装威胁说：“你不穿我，一会儿我就不吃你包的饺子了。”随即又补充一句：“我不要吃现成的皮子，我要吃手擀的饺子皮。”

“你不是说不吃我包的饺子吗？干吗还管我包的饺子是什么皮呀。”徐建一边给雅歌穿衣服一边问。

当徐建把她往轮椅上抱的时候，雅歌快速地朝徐建眨着眼睛，细声细气地说：“老公，你真好。”

徐建看着雅歌的表情眉毛都笑弯了，他故意摇晃了一下身子：“啊，我被你电到了！我晕了！”

说笑间，徐建很快就和好了饺子馅。他端过桌子放在雅歌面前，开始在上面擀饺子皮，他拿出一个大面团，先是揉搓成一长条，再切成一小块一小块的。很快这些小面团就被擀成了又薄又圆的饺子皮。徐建的动作非常熟练，他包的饺子都被整整齐齐地摆放在菜板上。那些饺子圆圆的肚皮上围着可爱的裙边，看得雅歌不由得咽了一下口水。

“看你馋得口水都要流出来了。我包满 10 个就去给你下啊，再耐心忍一下。”

徐建的调侃让雅歌有点难为情，不过她还真的饿了，为了多吃些徐建包的饺子，她连早饭都没有吃。她像一个小孩儿一遍遍地在心里数着徐建包好的饺子：1，2，3……已经 9 个了，再包一个就可以下饺子喽。

“铃铃铃……”小灵通响起得有点不是时候，开始雅歌以为是自己的小灵通响，再仔细一听，才发现是徐建的小灵通响了。“会是谁哪？”雅歌心里嘀咕。

徐建拿起小灵通看了一下来电显示，并没有马上接，而是放下手里的擀面杖，站起身快步走了出去。

雅歌更加奇怪了，究竟是谁打来的电话哪？不用猜就可以看出徐建是不想她听见谈话内容，才出去接电话的。

雅歌努力侧耳向外捕捉着徐建的声音，很快她就确定了声音的方向——厨房。隐隐约约她听出徐建是用家乡话在和电话里的人说话，徐建的声音虽然不高，但是雅歌还是可以从他的语气判断出打电话的人是徐建的父亲。

听出是徐建的父亲打来的电话，雅歌心里顿时就涌出一种不好的预感。雅歌知道她和徐建的婚姻一直都没有得到他父亲的认可。为了躲避父亲的反对，徐建连家里的住址都没有告诉给他父亲，就是怕老人来了会麻烦。可是，他无法做到不和家人联系、不通电话。雅歌清楚地记得有两次徐建接了父亲的电话后，几天情绪都很低落，虽然雅歌没有问徐建为什么，但是她知道徐建是因为父亲给他在婚姻上施加的压力才会闷闷不乐的。

厨房的说话声停了，很快徐建也回来了，他继续包着饺子。雅歌留意观察徐建的神情，刚才愉悦的神情没有了，换上的是一脸的凝重，就连包饺子的动作也少了刚才的活力和轻盈。正如雅歌担心的那样，接了电话后，徐建的整个人情绪马上就低落了。

雅歌不喜欢这样沉闷的气氛，她努力把语气放平和，装作什么也不知道地问："刚才谁给你打电话呀？"雅歌希望徐建可以说出心里的不开心，她愿意和他一起分担。

徐建仿佛没有听见雅歌的问话，而是用力地擀着饺子皮，一下、一下……

雅歌不想再问什么了，一直到吃饺子时两个人也没有说一句话。这样的沉默气氛让雅歌感觉有点窒息，她喜欢有什么事情都说出来，哪怕是不好的事情。可是徐建偏偏总是喜欢沉默，他的一言不发总是让雅歌莫名地想发火，但是她还是很好地控制住了自己的情绪。

他偷偷往家寄钱了

吃过午饭，雅歌要午休了。徐建把她抱上床，自己也躺在了床上，神情显得很疲惫。雅歌为自己帮不了徐建而难过，她在心里默默盘算着该怎样做。她知道当一个人心情不好时，最好的排解方法就是说出来，只有说出来才能够轻松。“刚才是不是你爸给你打电话的？”这次雅歌直奔主题。

徐建没有动作也没有表情地“嗯”了一声。

“你爸和你说什么了？”雅歌已经拿定主意要问清楚。

这次徐建动了一下，他把两只手交叉起来垫在脑后说：“也没说什么。”只是他的声音很低，好像故意在回避着什么。

“那为什么每次你爸一给你打电话，你就要好几天都不高兴哪？”雅歌停顿了一下又继续说，“你知不知道我看你难受，我也会和你一起难受的。”

相信徐建也一定是感觉到了雅歌的担忧，他放下手说：“我爸一直反对我们在一起的，他每次来电话要么说老家谁谁结婚了，娶的媳妇怎么好，要么就是谁生了小孩要办满月酒了。其实我最不想听他和我说这些，可是我又不能不接他的电话，听了他讲那些我心里就很不舒服，可是又没有办法。”说完，徐建就又陷入了沉默中。

徐建的话却像一把刀子搁在了雅歌的心上，她已经明显感觉到了痛，却没有力量挪去。“别人的媳妇多么好，别人生了个胖儿子……”雅歌太知道徐建为什么不想听这话，自己其实比他更多十倍百倍地不想听这话，更害怕听到这话。可是，为了徐建，她愿意承受，只要徐建说出来能好受些，她情愿这刀把自己割得遍体鳞伤。

徐建娶了自己这样一个“一无是处”的妻子，不能做家务，不能生孩子，他是可以不在乎。但是，他能做到不在乎家人的反对吗？他能做到不在乎别人的议论吗？

雅歌突然开口道：“徐建，我一直想和你说一句话，如果你后悔了，我会放你走，给你自由的。”说完话，雅歌将目光望向窗外，她要忍住眼圈中的泪水，不让它流出来。她知道自己说的不是真心话，她不能失去徐建。这么说只是为了安慰徐建伪装出来的。不，她还想试探徐建，试探他心中的某些真实想法。雅歌有点讨厌自己，讨厌自己为什么这么虚伪。

“你想哪去了，我没有这个意思。”

徐建的话让雅歌收回目光，她感激地看着徐建，感激他没有说出别的话来，否则自己真的不知道还要怎么伪装下去。

“上次我爸来电话说身体不好，没有钱去看，我就给他寄了1500块钱。这次他打电话来，又要让我寄点钱回去，我哪里总有那么多钱给他寄呀。”徐建再一次开口了，只是语气里流露出一种无奈。

“你什么时候寄的钱？我怎么记不起来了。”雅歌想不起来有这回事。

“上次我正好发了1500块奖金，就直接寄回老家了，没和你说。”徐建的回答有点轻描淡写。

雅歌的心里有点不舒服，但她还是想听徐建解释一下：“那你后来怎么也没有和我说呀？”

“我怕你知道了会生气。”徐建的解释很简单。

“胡扯，全是胡扯！你根本就是不把我放在心上，才不和我说的！”雅歌在心里抗议，这个声音让她自己都吓了一跳，但是她现在还不想爆发出来，她只有暗暗握紧了拳头来控制情绪。

“你怎么就知道我会不同意哪？”雅歌忍着那股火不让它蹿出来。

“你什么都爱管我，我跟你说了你肯定不会同意的。”徐建再一次强调着自己的理由。

雅歌面对徐建自认为充足的理由，不想再说什么了。她的心底涌上一种说不出的滋味，她真的不知道自己在徐建心中是这样的一个形象，这让雅歌伤心极了。她花每一分钱是都要计算好的，这是因为她从小就是在一个贫寒的家庭中成长的，是父母教给她这样节俭的理念的，但这并不代表她就是不懂事。徐建孝敬父亲，寄钱回家，不要说有钱，就是没钱，雅歌也会帮徐建凑了给父亲看病的。但是，徐建就这样用自己的方式处理了这件事情，他没有想到这件事对雅歌的伤害有多大。

做好了最坏的打算

日子还在一天天地过，好像和平时没有什么两样，但是不知道为什么，雅歌的心里总觉得不踏实，在她心里有种隐隐的害怕。怕什么？自己也说不清。

上次的寄钱事件后，雅歌再没有同徐建多说什么。她明白徐建寄钱给父亲看病是对的，他只是做了他该做的事情。徐建小时候父母就离异了，他跟着父亲长大，也就是说父亲是他唯一的亲人。不管他父亲是一个什么样的人，徐建是他儿子。徐建的善良、孝顺不允许他看着父亲生病不闻不问，这也是他身上最令人欣赏的优点。

“可是他再好，却没有把你放在心中的第一位，你真的可以不在乎吗？”突然一个声音闯进雅歌的心里，这声音冷得有点可怕，把她惊吓得不由打了一个寒战。

是呀，雅歌总是希望自己在徐建的心中占着最重要的地位，而且她也一直以为自己在徐建心中最重要。可是，徐建寄钱这件事，足以说明自己在他心中并不是全部。雅歌不愿意想这个问题，可是这个问题总是会突然地就闯进她的脑海里，特别是在她一个人的时候，一想到这个问题，心痛就会陷入到一种无法自拔的地步。

“不会的，徐建是真心愿意和我在一起的，他那么单纯，做事情只是没有考虑那么多而已。他每天要工作要照顾我，做得已经够好的了，我不能再在这方面怀疑他。”雅歌努力地要把自己从心痛中拉出来，她不能那样陷入无止境的哀怨当中去。还有，徐建也不喜欢她总是这样疑神疑鬼的。

抬头看窗外，在那被楼房分割成了一小块的蓝天上，正缓缓飘过一朵白云。那云幻化成两颗心的形状，这两颗心一开始是连在一起的，悠悠地在蓝天上飘着，但是慢慢地一阵风吹过，把两颗心给吹散了，它们分离、幻化、消散。

“你们在一起两年多了，你没有看见他有很多的变化吗？变得爱发火，甚至很无意的一句话也会让他不高兴，这些都说明你们的婚姻在动摇，变得越来越不稳定了。”那个声音是如此清晰和残忍，它把雅歌装作没有看到的徐建的变化一样样地都说了出来，就如同残忍地刺破了一个孩子精心编织的幻梦。

雅歌从心里承认自己的确一直是在躲避着，她用最大的耐心包容着徐建的变化。她是那样的无能为力，因为她需要人照顾，她只有眼睁睁看着徐建独自承受生活压力，却什么也帮不了他。

“那我能怎么办？我什么也帮不了他，我根本就是他的负担，在这样的一种生活中，谁能保证自己的心情永远不受影响哪？”雅歌的内心大喊着。由心而生的无奈和伤心让她不由得弯下腰，深深地陷进轮椅里。她要拒绝，拒绝一切声音再来伤害自己。

“如果他有一天坚持不下去了怎么办？他真的要放弃了怎么办？”那个声音并没有因为雅歌的伤心而离开，它继续穷追不舍地追问着。

可是雅歌真的已经精疲力竭，根本无力反抗那一声高过一声的逼问。这不就是她最不愿面对的一个事实吗？“不会的，不会的。”雅歌的本能让她反驳着。

如果前面真的是悬崖怎么办？雅歌努力摇着头，她不愿再想下去了，可是她的摇头是那么的无力，她根本驱赶不掉这个可怕的念头。

突然，雅歌睁大双眼，她听到自己用尽最后的一点力气说：“如果前面是悬崖，我就跳下去！”说完她就虚弱地闭上眼睛。

他回家照顾生病的父亲

雅歌不再祈求什么了，她只希望平静的生活过一天是一天。可是她又总被一种患得患失搅扰着：徐建对她好时，她就觉得那是他故意伪装出来的；徐建不爱说话时，她又觉得是他厌烦和自己在一起了。雅歌也不知道自己这是怎么了，以前的那种自信都哪里去了。她恨自己没用。

雅歌正在胡思乱想着，徐建匆匆地回来了，他的表情很焦急，让雅歌心里也有点忐忑。“现在还没有到下班的时间，你怎么回来了？”雅歌疑惑地问。

“刚才我表哥来电话，说我爸生病住院，我要赶紧回去。”徐建说着走到衣柜门前，伸手拉开柜门，可是他待在那好像又忘记要拿什么了，就关上门，站在原地努力地想着什么。

雅歌看着徐建六神无主的样子，感觉到事情的严重性，因此她也非常无助——那是种自己无法帮助徐建的无助，她只能看着徐建来来回回地瞎转。

“那你回老家了，工作怎么办呀？”雅歌与其说担心工作，不如说是她极不情愿徐建回老家。

“我和单位请了三天假，我先回家看看。”说完徐建又去打开抽屉翻了翻，依然没有拿什么。

雅歌的眼睛一直追随着徐建在房间里不停地转来转去，她从没有看见徐建这样慌乱过，甚至已经到了六神无主的地步，可以想象父亲生病他心里有多着急。不过，雅歌对徐建父亲生病却并没有太大的感觉，她心里一直在盘算着自己的事。三天的时间不算长，以前徐建也回过老家，他家比较远，来回最少也要三天的时间。可是这次好像情况有点不一样，万一他父亲生了很严重的病，需要长时间有人照顾怎么办？雅歌不愿再往下想，她只有把事情尽量往好处想。

不知什么时候徐建停下来，他好像突然想起了什么，走过来对着雅歌说："我先送你回老爸老妈家去吧，然后我再收拾东西。"

雅歌最不愿听见徐建说这句话，可是，她又知道自己没得选择。徐建的父亲现在就孤零零地一个人躺在医院里，等着他唯一的儿子，也是唯一的亲人回去照顾他陪伴他。徐建不仅是自己的丈夫，同时也是一个儿子，雅歌明白这个道理，这个时候她纵有一千一万个不愿意也要放在心里。她默默地点了点头，心里一酸，眼泪就不争气地涌了上来，但是她还是强忍着眼泪不流出来。

"现在都这个时间了，你回家还有长途车吗？"雅歌打开小抽屉，准备收拾回家要用的东西时又想到一个问题。

雅歌的话提醒了徐建，他坐下来，好像在重新整理自己慌乱的心情，过了一会儿他说："那我就赶明天早上的第一班车回去。"

雅歌听了徐建的话心里一松，那就是说，自己不用立刻回娘家，自己还可以再和徐建一起待到晚上。雅歌自己也不知道是怎么回事，就是不愿意回娘家，也许是因为回娘家就意味着要和徐建分开。虽然离吃晚饭没有多长时间了，但是她还是和徐建说："那等吃完晚饭了，你再送我回去吧，反正你也要明天早上才走。"

徐建想了想说："那也行，那我现在去烧晚饭了。"

徐建去准备晚饭了，雅歌坐在房间里看着渐渐昏暗下来的天色，感觉说不出是什么滋味。她不想喊徐建开灯（平时徐建知道雅歌怕黑，总是会及时地在天黑前来开灯，今天他心里有事就忘记了），就着窗外微弱的光亮，雅歌努力地不让黑暗把自己吞没，她不知道自己还能坚持多久，只能告诉自己能坚持一会儿就坚持一会儿吧。

吃晚饭的时候，雅歌和徐建谁都没有说话，雅歌几次想打破沉默，可是她真的没有这个力量，她感觉自己好没用。这也是雅歌和徐建在一起的一年零七个月中，吃的最沉闷的一顿饭（雅歌当时怎么也没有想到，这是她和徐建这一年在一起的最后一次晚餐，当他们再在一起时已经是八个月后的 2006 年 6 月了）。

我的心也被他带走了

吃过晚饭，徐建给雅歌收拾好简单的洗漱用具和换洗的衣服，他们就出发了。出了门，走在回娘家的路上，雅歌看着路上吃过晚饭出来散步的人，有很多都是一家三口在一起说说笑笑的。雅歌喜欢这样的氛围。在这样的氛围里，雅歌更可以感觉到自己也和他们一样是幸福的，自己也有一个身体健康又愿意照顾自己的丈夫。

一对三十多岁夫妻模样的人向雅歌的方向慢悠悠地走过来，雅歌感觉那两个人一直在看着自己，“或许是他们认识自己”，雅歌心想，于是她就用友好的目光望过去，面带微笑。可是，那两个人一点表情也没有，只是不停地上下左右地打量着雅歌和徐建，那眼神充满了好奇。徐建被这种眼神看得很不舒服，他快步推着雅歌与那两个人擦身而过。每当遇到这样的事情，徐建都会非常的不舒服，他始终无法适应和雅歌在一起时被人用好奇的目光看来看去。

雅歌想不明白，自己和徐建究竟有什么值得别人好奇的，自己不就是坐轮椅吗？不就是有一个健康的男子推着自己吗？他们是想看出两个人是什么关系？他们是想不明白一个坐轮椅的人也能有一个健康、英俊的丈夫？徐建依然快步地走着，挂在轮椅扶手上的脸盆和牙缸发出撞击的声音，这单调的声音仿佛也在诉说着它被装进塑料袋的委屈。

很快，雅歌就看见回娘家必须要走的那座桥了，走过那座桥，离家就不远了。今天他们已经有好长时间没有说话了，雅歌感觉自己需要说点什么："徐建，你带了那些钱回去后，如果不够，打电话告诉我，我再想办法给你凑了寄过去。"雅歌明白这是自己唯一能做的啦。

徐建听了雅歌的话，脚步放慢了下来，他说："我回家看情况再说吧。"顿了一下，又继续说："我最怕我爸生病了，上一次他突发脑溢血，我刚从部队退伍回来。当时送进医院时他已经连话都说不出来了。一进医院就要交钱，当时我借遍了整个村才只借到几百块钱。那点钱在医院两天就用完了，没钱医院就给停药。看着我爸躺在医院里没钱看病的样子，我没有一点办法。后来还是我在部队的战友知道了，给我凑了几千块钱，我爸才能继续治疗，后来稍微有点好转就回家自己慢慢养了。"

徐建越说走路的速度越慢，仿佛这件事就是一块千斤大石头压得他走不动路。雅歌知道自己现在说什么都是无用的。她很努力地想让自己沉浸到当时的情景当中去，她希望用这样的一种方式来跟徐建心意相通，但是雅歌的努力是徒然的。她在心里有点自责：自己为什么就感受不到徐建当时的心情？那一定是很无助的。

“一听说我爸又生病，我就一下子想起了那一次经历，没有钱的感觉太让人难受了。从小我爸赚了钱就花，从不知道攒钱存起来。等到生病了没钱看，所有的压力都要我一个人来承担，他生病了昏迷不醒躺在医院里什么也不知道，他更不知道我当时那种叫天天不应叫地地不灵的感受。我爸从没有给过我安全感，我的家庭从来也不像别人家一样有一个家样。”徐建继续说着。

天很快就黑下来了，周围的物体都变得模糊、昏暗，刚刚亮起的路灯还没有发挥出它的全部光亮，射出的光是昏黄的、淡淡的。雅歌也同时感觉到自己力量的渺小，在徐建感觉无助的时候自己能给他什么呢？自己时时都需要人照顾，自己根本无法给徐建一个做妻子的该有的贡献。雅歌感觉很难过，为自己无法给徐建安全感而难过。

很快就到了家门口，雅歌依然没有找到安慰徐建的话。徐建把雅歌送进屋，把她抱到床上，和雅歌爸妈打了招呼就匆匆地走了。雅歌看着徐建从自己的眼前消失，整个心也被带走了，只留下空落落的躯壳。

第十三章　诀别

他还不回来

早晨，妈妈帮雅歌穿衣起床。雅歌看着妈妈每次帮自己都会气喘吁吁的，她的心里很难过。在穿衣服的过程中妈妈问雅歌："徐建什么时候能回来？"

今天是徐建走的第三天了，在这三天里，他连一个电话都没有打给雅歌。徐建从那天走后，就好像人间蒸发了一样，这让她很担心。但是她的这种担心还不能流露出来，不能让妈妈看到。雅歌装作很轻松地说："他说跟单位请了三天假，今天应该回来了。"

妈妈给雅歌穿好衣服，又问了一句："这几天徐建有没有给你打电话说什么时候回来？"

雅歌听见妈妈的问话，心里一惊，她怕自己掩饰不住内心的慌乱，就低下头装作拉衣服，说："他的小灵通出了江阴市就不能用的，他家里又没有电话，没办法跟我联系。"

听了雅歌的回答，妈妈没有再问什么就出去了。雅歌看妈妈走了，就停下手里的动作，呆呆地望着墙壁，眼前仿佛出现了一个画面：徐建正呆坐在一间小屋里，他走到窗前推推窗户，窗户被钉死了，他没有办法推开。过了一会儿，他又走到门前用力拉着，可是门被反锁了。最后徐建沮丧地走回床边，直挺挺地躺在床上，用被子蒙住了头。

难道徐建回家后被家人软禁起来了吗？雅歌感觉自己的担心不是没有可能。徐建为了和自己在一起，为了躲避父亲的反对，从不给父亲打电话，就连过年也不愿意回去。虽然徐建从没有说过父亲的反对有多强烈，但是从种种的迹象来看，他父亲的反对绝不是一般的反对。那这次回家，会否也是老人用的一个计策：谎称自己生病，然后老人很有可能采取极端的方法——软禁徐建，来阻止徐建再回来。想到这，雅歌的心更加慌乱了。

还有另一种可能：那就是他爸爸病重了，他必须要一天 24 小时寸步不离地看护。想到这雅歌紧绷的神经松动了一下。对，一定是的，他不是不想打电话，而是没有办法分身打电话。

那徐建带回家的一千多块钱够用吗？如果是重病，他爸在医院都已经三天了，那点钱肯定是不够用的。那徐建怎么不给自己打电话要钱哪？他在老家肯定是凑不到钱的。没有钱怎么看病？除非就是刚才已猜测过的一种可能：他爸爸根本没有生重病，或者根本就不用去医院。

雅歌被一个突然闯进的念头给重重地戳了一下，而且很疼很疼。徐建不给自己打电话还有一种可能，那就是他不想和自己联系。是的，如果他想给自己打电话想什么办法也能办到的，除非是他不愿意这么做。

想到这，雅歌刚有点松动的神经又一次地绷了起来，而且比原先绷得更紧，她的头顷刻间就嗡嗡地响了起来。雅歌不愿再想下去，她连忙拿起身边的一本书，随便打开一页就看。可是她的视线模糊，眼中已蓄满了泪水，书上的字就像小蝌蚪一样在她眼前游来游去。雅歌只有放下书，拿出纸巾捂在眼睛上，她不想让眼泪流出来，她不愿承认自己的软弱。她就那样低垂着头，用两只支撑在桌面上才能抬起的双手捂着眼睛。泪水不知不觉打湿了纸巾。

一种不祥的预感

又是新的一天的开始，今天已经是徐建回老家的第四天了，在这四天里他没有一点音信。雅歌心里非常确信徐建那边肯定出现变故了。不，是她和徐建之间要发生什么事了，而且肯定是不好的事情。

雅歌一边心里想着徐建，一边端起刷牙杯，第一次她没有端起来。雅歌心里一凉，难道自己的病情就在这几天里又加重了？是呀，自己的病情不是一直在发展吗？当然只会越来越重。那也就是说，病情再这么发展下去，自己的生命就所剩不多了。雅歌呆呆望着刷牙杯，心里有点害怕起来。因为它就好像在嘲笑雅歌：你连我都端不动了，你还能做什么呢？

看着刷牙杯，雅歌决定再试一次，轻易放弃不是她的性格。她先把杯子拉到脸盆边上，然后用手“牢牢地”抓住杯把用力一提，杯子摇摇晃晃地被放在了盆沿上。雅歌看着马上就要溅出来的水，不敢再往上举了，她怕刷牙水洒在身上，那样就又要妈妈来帮自己换洗。雅歌低下头把嘴凑到杯子边上，刚好可以够到。

勉强洗漱好后，雅歌不想再做任何事情，她太累了。她要把所有的时间用来等徐建，她相信徐建不会丢下自己不管的，他一定会回来的。她把所有的希望都寄托在了小灵通上，这是唯一能帮她联系上徐建的工具了。雅歌再一次用拇指去按她已经记不起按了多少次的通话键，可是那个通话键好像是在故意和她做对，无论怎么用指甲摁都摁不下去。雅歌心里莫名地生起气来：为什么从一早上开始做什么都不顺？为什么谁都可以欺负自己？一个刷牙杯、一部小灵通，都可以给自己颜色看，都可以向自己示威。雅歌把两只手的拇指交叠在小灵通的通话键上，用力按下。那一串熟悉的号码终于出现在了小灵通的显示屏幕上，看着那和徐建相联系的号码，雅歌仿佛看到了希望，她举起小灵通到耳边。

“对不起，你所拨打的电话暂时无法接通。”

又是那个冷漠、单调的声音，每次都是。雅歌沮丧地把小灵通摔在桌上。当小灵通落在小桌上发出“砰”的一声时，雅歌心一颤。她慌忙再次拿起小灵通检查有没有摔坏，要是摔坏了她一定不会原谅自己。雅歌重新握紧小灵通，她没有任何办法能和徐建联系上，只有这部小灵通可以帮她找到徐建。

为了试一试小灵通有没有摔坏，雅歌又按下了通话键，这次她没有把小灵通举到耳边，只是有点木然地看着小灵通。忽然雅歌恍惚听见一声“喂”，这声音好像是徐建的声音，雅歌以为是自己的幻觉，她看了一下房间只有自己一个人呀。猛然她再看小灵通的显示屏，显示在通话中。雅歌心中一阵狂喜，她用最快的速度把小灵通举到耳边（说是最快，但是她花了至少十秒钟才把胳膊举起来，在举的过程中还差一点没有握住小灵通）“喂”了一声，她声音有点发抖，她不确定对方是不是徐建。

“我刚下车，你就打我电话了。”是徐建的声音，千真万确。

雅歌一高兴，眼泪就不争气地流了出来。她想说几句无关紧要的话，可是她还是忍不住说：“你这几天忙什么？也不给我打电话，你知不知道我有多担心你呀！”

“唉！在电话里一两句话也说不清楚，等我一会儿回来了再和你说吧。”

不对，徐建的声音感觉怎么冷冰冰的，雅歌脑子里快速闪过一个不好的念头。不会的，他一定是这几天照顾父亲累的，雅歌马上否认了自己的那个不好的念头，继续说：“那我等你回来吃饭，我妈已经烧好午饭，马上就要吃了。”

小灵通的那头沉默了，过了几秒钟，徐建的声音才再次响起：“不了，我在外面随便吃点，我是回来拿东西的，我明天还要回去的。”

雅歌愣住了，她不知道该怎么理解徐建的话，她还想再说点什么，可是，小灵通的那头响起了“嘟嘟嘟”的忙音，徐建没有给雅歌再说话的机会，已经挂电话了。

没有了活下去的勇气

雅歌看着手里的小灵通，回想着徐建刚才在电话里说的话，她木讷地待在那里，心已经凌乱得不成样子了。她一遍遍重复对自己说：“他连饭都不回来吃了，他是故意在躲着你。他是回来拿东西的，他还要再回老家。哼！他终于要离开你了，他终于受不了和你在一起的生活啦！”雅歌越说越想哭，越说越接受不了这个现实。她知道自己胸口里已经在波涛汹涌，只需要打开那么一个小小的口子，就可以将自己淹没。雅歌拼命挣扎着，不让自己被淹没。她还有最后一丝希望呀，徐建也没有说不要自己了呀，他只是说还要回家。要找到他的人让他当面说清楚，就算要了断也要听到他亲口说。她还不想这么快就承认自己这么“输”了，没有到最后一刻就不能放弃。她还想再努力一次，最后一次。就算是“输”她也要知道，这三天里在徐建身上究竟发生了什么事。

雅歌拿定了主意，就硬生生把胸中汹涌的疼痛给压了下去。她拿起小灵通，也不知道哪里来的力气一下子就按下了通话键，一声“嘟”，两声“嘟”，徐建接通电话了，但是他没有吱声，听筒里一片寂静。她搞不懂徐建为什么不说话，管不了那么多了，她冷冷地对着电话那头说：“你刚才的话什么意思？你现在马上过来！有什么话我要你当面跟我说清楚！”雅歌感觉到自己语气的冰冷直抵电话那头。

不知是不是雅歌冰冷的语气起了作用，她就听见徐建先是叹了一口气，接着说道：“我现在要吃饭，等我吃好饭我会过去和你说清楚的。”

“你倒还吃得下饭，我是吃不下的。你也不许吃，你必须马上过来！”雅歌再一次将自己的冰冷话语像箭一样地射了过去，说完她就快速地挂断了电话，她不会给徐建拖延的机会的。

挂断电话，雅歌拿纸巾胡乱擦了一下脸上的泪痕。她没有照镜子，她知道自己的样子一定很难看，可是她顾不了这么多了，她不想化妆，她要把所有的力气攒着与命运之神做最后一搏。

雅歌喊爸爸来把自己抱上轮椅，然后让妈妈推她到大门外去。雅歌不想在家里和徐建谈什么，她怕父母会接受不了这样的现实，她要自己解决和徐建的事，不希望别人介入。

妈妈从雅歌的表情中仿佛已经看出了什么，她几次想说什么最后又没有说，只是按照雅歌的要求把她推到大门外，就进了屋。但是雅歌感觉到身后的门并没有关死，那一定是妈妈不放心故意留的缝。感受到妈妈的心意，雅歌心一热，眼睛就模糊了，她在心里默默地说："妈妈，谢谢你给我留的门，但是，对不起，我可能再也不会回来了。"说完，雅歌紧握了一下手心里包好的剃须刀片，那是她平时修眉毛用的，也许等一会儿雅歌就会赋予它另一个发挥超常作用的机会。

在模糊的泪光中雅歌看见一个人向自己走来，是徐建，雅歌太熟悉他了，熟悉他身上的味道，熟悉他走路的样子，熟悉他身体的轮廓。雅歌抬起泪眼，她看着那个正一步步向自己走来的人，刹那间她有种恍惚，那个人是徐建吗？他动作僵硬，走路的姿势呆板。雅歌目光上移去看他的脸，是的，没错，是徐建，只是他的表情是那么冷。还有，他又穿上了他退伍的军装。雅歌清楚地记得徐建第一次来江阴和自己见面时就是穿的这一身衣服。雅歌还发现徐建把所有她买给他的衣服都换掉了——上衣、裤子、袜子、鞋。

看着已经走到自己面前停下脚步的徐建，雅歌脸上浮现一丝冷笑，她斜视着徐建，心里对他说："不要以为把我给你买的衣服全部换掉就可以当作什么都没有发生过，如果你真的要离开我，我会用自己的方式让你一辈子都忘不掉我的。”

两人最后一次的详谈

在肯德基餐厅里，因为不是吃饭的时间，里面很空，光线也显得有点暗。雅歌和徐建坐在靠角落的一张桌子前。他们什么也没有点，就那么相对坐着，彼此默默无语。

雅歌一直不敢看徐建，也不敢和徐建说话。终于，雅歌鼓起勇气哽咽着问徐建：“你这次走要什么时候才能回来？”

“我也不知道，也许半年，也许一年，也许永远不回来了。”徐建的回答很干脆，有种拒人于千里之外的冷漠。

雅歌的泪水顺着脸颊流进了嘴角，咸涩的味道让她的眉头拧了一个结。“你说走就走，总要告诉我，你回去这一趟究竟是发生了什么事情？”雅歌的语气里也带着咸涩。

徐建一直在不停地揉搓着双手，他看见雅歌又在用无力的手擦着眼泪，想去帮她，可是他看见雅歌冰冷的表情又退缩了，说：“你就不要问了，我是迫不得已，才做出这样的决定。”徐建的声音很小，冷漠已经变成了无奈。

“那你走了我怎么办？你忘了你当初的承诺了吗？”雅歌愤愤地问。她希望自己的话可以像一把剑把徐建刺醒，但是她的话被泪水冲刷得只剩下哀怨，毫无力量。

徐建听了雅歌的问话，脸上显出一种犹豫，但是他的语气却还是那么漠然：“你还有父母，可是我就我爸一个亲人，我爸也就我这一个儿子，我自己已经没有办法选择了。”

雅歌不要再听徐建拿这个作为逃避的理由，她第一次发现徐建是这样怯懦。“那你早干什么来的？你知道你爸离不开你，你干吗还要找我？”泪水再一次模糊了雅歌的双眼，她怎么忍都忍不住。

雅歌的步步紧逼让徐建的脸色更加阴沉了，他停了片刻，抬起头看着窗外。“你不要逼我了，我真的是迫不得已。你知道我这三天是怎么过来的吗？”说完，徐建痛苦地低下头，双手拉扯着自己的头发。他声音有点哽咽地继续说：“一开始我爸叫来所有的亲戚轮番给我做思想工作，后来他看这个办法对我不管用，就开始不吃饭。我只要一天不答应离开你，他就一天不吃饭。”

好了，什么都不用再问了，雅歌已经明白了徐建为什么要离开自己。她愿意给徐建自由，愿意用自己的生命去换取他的自由。但是雅歌脑海里一直有一个念头想说出来，可是她真的很害怕，害怕说出来后自己对徐建所有的爱都会化为乌有，可是如果不说，以后就没有机会说了，她不想带着遗憾离开这个世界。

“你不是早就已经后悔和我在一起了？”在说话的时候，雅歌为了不让自己的情绪再一次失控，她环顾着肯德基的大厅，她想用这样的方法来分散自己的注意力，这里是她和徐建第二次约会的地方，当时的情景还历历在目。一股热热的东西在雅歌心里乱撞，试图找到一个出口。

“和你在一起的日子是我从小到大的记忆中最快乐、最幸福的一段时光，可是同时生活的压力也压得我喘不过气了，我一直在坚持，却不知道自己能坚持多久？和你在一起，我就要放弃自己所有的理想和目标，这让我非常痛苦。”

徐建的声音仿佛来自很遥远的地方，雅歌努力地想听清楚，却还是听得断断续续。她努力地想去重新捕捉徐建的声音，想把那声音留在心底，可是她的心已经破了、漏了，什么都存不下了。

忽然雅歌的脸上露出了一丝凄凉的笑意，那是因为她看见在肯德基的玻璃窗上写了一个大大的“拆”字。早就听说这里要拆了，现在终于要拆了。雅歌有点期盼，因为在不久以后这里的所有东西都不复存在，包括他们的爱情，包括他们的快乐。

雅歌的心里打定了主意，她不想再为难徐建了，说：“我们走吧，你要回去收拾东西，我也要回去收拾自己的东西。”

“你就不要过去了，你要什么我给你收拾好了带过来吧。”徐建有点犹豫，他似乎是不准备带雅歌回去的。

“你怎么知道我要拿什么？我的东西我要自己理。”她就随便找个理由骗过徐建。

我要让他愧疚一辈子

回到自己的家里，看着家中还和以前一模一样的环境，那种熟悉的气息扑面而来，雅歌的眼泪再一次地失控了。她已经没有力气去擦那奔涌而出的眼泪，任由泪水像瀑布一样肆意飞溅。

徐建回到家里就开始收拾东西，雅歌看着徐建，她感觉徐建每拿走一样东西就等于是熄灭自己一点生命的希望。当她眼睁睁地看着徐建收拾好属于他的所有物品时，雅歌的心也彻底被掏空了。她挣扎着试图想抓住些什么来堵住被掏空的心，她用力抓住自己的衣襟，一下一下地绞着。

“我的东西已经收拾好了，你要拿什么我给你收拾。”徐建拿了毛巾想给雅歌擦眼泪，可是她的眼泪就跟决堤的洪水一样怎么也擦不完。

雅歌努力睁大已经肿成两条缝的眼睛，想把徐建认认真真地再看一遍，然后再带着最后的记忆离开这个世界。可是她的眼睛已经模糊了，根本看不清眼前的徐建。

“你收拾好了就走吧，我还想在这里待会儿……我一会儿让我二姐来接我。”雅歌断断续续地说。她已哽咽得没办法说更多的话，她除了哭泣，还是哭泣。她真真正正地承认自己是那么的软弱，她确确实实找不到生活下去的勇气，她就想徐建快点离开，好让自己一个人悄悄地离开这个世界。

徐建看着雅歌犹豫着，他先是站起来拎起自己收拾好的行李，走了几步又停下，转过身放下东西，走到雅歌面前说：“我不会留下你一个人的，除非你让我送你回去或是等二姐来接你。”

雅歌沉浸在自己的悲伤中，却被徐建给打断，她有点生气自己撒的谎怎么就那么蹩脚，自己就真的那么失败吗？她有点歇斯底里地喊道：“我的事情不用你管！”

徐建被雅歌那愤怒的表情给吓得向后退了一步，他仿佛预感到了什么，半蹲下来，摇着雅歌的双肩说：“你不要哭了，我没有说不回来，如果我爸想通了，不再反对我们在一起，我一定回来，好吗？你不要再哭了。”

雅歌在徐建祈求的近乎哽咽的声音里，抬起泪眼，她隔着泪水看到徐建的样子有点变形，但是她还是很清晰地看见徐建的眼圈红红的。雅歌想抬手去抚摸那略显消瘦的脸颊，但是她却没有力气举起自己的手，最终雅歌放弃了自己的念头，重新低下头。她已经决定给徐建自由了，她现在只希望徐建从自己的眼前快点消失，不然她随时都有可能后悔放徐建走的。

“我不想看到你，你要到哪去就赶紧走！”雅歌绝情地继续赶着徐建。

“你不要这样，我不值得你这样，你不是还有很多梦想吗？你的书还没有写好，你还没有穿上过婚纱，你还要回你生长了二十多年的滨城，去看那些好朋友，这些你都忘了吗？”

徐建抬手抹了一把自己的脸，又用手为雅歌擦着眼泪，雅歌被徐建动情的言语说得有点感动了，这才是她熟悉的那个徐建，这才是她害怕失去的那个徐建。她再一次抬头专注地捕捉着那来自徐建的温存动作，她的眼中燃起了一点点希望之火。

可是，徐建仿佛被那希望之火给灼到似的，猛然站起，扭转身，用力吸了一下鼻子。过了几秒钟，当他再转回身时，那种拒人千里之外的冷漠感又回到了他的身上。

“你不走我也不走，我们就这样待着吧。”说完徐建坐在了床尾的位置，和雅歌保持着一定的距离。然后再也不说话，再也不看雅歌一眼。

雅歌很确信自己等下去，徐建真的还会回来，虽然不知道是哪一天，哪一时。从刚才徐建关切的语气和动作中，她知道自己在他心中还是有位置的，这就证明自己的努力还是有回报的，这已足够。但是，她不想再等他回来了，她还找到了能让徐建一辈子都不忘记自己的办法，自己的样子将永远定格在他的记忆里。

雅歌不知在何时已经止住了哭泣，而且雅歌竟然为自己可以找到这样的一个办法高兴。时间在一点点地流逝，这时间也把两颗心的距离越拉越远……

期待生命花开的声音

第十四章　渴望被爱一次

父母老了，以后谁来照顾我

清晨，当温暖的阳光透过玻璃窗照进屋里时，雅歌的妈妈推开门走进了房间，她是来帮雅歌和佳楠起床的。雅歌虽然和大姐佳楠相差九岁，但是她们却都患有进行性肌营养不良症。患了这种病就会全身无力，胳膊、腿都没有肌肉。随着年龄的增加，这种病也会逐渐加重，患者的生命也会因为没有力气呼吸而终止。

妈妈按照惯例先走到床的右边给佳楠穿衣服。大姐今年已经四十岁了，病症更严重了，当妈妈把她从被子里抱坐起来时，佳楠想自己坐稳了再让妈妈给她穿衣服，但是她那已经严重弯曲变形的脊柱根本就支撑不住上身，身子不是向左倒就是向右歪，如同一个小孩子玩的拨浪鼓。最后，佳楠的一切努力都是徒劳的，她还是无力地倚靠在了站在床边的妈妈的身上。妈妈皱了一下眉，口里“唉”了一声，只好半搂着佳楠，拿起她软得像面条一样的胳膊放进衣服袖子里。等妈妈把大姐像婴儿一样穿整齐并抱坐在固定的椅子上时，雅歌看见妈妈的额头开始渗出了汗珠。

当妈妈向雅歌的床边走过来时，她有种莫名的害怕。她的目光快速地从妈妈的脸上滑过，非常小心地不和妈妈的目光相对，她怕看见那眼中充满的疲惫和愁容。当妈妈把她扶坐起来时，雅歌用尽全力使自己的身子不用倚靠妈妈也可以坐稳，可是她的手也和佳楠一样软弱无力，还是需要妈妈拿起来放进衣袖里，雅歌一直都屏住一口气，努力配合着妈妈给自己穿衣服（其实她的努力根本就是徒劳的，因为她一点都动不了，就像一个婴儿需要照顾）。

等把两个人全部穿戴整齐并且坐稳了，妈妈就赶紧坐在床沿上休息。她一只手支撑在床上，另一只手握成拳头放在背后一下接一下地敲打着后腰，口中不由自主地又发出一声叹息“唉”。刚才妈妈低头弯腰给大姐穿鞋的时候，一缕白发从耳后滑落到了面颊上，整个面容显得更加憔悴。以前妈妈不是这样的，她非常注意自己的形象，可是现在随着年纪的增长，照顾女儿越来越力不从心，妈妈的头发和衣衫总是会很凌乱。妈妈自从过了六十岁后，体力明显地开始变弱，腰痛的毛病也越来越严重，每天早上给雅歌和佳楠穿衣服的这半个小时对她来说都是一种体力和精力上的挑战。

歇了一会儿，妈妈端着便盆出去，又去忙她永远也忙不完的家务去了。雅歌的心却怎么也无法恢复平静，她的脑子里忽然生出一个念头来：“老爸老妈年纪越来越大，以后要是照顾不动我们姐俩了，我们该怎么办？”这个想法已经在雅歌心中无数次地出现过了，但是雅歌每次都只允许这个问题滑过自己的脑海，从不许它停留。因为这个问题实在是太重了，会压得她窒息的。可是这一次出现，雅歌却怎么也赶不走它，它是那样顽固地盘踞在心头。父母不再像她小时候那样健壮有力，可以为她遮出一片无风无雨的天空。岁月消磨着他们的精力，多年来为两个患病女儿操劳，苍老在他们的身上显露无遗。

“铃铃铃……”是桌上的热线电话响了，这电话铃声响得很急促，仿佛在报告着对方遇到了很大的麻烦，需要找人倾诉。电话就放在大姐左手边的桌子上，也就是说这个热线需要大姐来接了。佳楠听见电话铃响就“快速”地抬起了左手去拿电话听筒，她伸出自己的拇指、食指、中指捏住电话听筒（其余的两根手指已严重萎缩，伸不直了）把它举了起来，可是她仿佛举起的不是小巧的电话听筒，而是一块大石头，这石头让佳楠的左手举起听筒的瞬间，就被压坠到了她面前的小桌上。好在这时她的右手来帮忙了，听筒被她的两只手缓慢地举到耳边。就在大姐接那个电话的过程中，雅歌已经听见电话里传来对方“喂喂”的声音。听着对方不住地“喂喂”，雅歌急得心都快跳出来了，可是却没有办法帮大姐。这时大姐肯定也急得不得了，听筒还没有举到耳边她就对着它喊着：“喂，你好，你稍等一下……”

渴望被真实地爱一次

“噼里啪啦……”窗外传来鞭炮的声音，把雅歌的注意力从姐姐那里吸引到了窗外。“今天是什么日子呀？要放鞭炮。”雅歌在心里这样问。转瞬她想起今天是腊月二十九了，再有一天就是2001年的农历新年了。过年，怎么又要过年了？雅歌有些无奈地苦笑了一下。她越来越不喜欢过年了，过一年父母就老一岁，自己也空长一岁。还有就是别人都是出双入对热热闹闹的，唯有自己家中总是缺少这样的气氛。

雅歌收回思绪，继续听大姐接热线，她听出电话那头是一个失恋者，正在倾诉自己失恋后的孤独和痛苦。不知怎么的，雅歌有点羡慕那个打热线的人：有失恋的经历就说明她恋爱过，恋爱是一件多么美好的事呀！可是自己再过两天就31岁了，却还没有谈过一次恋爱，没有被拥抱过，没有被亲吻过。

佳楠的热线已经接完了，电话听筒孤单地躺在她面前的小桌上，因为没有办法及时把听筒放在话机上，听筒里发出刺耳的尖叫声。雅歌知道佳楠现在已经没有力气把话筒放回话机上去了，她的手无力地摊在桌上，弯曲的手指还在微微发抖，佳楠的头低垂着，胸口剧烈地一起一伏着。

雅歌看着大姐累得已经不行的样子心里有说不出的难过。这就是进行性肌营养不良症病情发展到后期的症状，也就是说大姐和自己随时都有可能被病魔夺去生命。雅歌的心被渴望恋爱之火给点燃了，她的心跳得很厉害，怦怦地撞击着胸膛，仿佛已经迫不及待了。雅歌萌发了一个大胆的想法，这个想法一出现在脑海中就非常明确：她要去寻找爱情，寻找一个可以给自己生命爱的支撑的人。

忽然雅歌很想和大姐分享自己的这个大胆的想法，或者两个人可以好好商量一下该怎样去实施这个还在萌芽状态的想法，她说："老爸老妈年纪越来越大，以后要是照顾不动我们姐俩了怎么办？"

这时佳楠艰难地抬起头说："还能怎么办？过一天算一天呗！"

听了大姐充满了无奈的话，雅歌的心仿佛被什么东西刺了一下，痛得她一皱眉。这就是从小带着自己一起自学，后来又两个人一起义务办心理咨询热线的大姐吗？她肯定是太累了才会这么说的。雅歌知道大姐的性格，她决定要激一激她，继续说："你这种想法不对，你这么多年自学，办热线，不都是因为不相信命运，不都是想和厄运抗争吗？怎么现在就这样轻易地认输了呢？"雅歌说话的声音是上扬的，语速也很快，她要用这种方式激发出姐姐的动力来。

"那你说我还能怎么办？你也看到了，我现在连电话都快接不动了，我都不知道自己还能活几天了。"佳楠的眼睛始终不看雅歌，而是斜斜地望向地面。

雅歌虽然无法和大姐的目光对视，但是她还是看到大姐的眼中有晶莹的东西一闪，这让雅歌心里一酸，眼睛也湿润了，从小到大她们向来都是同悲同喜的。可是这次雅歌控制住自己的情绪，她希望大姐能和自己一起去大胆地追求爱情，就继续鼓励着大姐说："我不这么认为，只要我还活一天就要好好珍惜。我不会那么轻易地放弃，我还有很多的愿望没有实现，我不想带着遗憾离开这个世界。"雅歌都快被自己给感动了。

可是大姐表情依然很木讷，她看了雅歌一眼，动了一下嘴唇，又把话给咽回去了。雅歌感觉应该再加把劲："我不想没有爱过就离开这个世界，我想去征婚，这样既可以给父母减轻负担，也可以开始我的新生活。"话一出口，雅歌自己都被吓了一跳，征婚这个想法她都不知道怎么就出现在了脑海里，而且想都没想就说了出来。

相信佳楠也被雅歌的勇气吓到了，她吃惊地瞪大眼睛看着雅歌，眼中升起一团火苗，只是这火苗片刻之后就消失了。当火苗消失的同时佳楠说："我老了，折腾不动了，你愿意怎么做就怎么做吧。"

雅歌怕再引起她的难过就不再说什么，她在心中对自己说："不管疾病会发展到什么样子，我都不会坐着等死的，只要我还有一口气，就不会轻易放弃。"

这一季花开

当窗外父亲种的茶花开出第一朵花时，雅歌贪婪地望着那一朵娇艳的花朵。它在微微带有寒意的春风中灿烂地舒展着笑脸，别的花朵都还在孕育的过程中，都还被花蕾包裹着，唯有这一朵花一点也没有畏缩，在乍暖还寒的初春中傲然怒放。雅歌悄悄地想：它为什么那么迫不及待地要盛开？是不是也孕育了一个冬天的希望？是不是也不愿自己的生命流于平庸？

雅歌感觉那朵茶花就是自己，经过一个冬天的酝酿和等待，她终于等来了春暖花开。这是一个充满生机的春天，这是一个播种希望的春天，在这个春天雅歌有种预感：会发生什么事情，而且是会改变自己人生命运的大事。雅歌拿出小桌抽屉里的稿纸，铺平整，她的手在洁白的纸张上滑过，心也舒展开来，她有点迫不及待地要在这纸上开始书写她人生的新计划、新篇章：

在这个世界上，每一个人都有追求爱情的权利。因为爱情会让一个人知道什么是幸福。但是如果是一对坐轮椅的姐妹也渴望追求爱情，那么她们一定会被别人说是不自量力、痴心妄想。这对姐妹就是我和我的姐姐，一对注定终生无法站起来的姐妹……

写了一会儿雅歌放下笔，酸胀的手指需要歇一会儿。她在心中默读着自己写出的文字，读第一遍，没有什么问题，再读第二遍、第三遍。读着读着，雅歌有点犹豫了，有点退缩了，有点担忧了。她抬起头望向窗外那朵茶花，雅歌相信那朵花一定知道自己的心思，于是她默默地问："如果我这篇文章被发表的话会有很多的应征者吗？他们都会是什么样的人哪？"

"这个并不重要，重要的是你试过了，努力过了。你不是从来都不把自己当作残疾人看嘛，追求爱情也是你的权利。结果不重要，重要的是过程。"茶花抬起头朝着明媚阳光微笑着回答雅歌。

雅歌感激地看着茶花，她相信只有这花儿才能懂自己的心思。雅歌回应了花儿一个微笑，她又拿起了笔，可是她还有个问题要问："如果我的家人、朋友看见这篇文章会怎么想？还有那所有看过这篇文章的人会怎么议论我？"

阳光被一块乌云给遮住了，但是茶花依然微笑着面对阳光的方向。"你的理想从来都不会被别人给左右，相信这次也一样。你只要坚持走自己脚下的路，不要被别人的议论影响了自己的心态，否则你将会永远都停滞不前的。"

雅歌明白了自己的犹豫是因为害怕别人的议论和眼光，她点了一下头，仿佛是在回应茶花的鼓励，也是在给自己打气、加油。拿起笔她继续写道：

> 但是忽然有一天，我发现身边的同龄人都已为人父、为人母。就是年龄比我小的朋友也都有了人生的伴侣。这时的我才真切地感受到什么是孤独、什么是寂寞。望着父母头上的白发，我对自己的未来一片迷茫。慢慢地我的心里生出了一种渴望。最初我不敢去面对这种渴望，因为我害怕世俗的眼光和议论。但是随着我身体越来越虚弱，我的渴望也越来越强烈。我渴望有个人能给我一份爱的支撑。

雅歌的目光一行行地从稿纸上看过，她一个字一个字地在心里读着自己的辛勤之作。可是写到这里她却不知道该怎么继续下去了，不知道该用怎样的文字来表达心中的渴望。这不是小女孩对朦胧初恋的渴望，这也不是青年人对浪漫爱情的渴望。不是，都不是。雅歌摇了摇头，这种渴望是那么特别，这种渴望在自己身体越衰弱的时候越强烈，这种渴望在自己越孤独的时候越明显。这种渴望来自内心深处，是一种对生命热爱的方式。雅歌不怕死，她从没有害怕过自己明天会不会醒过来，但正因此她也更加热爱生命，只是这生命需要支撑，需要爱的支撑。

雅歌拿起笔，继续写下去……

害怕被父母知道

第二天，雅歌连早饭也没有顾得上吃就开始上网了。在几天前她就上网偷偷找好了一家杂志社编辑的电子邮箱。今天她要在一天的时间里把自己写好的文章输进电脑，虽然这对她来说是不能完成的任务，但是雅歌要挑战——向自己的极限挑战，向多舛的命运挑战。雅歌坐在床上，把台式电脑的键盘放在腿上，用左手食指和右手食指（这两个唯一还能按动键盘的手指）敲打着键盘。

看着自己打的字一个个地跳上计算机屏幕，雅歌第一次感觉到自己原本软弱无力的两个手指是这样有力，它们就像是一对芭蕾舞演员的脚，正踮着脚尖在自己的舞台上舞蹈，那敲击键盘的“嗒嗒”声就是为舞蹈伴奏的音乐。这是她埋藏在心中好久都不敢去触碰的梦，现在终于开始向这个梦靠近了，她每打一个字就仿佛向梦想迈进了一步。

雅歌又感觉自己正在画着心中理想的一幅图画：在一个夏日的黄昏，他正推着坐在轮椅上的雅歌在一条小河边散步。走到一条长凳前，他停下脚步坐下来，把轮椅拉近身边，端起雅歌的一只脚脱下鞋子，开始耐心地按摩起来。在他们身边不时地有人走过，每个人都会用好奇的眼光看了又看。雅歌被看得都有点不好意思了，示意他不要按摩了，可他却一点也没有在意别人的眼光，依然很专注地给雅歌按摩着脚。不知不觉天色完全暗了下来，他才站起来推着雅歌走上了回家的路。

“不要忙了，快吃饭吧，天天对着电脑又不能掉钱下来。”不知何时父亲端着饭菜进来了，他一边把饭菜放在电脑桌上，一边有点不屑地看了电脑一眼。

父亲的话不仅打断了雅歌的遐想，他那无意的一眼更让雅歌心惊肉跳，她用最快的速度拿起鼠标把 word 最小化。好在父亲并不关心电脑上有什么，就走出去了。雅歌轻出了一口气，她放下键盘侧歪着身子缓解着麻木的右腿，一边回想着刚才自己慌张的举动。她真的好怕父母知道自己的秘密，如果他们知道肯定会反对的。一想到父母的反对，雅歌的心顿时就忐忑起来。她从小就是在父母能看得到的范围内长大的，尽管她也曾有过很多的理想和打算，但是一看到父母那不高兴的表情她就选择放弃了，她总是感觉自己唯一能做的就是不要惹父母生气。可是征婚这件事，一想到父母很生气的表情，雅歌拿在手里的筷子不由得僵在了半空中，脸色也变得凝重起来。她侧耳倾听了一下客厅里父母吃饭的声音，客厅什么动静也没有，雅歌稍微松了口气，继续吃着饭。

雅歌感觉吃饭吃得嘴巴有点干，想端起盛汤的小碗喝一口，可是她试了几下都无法把小碗端到嘴边，还摇摇晃晃地把汤汁溅到了键盘上，雅歌气得索性放下筷子不吃了。她放好键盘继续打着她的那篇文章。不知从哪里来的一股力量让她不再害怕父母的反对，父母有一天也会照顾不动自己的女儿，现在他们已经渐渐衰老，雅歌不想永远成为父母的“累赘”，她要有自己的生活，她需要有一个爱人可以代替父母来爱自己、照顾自己。

不知用了多久的时间，雅歌用惊人的毅力将手写的文章全部输入电脑。她打开邮箱将文章粘贴进去，点击鼠标发送。当电脑屏幕上出现“邮件发送成功”的提示时，她笑了，笑容里充满了期待。她久久地看着屏幕，不知怎么，笑容里又生出了些许的忐忑。

第十五章　并不陌生的陌生人

是随便找一个，还是继续等待

“叮咚叮咚”，是门铃响。这再熟悉不过的自家的门铃声却让雅歌的心一惊，她抬头看了一下钟，这个时间一定是邮递员来送信了。

雅歌看了一眼自己小桌上的一本《辽宁青年》，那上面就刊登了自己的那篇文章。文章被登出后她每天都会收到来自天南海北的好多封来信，有的是倾诉心理问题的，有的是提出愿意给雅歌生命里爱的支撑的。可是在那些来信中，雅歌总感觉缺少点什么。

“给，你的信。”妈妈手中拿着几封信走进屋来，把几封信放在小桌上。雅歌等妈妈出去了，有点迫不及待地拿起一封信，撕开，抽出信纸读了起来：“我是一个打工者，现在在一家饭店工作。小时候因为家里穷，没有上过什么学。看了《辽宁青年》上你写的文章，我很感动，我希望……”

读到这里，雅歌不想再读下去了。信纸上那歪歪扭扭的字体让她没有任何阅读的兴趣。雅歌不在乎一个人的贫穷，但是她无法说服自己和一个大字不识几个的人在一起生活。她仿佛看见在未来的日子里，那个人每天除了看电视就是睡觉，却不肯为那些落满灰尘的书籍打扫卫生。想到这雅歌的心一惊，她本能地将眼前还没有拆开的信件推到旁边，她已经没有心情再去看其余的信件了。

又是半个月的时间过去了，这天妈妈又例行公事似的拿了几封信进来。看着那新来的几封信静静地躺在桌上，雅歌并没有急于去拆信，而是先看信封。看着看着，雅歌被一个牛皮纸信封给吸引了，她拿起那个信封轻轻抚摸了一下，感到里面很厚实，应该有好几张信纸。信封非常地平整，就像是一个人的干净面容，一看就让人有好感。雅歌看着信封，心莫名地动了一下，那是她在阅读收到的所有信件过程中都未曾出现过的一种愉悦的心情。雅歌慢慢抚摸了一遍整个信封，她要让这愉悦的心情持续的时间长些，更长些。接下来她开始在心里默读着信封上寄信人的地址，那字非常的清秀，每一笔画都是工工整整的，由此雅歌可以判断出写信之人应该是有着做事一丝不苟的性格的。

雅歌看完了信封,拿出剪刀轻轻沿着信封口剪开一条小口（大多时候雅歌都是直接撕开信封封口，可是对于这封信她不想直接撕开破坏它的美感）。她缓缓抽出信纸，打开。随着信纸的打开，一张照片也滑落了下来，非常安静地躺在了小桌上，雅歌垂下眼看着照片：那是一张普通的六寸照片，照片上是一个站姿非常挺拔的年轻人，表情很严肃，没有笑容，眉宇间透露着淳朴，紧闭的双唇带着棱角。他高高瘦瘦的，穿着一件短袖的退伍军装。照片虽然是夏天穿短袖拍的，但是雅歌细心地看到照片上的年轻人衣领扣得非常板正，并不像大多数人把领口敞着，就这一点让雅歌对照片上人的好感又多了一层。

歌：

你好！

通过《辽宁青年》认识了你，那篇《寻找生命中爱的支撑》，我连续看了好几遍，你的故事让我读后为之动容。于是命运就注定在我们之间将会有一段故事要发生。

看到开头的称呼，雅歌的脸微微红了，还没人第一封信就这样亲昵地称呼她（如果是别的陌生人这样称呼雅歌，她肯定会反感得连下面的内容都不看就收起信纸），但是从看到信封那一刻起雅歌就对写信的人有了好感，所以这样的称呼非但没有让她产生反感，反倒有种亲切感。带着这种亲切感雅歌继续往下读：

我不知道能不能有幸成为你的爱人，但我仍然会告诉你，我愿意为你撑起半边天，给你一份依靠，一份温暖。我性格内向，不擅言语表达是我的缺点，但那不代表我的内心就是一片空白。其实我的心里无时无刻不在思索，对人生的思索，对爱情的思索……

读好信，雅歌看了一下落款人：徐建。这个名字就和信的内容 样很普通，没有修饰、不带做作，甚至平白得像水一样，可就是这平淡无奇的白水却让雅歌的心泛起了涟漪。

雅歌把信收起来，并没有急于回信，因为她不确定写信之人是一时的冲动还是经过深思熟虑的。她要等徐建的下一封来信，如果徐建不是一时的冲动他一定会再来信的。雅歌期待着……

他愿意找一个坐轮椅的妻子吗

一个星期以后，雅歌又陆续收到了徐建的两封信，在第三封信中徐建这样写道：

歌：

你好！

你为何不给我来信？你知不知道我一直渴望你的来信呀。你是在考验我吗？这是我写的第三封信了，我就不信你不动情。我会为你等的，至少在今年，在你说“不”之前，我决不会轻易放弃。

雅歌每一次展读徐建的来信，心都是怦怦地跳着。她喜欢读徐建的信，他的信中带着执着，也带着直率，读他的信就仿佛是在读着徐建这个人。但是雅歌虽然对徐建有好感，却还是不敢轻易相信他就是自己要找的那个终身伴侣。

于是，雅歌给徐建写了一封回信：她先是委婉地拒绝了徐建的表白，然后又把自己的身体情况做了很详细的描述（甚至在描述中有的地方还写得很严重，超过了自身的真实情况），雅歌知道很多人是在不了解自己的身体的情况下才会生出很多浪漫的想法的，当真的明白自己需要和一个生活不能自理的重残女孩共度一生时，多数人都要退缩的。虽然雅歌对徐建很有好感，但是她不会因此就把自己的真实情况隐瞒起来。她需要的是一份坦诚的爱，而不是靠欺骗得来的爱。

信寄出后，雅歌就开始等待徐建的回信。一天，两天，三天过去了……

“叮咚”，邮递员又准时按响了门铃，雅歌支起耳朵听着妈妈向房间走来的脚步声，她有种预感，妈妈手中正握着徐建的回信。当门被推开的刹那，雅歌紧张的心一下提到了嗓子眼。看到妈妈把信放在桌上，雅歌飞快地将所有的信件扫了一眼。没有看到熟悉的那个牛皮纸信封，她提到嗓子眼的心沉了下去。为了证实自己没有看错，她又用手翻看了一下，还是没有，雅歌的心有点失望。

很快一个星期过去了，徐建那边还是悄无声息，雅歌被潮水般的失望给包围了。是呀，一个健康、年轻的男孩子，怎么会愿意找一个坐轮椅的妻子。雅歌打开抽屉拿出徐建的三封信，她看着信，犹豫了一下，狠狠心用两只手开始撕信封，她左手用力抓住信封，右手也用力抓住信封向下撕，可是雅歌的手根本没有力气将信封撕为两半，信封只是被扭出了几道折痕，看着原本平整的信封变得皱皱巴巴的，雅歌更是又气又恼。突然门开了，雅歌被吓了一跳，她看见妈妈把几封信放在自己的小桌上，她依然没有看见那个熟悉的牛皮纸，可是她却在一个白色的信封上看见了那熟悉的字体。

雅歌看着信封，心莫名地狂跳起来，那是她在阅读收到的所有信件时都没有出现过的激动。雅歌并不急于打开信封，而是慢慢抚摸了一遍整个信封。在雪白的信封的左下角印着一朵小花，盛开的小花很简单，就是五个瓣一个芯，就是这简单的一个图案让雅歌的目光久久不愿离开，她要让这激动的心情持续的时间长些，更长些。

歌：

你好！

原谅我因为工作加班没有及时给你回信，这几天我想了很多，每当我想到你身体那么不好时我就特别难过，我不怕吃苦受累，我就怕你拒绝我，我愿意用一辈子来照顾你。我知道我现在说什么都为时尚早，歌，你就看我的行动吧，我会每个星期给你写一封信，直写到你接受我的那天……

雅歌读到这眼睛有些模糊，她抬眼看窗外，努力平息着心跳。这信中并没有什么海誓山盟、豪言壮语，可是就是这淳朴的表白，让一颗封闭的心感受到了阳光的温暖。雅歌连着把信的内容看了三遍，她感觉自己在读的不是信，而是徐建这个人，和他的心。

此后每个星期，雅歌都会收到徐建的来信，那些信成了她生活中不可缺少的一部分，她喜欢看徐建的来信，里面总是会有很多温馨的字句让她的心快乐得一跳一跳的。有时候，雅歌会忍不住拿出徐建以往的旧信件反复地读。读着读着笑就不由自主地挂上她的嘴角。

雅歌忽然很期待和徐建见一次面，她这样一想就有些迫不及待了，她拿出信纸，用笔告诉徐建她要和他见面，并且写好了见面的时间和地点。

他是个“大力士”

那一天很快就到了，雅歌悄悄地和好朋友杜鹃说好，让她利用吃饭的时间来推自己出去和徐建见面。

雅歌早早地就让爸爸把自己抱上了轮椅。杜鹃推着雅歌走出了家门。一走出家门口，雅歌就有点后悔了，因为她感觉自己还没有准备好。自己的样子徐建从来没有看见过。他看到自己这个样子会有什么表情，他要是无法接受怎么办？雅歌一想到这，双手就紧紧地握住了轮椅扶手，想让杜鹃马上推自己回家，然后给徐建打个电话，就说……

一路上雅歌都在胡思乱想，很快她就看见了事先和徐建约好的那个地方。那是全市最繁华的地方，也是最容易找的地方。

雅歌先用目光在人群里扫了一遍，路上的人很多，不时地遮住雅歌的视线。杜鹃推着雅歌离约好的地点越来越近了，她依然没有看见那个熟悉的身影，心里不禁有点失望。杜鹃把雅歌推到马路上最显眼的地方停了下来，雅歌再一次地用目光在人群中搜寻……

时间在一分一秒地过去，难道是徐建退缩了，临时后悔了？不是没有可能！雅歌越这么想越感觉待在人流中是那么的窘迫。雅歌在心里狠狠地决定再看最后一遍，再看不到人就快快逃离这里。雅歌不抱希望地将目光扫向路边、街角、商厦的门前。雅歌彻底失望地垂下目光，滑过商厦门口的台阶，突然她看见一个人，一个坐在台阶上瘦瘦的男子，他穿了件退伍军装短袖上衣。那衣服雅歌太熟悉了，她的心一下紧张、慌乱起来，是徐建，肯定是徐建，雅歌非常确定。

当雅歌定定地看着徐建，还来不及收回目光时，徐建也看见了雅歌。雅歌感觉到徐建一触到自己的目光后就快速地站起来，朝自己走了过来。雅歌紧张得透不过气来，不过在她心里有点小小的失望，她以为自己和徐建第一次的目光接触会有触电的感觉(虽然她也不知道那是一种什么样的感觉)。

徐建快步走到了雅歌的跟前，他站稳后用很轻的声音说了声："你好，你是雅歌吗？"

雅歌抬头仰脸看着徐建，努力坐直身体，笑容有点羞涩地回应着"你好"，然后就快速移开目光（雅歌近距离看徐建，感觉他好瘦呀，她甚至想这样单薄的体格以后能不能照顾得动自己呀)。她更愿意让自己的目光在徐建的全身游走：干净的上衣，衣角掖在裤腰里，一条化纤暗条纹的裤子；最后她的目光落在徐建的脚上，徐建的裤腿有点短，露出了一段脚踝，不过脚上的皮鞋很新，可以说是一尘不染（雅歌想知道一个人是否整洁总是会先看这个人的脚)。

雅歌等着徐建继续和自己说点什么，虽然她喜欢说话，但是为了保持女孩子的矜持她等待着徐建先开口，可是徐建就像木头人一般立在那里，没有任何的表示。几秒钟过后，雅歌忍受不了两个人在川流不息的人群中傻待着，就抢先开口了："你还没有吃午饭吧？我们进商场一起去吃饭吧。”

杜鹃推着雅歌来到商场门前的台阶前，开始寻找人来帮忙把雅歌抬上台阶，可是等了一会儿有几个人匆匆走过雅歌身边，都不愿帮忙或是没有在意坐在轮椅上的雅歌。

“我来吧。”这时徐建对杜鹃说。

“你一个人不行的。”杜鹃扶着轮椅不放心地提醒。雅歌听着他们的对话，忽然感觉一股力量把她的身体猛然向后拉，她还没有弄明白发生了什么事，轮椅就已经离开了地面，开始往台阶上爬了。雅歌蒙了，她根本弄不清楚究竟发生了什么事情，当轮椅上了台阶平稳落地了，雅歌还是大气都不敢出，她的心已经慌乱得快跳出嗓子眼了。这时还是杜鹃过来告诉雅歌刚才发生的事情：是徐建一个人把雅歌连人带轮椅搬上了高高的台阶（雅歌过了好久都不太相信徐建可以把自己连人带轮椅搬上楼梯）。

上了台阶，徐建又跟在轮椅旁边一起走时，雅歌感觉到了自己“怦怦”的心跳，她的心跳仿佛在告诉她：这不就是你一直想要找的爱的支撑吗？想着想着雅歌的脸就红了起来。

很快杜鹃的上班时间就要到了，雅歌和徐建见面一个小时还不到，她也不知道徐建内心的真实想法，但是时间已经不允许他们再多相处了，带着些许遗憾，雅歌和徐建说了再见。

七夕节的三枝玫瑰花

和雅歌见过面后不久，徐建就来到江阴打工了。一转眼就是大半年的时间过去了，但是在这大半年的时间里雅歌和徐建并不常见面。雅歌知道妈妈并不欢迎徐建到家里来，所以她轻易不会邀请徐建到家中来。

一个夏日午后，雅歌百无聊赖地随手翻开日历，她看见上面写着“阴历七月初七”。

“今天是七夕呀。”雅歌心想，怪不得刚才在QQ里和自己聊天的小敏说今天男朋友请她吃饭。想到好朋友在今天都可以成双成对地过中国的情人节，雅歌心中有点黯然，她不由得想到了徐建。徐建还从没有说过任何能让雅歌心动的话，哪怕是“我爱你”三个字。

雅歌放下日历，将手臂吃力地拿上轮椅的扶手，用手推了一下鼻梁上的眼镜，她忽然很想知道徐建现在正在干什么，就伸手去拿桌上的小灵通，找到徐建的手机号码，要按下通话键时雅歌又犹豫了。徐建的手机是双向收费的，接电话也扣钱，徐建平时非常节省，手机几乎是摆设，不到万不得已是不轻易使用的，雅歌怕自己贸然打电话过去，不知道徐建会不会心疼电话费，想到这雅歌已没有了打电话的那份心情。

“叮咚叮咚”，几声清脆的门铃声打断了雅歌的思绪。“这个时候会是谁来呢？”雅歌在心里疑惑。“管他哪，反正不会是找自己的，估计是隔壁的阿姨来找妈妈聊天。”雅歌不愿再想下去，继续无聊地摆弄着鼠标，有一搭没一搭地看着网页。同时，她的内心又有点期待。于是，她支棱起耳朵听着外面的动静，很快妈妈从厨房里走出来，去开门了，接下来，雅歌听见几句对话，但是她听不清说的是什么。于是，她继续摆弄着电脑，就在这时，她眼睛的余光看见有一个人出现在了房门口，她急忙抬头去看。“徐建，你怎么来了？”雅歌还来不及多想，就惊呼起来。

“我今天加班，刚下班。”徐建依然不喜欢多说话。

在徐建刚出现在房门口的时候，她就注意到他手上拿着三枝玫瑰花，她的心不由得狂跳起来，脸也热热的。她的脑子里飞快地想着徐建把花送到自己手里时，自己该说些什么，该用怎么样的表情。可是，徐建在回答完雅歌的问话后，就站在那里不动了，只是在手里摆弄着那三枝玫瑰。房间里出现了短暂的沉默。

雅歌早已了解徐建的性格，就主动说：“你把那花拿在手里干什么？”她潜台词的意思是说你是来送花给我的，你倒是送呀。

“那我去找个瓶子把花插起来。”徐建的反应倒是很快，说完，就把三枝玫瑰放在了电脑桌上，转身到院子里去找瓶子了。雅歌没有想到徐建会这样回答自己，感觉又好气又好笑。

看着那三枝玫瑰静静地躺在电脑桌上，雅歌被它们给深深吸引了。花朵没有经过任何的包装，花瓣上还带着水滴，红红的颜色娇艳欲滴。玫瑰是象征爱情的，这也证明，徐建不嫌弃自己是坐轮椅的残疾女孩，已经把自己当作了他的女朋友。雅歌这样想着，心里顿时充满了幸福和甜蜜的感觉，她不由得拿起一枝，举到鼻前，一股淡淡的香气沁人心脾。她闭上眼睛用力把这花香深深地吸进心里，啊！她的心被陶醉了，脸红得像玫瑰的花瓣一样美丽。

这时，徐建手里拿了一个洗干净的罐头瓶进来了，雅歌急忙放下玫瑰，装作若无其事地继续玩电脑。只是，她的心思已经不在电脑上了，她一直都用眼睛的余光注视着徐建的一举一动。她看着徐建把三枝玫瑰插进瓶子里，然后把瓶子摆在书架上，看了看，又觉得不合适，重新拿在手里，犹豫着……

“你把花瓶放在电视机上面吧。”雅歌再一次忍不住建议。

电视机上的位置是家中最显眼的位置，雅歌要让每一个进房间的人都看到那三枝玫瑰，这是自己在情人节收到的礼物。

徐建坐了一会儿就走了，只是他在走之前悄悄对雅歌说：“过些日子就是十一了，那天我上夜班，白天有时间，到时候我推你出去玩啊。”

雅歌听了徐建说的悄悄话，用力地点了点头，她等不及和徐建说再见，就开始扳着指头算离十一还有多长时间。

第十六章　羞答答的玫瑰静悄悄地开

紧张得不敢呼吸

十一很快就到了。一早上，雅歌就开始打扮起来了，她拿着小镜子照着化妆。今天国庆节，几天前徐建就说他今天上夜班，白天有时间陪雅歌去逛新建成的步行街。雅歌喜欢热闹，可是每到过年过节都只能是看着别人去玩，现在她也有男朋友可以陪自己逛街了，雅歌想到这，不由得对着镜子“扑哧”一下笑出了声，马上她又为自己的失态难堪。还好，父母不在房间里，大姐也在投入地上网。

抬头看时钟，已经过了八点，预感告诉雅歌徐建马上就要来了。一想到马上就可以看见徐建了，她的心就有点着急，她希望徐建能立刻就出现在自己面前。忽然雅歌有个奇特的念头出现在脑海里，她这样的等待，感觉自己就像一个要出嫁的新娘。此念头一出，心跳得更加慌乱了，脸也滚热滚热的。

“叮咚”，是门铃响了，雅歌的心一紧、瞬间上提，好像撞到了哪里，又反弹了回来。雅歌为了平息心中的慌乱，拿起桌上的小镜子往抽屉里放，在放进去的瞬间还不忘再照一下。

徐建进来了，雅歌看见徐建穿的还是那身衣服，一下子笑了。

“你笑什么？”徐建被雅歌笑得有点莫名其妙。

雅歌看见徐建被笑得紧张了，就忍住笑解释：“我没笑什么。”

徐建对雅歌的解释还是有点手足无措。为了引开徐建的注意力，雅歌又说：“对了，你去把我轮椅推进来，抱我坐轮椅上吧。”可是话说完她立马就后悔了，平时都是爸爸抱她坐轮椅，今天怎么没有经过大脑考虑就让徐建抱自己坐轮椅。让男孩子抱，这个举动也太大胆了点吧。

徐建听到吩咐，去客厅把轮椅推了进来，让雅歌已经没有后悔的余地了。雅歌看着徐建把轮椅摆好后就走到自己身边，却站在那不动了，她等了几秒才恍然大悟，徐建是在等自己的下一步吩咐呢。

雅歌也不知道下一步该怎样指挥徐建，长这么大也没有遇到现在这种情形呀，但是她知道自己必须马上告诉徐建该怎么做。

“你抱我起来呀。”雅歌尽量让自己的声音听起来是平和的，她其实心里也很紧张，只是表面上却装得很从容。

看得出徐建也很紧张，对雅歌的提醒显然没有心理准备。他看着雅歌鼓励的眼神，才鼓起勇气迈前一步，弯下腰。

雅歌被抱起来了。不，不是被抱起，而是被托起的。徐建用两只手把雅歌托在臂弯里，努力把握着不让雅歌身体贴在自己身上，然后走向轮椅。徐建在做这一系列的动作时，动作幅度并不大，甚至是很轻很轻的，就仿佛自己托的是一个瓷娃娃。

当雅歌被托起时，她感觉自己轻得就像一片叶子（平时当70岁的爸爸抱雅歌时，她总感觉自己重得像一块石头，压得爸爸连腰都直不起来），她仿佛被徐建托着进入了一个真空的环境，她窒息了，她的心不跳了，而且除了大脑还是清醒的，整个身体都已不听使唤了。

当雅歌被抱坐在轮椅上时，她故意低下头，不看徐建。因为她怕徐建看见自己涨红的脸，不过雅歌还是在心里由衷地感谢徐建刚才那样小心翼翼地没有让两个人的身体有任何的接触，否则雅歌会更加窘迫。

也许是徐建也还没有从紧张中缓过神来，急急忙忙就推着雅歌往外走，当走到大门口时，雅歌惊呼起来："等等，我还要穿鞋呢。"

雅歌的惊呼让徐建停下了脚步，他从雅歌的轮椅后面探过身看看雅歌的脚，两个人不约而同地笑了起来。如此有默契的笑打破了刚才两人之间的窘态，雅歌咯咯地笑着，直到引得妈妈从厨房里伸出头来张望，她才忍住了笑。

当徐建蹲下去给雅歌穿鞋时，雅歌问："以后你每天都要做这些事情，会不会烦呀？"

徐建蹲在地上，把雅歌的脚放在自己的膝盖上，然后抬起头，用非常认真的眼神看着雅歌说："没事，我愿意照顾你。"说完就低下头继续着手里穿鞋的活。

雅歌本来玩笑的一句话，没有想到会引来徐建如此认真的回答，她喉咙一紧，顿时感觉有股热热的东西涌进眼睛，雅歌赶紧抬起眼向上看，她第一次感受到了被异性呵护的温暖，那种温暖很轻易就打开了她封闭的心。

他舍不得吃

今年的国庆节天气格外好。天空蓝得如被水洗过一样。放眼望去万里无云，阳光明媚。新建成的步行街和中山公园人潮涌动，处处都洋溢着节日的气氛。此刻，雅歌坐在轮椅上由徐建推着也走在人群中。刚到步行街时，雅歌对那如潮的人流没有任何的心理准备，她有点害怕，就怯怯地微低着头，不敢抬起自己的眼睛，她害怕遇到陌生人投向自己的怪异眼光。但是能置身在如此热闹的环境里又是她期盼了好久的，她不时地抬起头快速地看看四周，一看见有人朝自己望，就又低下头去。过了一会儿，雅歌就被周围热闹、喜庆的节日氛围感染了，她忘记了胆怯，看见什么都感觉很新鲜。

突然，“砰”的一声，雅歌感觉轮椅撞到了什么，于是慌忙定睛看究竟发生了什么事，原来是人流太密集了，轮椅在人群中撞到了前面行人的脚后跟。这个情况发生得太突然了，让雅歌慌了手脚，她在心里一边埋怨徐建的粗心，一边做好准备向那个被撞的人道歉。奇怪的是那个被撞的人对与轮椅的碰撞没有一点反应，很快就走远了。雅歌看着那只被撞的脚很快就淹没在很多的脚当中了，才长长地舒了一口气。

接下来，雅歌不敢再让毫无推轮椅经验的徐建推着自己在人群里穿梭了，她脆弱的心脏实在承受不了这惊险的一幕幕。正好他们来到一家肯德基门前，雅歌提议去里面坐坐，肯德基里也是坐满了人，但是很幸运，他们很快找到了一个靠角落的空位置。

等把雅歌的轮椅安置妥当，徐建问:“你要吃什么？我去买。”

闻着肯德基里飘满的香味，雅歌不由得咽了一下口水，这时她才感觉到早上没有来得及吃早饭的肚子已在咕噜噜地发出“抗议”了。可是，她心里知道这里的东西都不便宜，就努力忍着不断强烈起来的饥饿感回答徐建:“不，我不饿，什么也不想吃。”说完，就将目光投向大玻璃窗外。透过玻璃窗看窗外的人潮，对雅歌来说同样是新鲜、好玩的，她饶有兴致地看了一会儿，忽又感觉身旁少了点什么，就收回目光寻找:咦，徐建哪里去了?

“也许他去洗手间了。”雅歌这样想，于是她就继续看着窗外，等徐建回来。又是一阵香味飘了过来，引得雅歌再也没有心思欣赏风景了，就在这时，她的面前出现了一个托盘，里面放着一个汉堡、一杯饮料。

“你去买东西了，你怎么没有告诉一声？”雅歌面对徐建的细心，感觉心里热乎乎的，但是她还是有点嗔怪徐建去买这么贵的东西。

“我以前从来没有到过这种地方，也不会买，也不知道买的是不是你爱吃的。”徐建说完坐下来，将托盘推到雅歌面前。

雅歌打开汉堡的盒子,先拿起最上面一层的面包咬了一口（她的手没有力气拿起一个完整的汉堡）。“你怎么不吃呀？”这时雅歌才发现徐建每样就买了一份。

“我不吃，你吃吧。”说完，徐建就低下头不再看雅歌。

雅歌忽然明白了，徐建是舍不得买这么贵的东西吃，可是他却宁可自己不吃，也要买给她吃。想到这，雅歌低下头陷入了深深的感动，此时周围的嘈杂都仿佛隐退了，偌大的肯德基餐厅只有她和徐建。她看着在把玩一根吸管的徐建，认识这么久，雅歌第一次这样近距离地看着他，他紧闭的嘴唇从不会说什么甜言蜜语，可是他所表露出来的行动却胜过任何言语的表达。

“我给你讲件有意思的事，”徐建又开口说道，“我今天把我攒的所有钢镚都带出来了，就想请你吃汉堡。刚才我把那些钢镚都拿出来付钱的时候，那个卖汉堡的女孩子看着那堆钢镚就愣在那里，过了好一会儿才缓过神开始数钱。”

徐建的话并没有任何的修饰，可是雅歌却被逗得笑了起来，她笑得那么开心，眉毛弯成了月牙。不知怎么的，她就感觉自己是那么幸福，而且是以前从来没有过的幸福。

让他写个保证书

吃午饭的时候到了，在饭桌上雅歌决定把握机会说出自己心中的想法。

她先看了一下正低头吃饭的父母，马上又有点心慌地把目光移到自己面前的那碗饭上。她不敢正视父母的目光，那样会让她没有勇气说出话来。

“爸妈，我想要和徐建去登记结婚。”雅歌用微弱的声音说出了自己埋藏好久的决定。

接下来是沉默，而且是长时间的沉默，这沉默让雅歌感觉透不过气来。她可以真切地感受到饭桌上瞬间形成的压抑气氛，这种压抑让雅歌有种眩晕的感觉，她的头摇晃了一下，差一点坐不住。雅歌赶忙抬起胳膊，暗暗地用手拉住桌子的一角，以防自己真的会坐不住而摔倒。

“不能走路，自己都照顾不了自己，还想和一个健康男孩结婚成家。什么叫自不量力？什么叫异想天开？你现在就是！除了父母，难道真的还有毫不相干的人愿意来照顾你吗？你就等着被抛弃吧！你就等着成为别人的笑柄吧！”雅歌虽然还没有等到父母的回答，但是她分明听到有一个声音在嘲笑自己。

“你要走你走，我是不会给你一分钱的，以后有什么事情我一点也不会来管你的。还有你让他写个保证书来。”母亲终于开口说话了，冷淡的语气让雅歌的后背感到一丝寒意。尽管这样，雅歌依然感激地看了母亲一眼。她对母亲的回答并没有想太多，她好像得到了特赦一般，在心底松了一口气。爸妈没有阻拦已经不错了，这不也是她最期望得到的回答吗？

可是，为什么她的心里一点也没有高兴的感觉呢？反倒是不争气的泪水涌出了眼眶，她没有说话，她不知道还该说些什么，她更怕自己一说话，眼泪就会掉进饭碗里。

此时雅歌心中还有点期待，她在等父亲说话，因为父亲还没有表态，父亲一直都是最疼爱自己的，或许他要问自己些什么，毕竟这是她人生的一个重大选择，她需要一点鼓励、一点关心，就只要一点点也好。雅歌想到这，仿佛看到了些希望，她将目光投向最亲爱的父亲，眼中充满了期盼。

“你自己的事情，自己看着办吧，我们是不来管的。”这是父亲的回答吗？为什么也是冷冰冰的？雅歌还是有点不相信父亲会这样回答自己。

她又期待地望向桌对面的父亲，可是，父亲并没有看雅歌，他已经吃好，端起碗离开桌子走了出去。父亲的回答让雅歌彻底失望了，眼泪唰地一下流了下来。她不敢抽泣，不敢擦眼泪，怕父母看见。妈妈向来不喜欢别人动不动就哭，被发现就会遭到一顿斥责。雅歌为了不让家人看见自己哭了，她只能将头深深地低下，被泪水充满的眼睛模糊得什么也看不见。她闭上眼睛，眼泪像开闸的洪水涌出眼眶，顺着脸颊一直往下流，流进嘴角,又咸又涩的味道瞬间在口中弥漫开来。雅歌用力咬着嘴唇，忍住心里的委屈，将流进嘴角的苦涩一股脑地咽进了肚里。雅歌开始慢慢品尝着这种很特别的味道，她甚至忘记了刚才发生的事情。

直到她听见母亲用很冷漠的声音对自己说:“这个饭你吃不吃了，不吃我就收了？”雅歌这才发现父母都已经吃好饭了。雅歌默默地摇摇头。她不敢说话，甚至连抬头的勇气都没有。

听着母亲收拾碗筷的声音，雅歌想说些什么。

“你们不用说得这样明白，我真的不会怪你们的，你们照顾我这么多年，现在老了，照顾不动我了，我这么做也是希望给你们减轻负担呀。你们不用怕别人的议论，你们也不要怕面对现实，现在女儿会用自己的努力走出自己的一片天空的。”雅歌想把这些话告诉爸爸妈妈，可是她的喉咙却像被什么给堵住了，发不出一点声音来。

听见他说“我爱你”

睡午觉起来，雅歌神情忧郁地坐在床上。经过吃午饭时父母的冷漠态度的打击，雅歌把所有的希望都放在了徐建的身上。

和徐建认识有一年半的时间了，他从没有嫌弃雅歌是一个残疾女孩，反倒是雅歌一直在考验徐建。有时徐建被她捉弄急了，生气了，也不会朝雅歌发火，而是会坐到一边去，半天不说一句话。一想到徐建生气时严肃的表情，雅歌不由得偷笑了起来。这一笑，让雅歌不再犹豫，她抓起小灵通，吃力地在上面打出几个字：“徐建，我决定接受你，我们结婚吧。”看着小灵通的屏幕上显示“发送成功”的字样，雅歌的心又开始发慌，她怕徐建会拒绝她，这也是她不敢打电话的原因。

一分钟，两分钟，三分钟……十分钟过去了，雅歌感觉像是过了一年那么长，徐建看到消息会有什么样的反应呀？她想象着：也许他还没有做好准备接受和自己一起生活的事实，犹豫了，退缩了。雅歌不敢往下想，不敢想如果徐建真拒绝自己该怎么办？她紧握着小灵通，把它放在胸前，心中默默地安慰自己：“一切都还是未知数，还没有亲耳听到明确的答复就不能瞎想。”

“铃铃铃……”小灵通响了，那轻微的铃声竟把雅歌吓得心差点跳出来。她慌里慌张地拿起小灵通，来不及看来电显示，就想快点把它举到耳边。可是不知道为什么，这拿小灵通的胳膊就是放不到膝盖上，胳膊没有东西支持，这手就没有力气把小灵通举到耳朵边上。

情急之下，雅歌先按下了通话键，然后对着离自己的嘴巴还有一尺多远的小灵通大声说：“喂，你先等我一会儿。”稍微歇息两秒钟，再鼓足一口气，雅歌的胳膊肘终于放在了顶在胸口支持身体的膝盖上。

她有些迫不及待地“喂”了一声，那头没有声音。“喂！”雅歌加大了音量。

“喂，我听见了。”雅歌听到徐建熟悉的声音，有些激动。

“刚才我收到你的短信，我手机快没钱了，所以我就到外面的公用电话亭给你打电话。”

雅歌随便地“嗯”了一声，她期待徐建下面还应该会说什么。

徐建也许感觉到了雅歌的期待，他继续说：“我一直都在等你接受我呀。雅歌，我爱你！”

雅歌有些不相信自己的耳朵，她听到的是真的吗？她真的不是在做梦吗？恋爱这么久，徐建一直都是沉默寡言的，他没有要求过雅歌做任何事，也不会去问她任何的想法。这是徐建第一次对她说“我爱你”，雅歌有点晕。她心中一热，害羞的眼睛也不知道该望向哪里，好像此刻徐建就站在自己的面前，正用他那诚实的眼睛望着自己。

雅歌总以为自己这一生也许不会听到“我爱你”这三个字，但是此刻她等到了，等到了一个爱她的人对她说“我爱你”！她又想哭又想笑，她形容不出自己的心情，中午的委屈已经不算什么了，雅歌的身体里有了新的力量、新的希望。

放下电话，雅歌才发现自己已经累出了一身的汗，她的一条腿顶在高出的床尾上，立起来的膝盖顶住胸口。如果不这样，她就坐不住，已经严重变形的脊柱已经无法支撑身体笔直地坐着，无论坐在哪，她都需要借助外在的力量来支撑身体，否则她就坐不住。

雅歌已经不在乎这些了，她的心情已经和中午时截然不同了，阴霾一扫而去，此刻她的心情已被一种快乐替代。她开始感到中午没有吃午饭的肚子开始“咕噜噜”叫了，她知道自己今晚要失眠了，因为她要计划自己的新生活。

这算是求婚吗？

又是一个阳光明媚的早晨，在妈妈的照顾下，雅歌洗漱完后，吃力地打开小抽屉把化妆盒摆在桌上，她感觉自己的手越来越没有力气了，这个盒子也很少用了（化妆盒其实只是一个小纸盒）。今天对雅歌来说是一个特殊的日子，她已经和徐建约好，两人要去登记结婚了，所以她要好好打扮一下。她轻轻打开盒子，把里面的化妆品一样一样地拿出来。在盒子的最底下是一面小镜子。雅歌将小镜子拿在手里，看到心爱的小镜子上已经蒙上了一层灰尘，就拿了一张餐巾纸，一边向上哈气，一边细心地擦拭着。

随着镜子一点点地清晰明亮，雅歌开始端详镜子里的自己，镜中的自己虽不漂亮但也不难看，单眼皮的眼睛不大，但透露出一种锋芒。在日本电视剧《血疑》热播的时候，别人都说她的眼睛像山口百惠。一副眼镜架在鼻梁上，让雅歌又显得有点文弱。她的皮肤因为长时间不见阳光，白得没有血色，几个大小不一的色斑点缀在脸上。

雅歌在镜中看到自己已经好久没有修过的眉毛杂乱得没有形状，她把简易的剃须刀片小心翼翼地捏在手里，可是手离眉毛还差那么一点点距离，就是举不到位。雅歌看见桌上有一本书，就用双手把书一点点地移过来，再用左手把右手拉起来，书垫在胳膊肘下面，嗨！高度正好合适。她一手拿着镜子，一手拿着刀片，攒足力气举起手，开始给自己修眉毛。可是没修两下，手腕就开始发沉不听使唤了，她不得不放下手来休息，大口地喘着粗气。

房间里静悄悄的，初升的阳光在床上露出一小块光芒。雅歌在歇息的时候就会盯着那块阳光看，每看一次，那块阳光就会变大一点，每歇一次，镜子里的自己也会变漂亮些，心中的期待也在丰满起来。

就这样歇歇停停，每一个动作雅歌都重复好多遍。直到最后，雅歌的头已经抬不起来了，她半趴在桌子上给自己涂好口红，再拿起镜子，镜子里的女孩美丽、年轻，雅歌很满意。

她边休息边看着镜中的自己：弯弯的眉毛下是一副粉色边框的眼镜，涂着淡粉色唇彩的双唇轻轻抿着，矜持而又庄重。

她想起那天的情景来：

那天，雅歌和徐建看着自己亲手装扮起来的新家，都掩饰不住那种发自心中的喜悦。徐建把雅歌推到窗前的阳光里，然后慢慢蹲下了，仰着头问："我们什么时候去登记呀？"

还沉浸在喜悦中的雅歌随口答道："随便什么时候。"话说完，她回过神来，又有些不相信自己的耳朵："啊，你刚才说什么？"

"我们什么时候去登记呀？"徐建又重复了一遍。

这次雅歌听清楚了，可是她依然用一种怀疑的目光愣愣地看着徐建。这就是求婚吗？雅歌的脸一下子就红了起来,面对这“突如其来”的求婚，她的胸口就像揣了一只小兔子。

答应他，自己以后就要和这个人一起生活了。但是，她还是有点害怕，有点不确定，以后的生活要怎么过？他要上班，又怎么来照顾自己？不工作又怎么生存？自己还能后退吗？还能过以前的生活吗？不想那么多了，也没有时间想那么多了。

看着还在等着回答的徐建，雅歌脑子在飞速地转着，也就是十几秒的时间，雅歌就决定了，她认真地说：“明天，我们明天就去登记。”

“叮咚叮咚”，一阵清脆的门铃声，打破了雅歌的沉思。母亲开门，是徐建。雅歌清楚地听到徐建叫了一声“妈”，可是却没有听到母亲答应。徐建走进房间。雅歌用歉疚的眼光看了徐建一眼，没有说话。直到徐建把她抱上轮椅，在给她穿鞋时，她才轻声问：“你怎么才来呀？”

徐建看着雅歌的母亲离开了，才小声地对雅歌说：“我在宿舍写保证书。现在可以走了吧？”

雅歌看着徐建小心翼翼的样子，吐了一下舌头，点点头：“那我们走吧。”

雅歌好希望可以快一点离开家，因为他们有很重要的事情要去办。

第十七章　爸妈，请相信我一回

倚靠在他的肩膀上

要登记结婚就要先拍照，徐建推着雅歌一走出家门就直奔照相馆。

在十字路口等红绿灯的时候，雅歌看见有一对老夫妻也在等红绿灯。那是一对很普通的夫妻：老大爷人很精神，老奶奶人很干净，他们紧挨着。到了绿灯时，雅歌看见老大爷拉起老奶奶的手，半牵半扶的两人一起走过斑马线。看着远去的这对行动缓慢相依相伴的背影，雅歌感觉好温馨。

在照相室里等摄影师调试照相机的时候，雅歌抬眼看徐建。摄影棚里的灯光很饱满，把徐建高高的个子拉伸得更加高挑。雅歌看着看着，忽然很想和徐建有些动作上的交流，可是坐在轮椅上的她一动也动不了。雅歌灵机一动，她悄悄问徐建："看看我的头发乱不乱？"

徐建仔细端详了一下，抬起手把她翘起的头发梳理顺。虽然徐建的动作显得有些笨拙，但是他的手指在伸进雅歌浓密的头发的刹那，雅歌的身体战栗了一下，仿佛徐建的手指带着电流一般。雅歌在战栗中舒服地闭上了眼睛，心想："自己就要结婚了，还真有些不敢相信。”想着想着雅歌就偷偷地笑了，她忽然想到自己这样傻傻地笑要是被人看见会很糗的，就忍着。于是，笑意就扩散进眼中，扩散到全身，那种无法掩饰住的喜悦的心情，就像火可以把深秋融化掉。

“你把我羊毛衫的领子整理好。”雅歌不想那么快就失去那美妙的感觉，她继续用充满笑意的目光看着徐建说。

徐建对雅歌的要求非常顺服，他又耐心地把她的羊毛衫的领子理平整了。

一切都准备好了，徐建把雅歌推到拍照的位置，她只能坐在轮椅上,徐建就另外找了一个凳子和雅歌并排坐在一起。看得出来，徐建也有点紧张，两个人对着镜头竟不知手该往哪里放。雅歌把手放在了轮椅扶手上，没想到徐建也想把手放在上面，两个人的手碰到了一起，这时雅歌发现徐建的手和自己的手一样冰冷。

摄影师让徐建的手搭在雅歌的肩上，并且让他们两人的头相互依靠着，面对镜头。

重新调整了姿势，徐建轻松了许多。可是雅歌依然感觉透不过气来。是因为自己第一次和徐建挨得这么近，还是因为自己就要成为一个妻子了？雅歌也已经分不清自己为什么紧张了。反正就是越紧张越感觉有种幸福在内心疯狂地滋长。

雅歌努力让自己微笑得自然，在摄影师的引导下，慢慢地她的微笑不再僵硬，神情被甜蜜包围着。她微微仰起的脸上浅浅地挂着微笑，她一直都喜欢微笑，快乐时微笑，难过时微笑，遇到困难时微笑，只是现在的微笑更有着一种自信。

没有钱拍婚纱照，雅歌就把这次拍照当作自己的婚纱照。她倚靠着徐建，在他的臂膀里，不需要自己用力来支撑身体，因为有着另外一股力量支撑着她。

雅歌有种预感，这股力量会一直支撑她陪伴她走下去。她软软地斜靠着他，在强烈的闪光灯的映照下，感觉就像做梦一样。

拿了照片，他们直奔结婚登记处。徐建推着雅歌大步地走着。

现在后悔还来得及

雅歌和徐建到了登记处，两人交上户口簿和身份证，工作人员认真地核实后，递过来两份表格。

拿了表格，雅歌半认真半调侃地对徐建说："你现在后悔还来得及哟！"

徐建听了雅歌的话，知道她是开玩笑，也半认真半调侃地回应："你现在后悔也还来得及。"话一出，两人都扑哧笑出声来。

徐建拿过表格，推雅歌到旁边的桌子边坐下来，开始填表格。雅歌坐轮椅，手够不到桌子，自己的那一份也让徐建代填了，她只负责在旁边看。

雅歌发现在他们斜对面还有一对情侣在填表格，她偷眼望去，看到那个女的无论是身材还是长相都很一般，但是她很健康，而且一看就是很有力气的那种人。雅歌看着，看着，突然收回目光，她的心有种痛的感觉，就好像被谁无意地用手指捅了一下。

雅歌看表格一行行地被填满，她的心里反倒空落落的。在填表格的过程中，她不时地看看徐建，她好像从来没有这样近距离、这样认真地看过他，她想看穿他的内心，想知道他的内心在想什么。从认识徐建那天开始，雅歌就一直信心十足的，对未来充满了期待，可为什么在此时此刻自己却是心神不定呢？是对徐建没有信心还是对自己没有信心？

“自己以后的生活就要交给眼前这个男人了吗？”雅歌心里真的没有底。她用力抬起头，艰难地挪动一下身子，将上身倚靠在轮椅的扶手上。她的右腿麻了，需要换个姿势来减轻压力，这时她全部的注意力都被麻木的腿给牵制了。直到麻木的感觉得到缓解，她重新调整好坐姿，感觉压抑的心情也好了许多。

这时徐建已经填好了两张表格，还需要雅歌自己签名。徐建帮雅歌脱去手套，将笔放在她手中。拿着笔，雅歌瞬间又恢复了原先的自信。

她冻得僵硬的手指不能以正常的方式握笔，她就用半握半抓的姿势拿笔，屏住气息，仔细地签好自己的名字。签好字，徐建从她的手里抽出笔，雅歌暗暗地松了一口气。

徐建再一次把雅歌推到办事的窗口，递上填好的表格。透过窗户，雅歌看着工作人员把两人的照片分别贴在两个红本本上，然后“咔嚓，咔嚓”在小红本上盖上两个钢印。看着工作人员并不急着把小红本交给自己，雅歌反倒有点等不及了，她对那两个小红本充满了好奇，她太想看看那里都写的是什么。

原来，要想拿到结婚证，还需要两个人在一张纸上按上手印。徐建先按好了，接下来该雅歌了。可她够不到表格，就让徐建拉着自己右手的大拇指在印泥盒里蘸了一下，再在那张纸上按上了手印。

按完手印，雅歌看着自己沾满红色印泥的大拇指，那鲜红的颜色一直渗进指纹中。徐建给她擦干净手指，把结婚证放在她手中。

拿着结婚证，雅歌激动地先看了一眼徐建，发现徐建也正看着自己，她就像被发现了心中秘密似的急忙收回眼光。她先仔细地抚摸了一遍，那红红的颜色喜庆、耀眼，像火，把她的心也给烧得火热。

徐建推着雅歌往外走，她别的都不管，现在能吸引她的只有这两个充满神秘感的小红本。缓缓地打开结婚证，一张两人的照片贴在正中，下面是两个人的名字和出生年月日。一本是徐建的名字在前，一本是雅歌的名字在前。

为了能走自己的路，为了能寻找自己的幸福，承受了怎样的压力，只有雅歌自己心里知道。看着自己手中的结婚证，她感觉鼻子有些酸。雅歌忽然有种想让徐建抱抱自己的冲动，这种感觉是那样的强烈，那样的迫切。

雅歌的手在秋风中冻得伸不直了，徐建停下轮椅转过来先把她弯曲的手指小心翼翼地伸直，再一点点地放进手套里。

雅歌看着徐建给自己戴手套，他的大手不时地触碰到自己的手，在那不经意的触碰中，雅歌已经很满足了。虽然徐建不能拥抱自己，但是他的温暖已经传递给了自己。

自己以后就是他的女人了。满眼的车水马龙，再无法引起她的注意，她只想好好地走前面的路，和徐建一起开始人生的新旅程。

雅歌清楚自己要走的路才刚刚开始。

得不到家人的祝福

到了家门口，雅歌掩饰不住心中的喜悦大声地喊着:“妈，开门。”

门里没有任何回应。等了一会儿，雅歌听见了脚步声，她听得出是母亲来开门了，她期待着。

“吱扭”，门开了一条缝，接下来就再没有声音了，并没有出现她期待中母亲的笑脸。徐建伸手拉开门。雅歌看见客厅没有开灯，黑乎乎的。母亲站在门里，用冰冷的眼神在徐建和雅歌身上扫了一下，仿佛一下子就看出他们的心思，又仿佛不认识他们，没有吱声，就面无表情地转身向里面走去，只留下一个背影。面对这样的一个没有预料到的情景，雅歌只有把已经到了嘴边的话又硬生生地咽了回去。

徐建把雅歌推进门。雅歌在那短短的几秒钟里，一下子明白：原来母亲根本就不想看见他们，更不想听他们的“好消息”。她头上像被谁泼了一盆凉水，瞬间就全身冰冷，所有的火热都毫无征兆地消失得无影无踪。她坐在轮椅上，在昏暗的客厅里，感觉自己就像陷进了一个无底深渊。

雅歌努力地想着，可是脑子里一片空白。她真的不知道自己做错了什么，惹母亲那样生气。她可以感觉到家中的温暖已经不属于她，自己已经是这个家中不受欢迎的成员了。

就因为自己身体残疾了，就没有追求幸福的权利了吗？雅歌失望极了。她不想再在这个家里多待一分钟，她要马上逃跑，跑得越远越好，永远不再回来。

雅歌强忍着心中的难过，故作平静地让有些不知所措的徐建动手整理自己的生活用品，书本、笔、洗漱用具和自己的衣服，就这么多，她不会多拿家里的任何一点东西，她也不需要，她要凭着自己的能力来把自己的家经营起来。

是该离开的时候了，在等待中雅歌感觉自己的双脚、双腿在慢慢变冷，而且寒冷的感觉还在上升，她再待在这里还有什么用呢？渴望等到母亲心软吗？她怕自己等不到母亲心软，自己的心反倒先僵硬了。

雅歌特别爱自己的家，她做了很多漂亮的手工制品把房间打扮得温馨可爱，可是现在她要离开这个家了。

墙角的书柜里放的都是雅歌最喜爱的书:《简·爱》《飘》《三毛全集》《平凡的世界》……这些书陪伴自己长途跋涉过，这些书陪伴自己度过情绪最低落的时候。雅歌默默地和这些书说："你们都要乖乖的，等我来接你们哟。"

雅歌就像一个要去远行的人，不知道自己什么时候能再回来。

"我们走吧！"雅歌语气坚决地说。

就在要走出门的那一刻，雅歌听见母亲从里屋出来了。她让徐建停下了，或许是自己误解了母亲，或许母亲还有些叮咛和嘱咐。自己在母亲的照顾下生活了三十几年，现在结婚要离开家独自生活了，母亲肯定也会有担心吧。

"我告诉你一声，以后有什么事我是不会来管你的哟！"这句话就像一把锋利的刀，将雅歌心中所有的不舍和留恋都斩断了。

好了，一切都结束了。带着失望离开家，雅歌不想回头，不想看那个熟悉的家。

心情低落到极点的雅歌眼泪早已模糊了双眼，她不是难过自己没有一个像样的婚礼，不是难过自己没有值钱的嫁妆。她难过的是想不明白自己哪里做错了。所有的错都是因为自己没有一个健康的身体，不会走路。所有的错都是因为自己的身体是残疾的。

雅歌感觉自己的脸上很冷，就用手去捂，手上有湿漉漉的感觉。雅歌不相信自己这么容易哭，她用手抹着，可是泪水非但没有擦干，还越擦越多。最后，她放弃了，只是低着头，任泪水流出眼眶。

徐建仿佛知道雅歌的心情，推着她飞快地走着。在这个偌大的世界，只有那个租来的房子才是他们现在唯一可去的地方，虽然那里只有一桌一床一柜。

雅歌不再回头，她要把所有的伤心都收藏起来，微笑着开始新的生活。

不一样的爱

回到自己的家中，洗过脸，雅歌的情绪不那么激动了，但是她的神情很忧郁。

徐建看雅歌一直闷闷不乐，就建议："你要不要去看我烧菜？"他对自己的这个想法感觉很满意。还没有等雅歌回答，他就不容分说把雅歌推到厨房门口。

雅歌坐在厨房门口，看着徐建在厨房里忙着洗菜、淘米、烧饭。忽然她想起小时候的一件事。"徐建，我给你讲个我小时候的故事吧。"雅歌认真地说。

“嗯，好的。”徐建看雅歌脸色不再像刚才那么难看了，心里也放松了许多。

“在我六岁的时候，有一天妈妈上班，我也要跟着去，于是妈妈就把我带到单位的托儿所。在托儿所，妈妈看到别的小孩还没有来，就拿个小板凳让我坐在院子里晒太阳，临走还嘱咐阿姨，一会儿小孩来得多了就把我抱进屋里去。”雅歌开始给徐建讲了起来。

“以前每次来托儿所，妈妈都是直接把我抱进屋坐在炕上。我也知道自己坐不住，总是乖乖地躲在角落里。只要看到有小孩在炕上玩耍，我就会胆战心惊，不要说被碰到，就是小孩跑过时带起的风都有可能把我带倒。那天，我一个人坐在院子里，心情特别好，阳光也特别明亮，我独自享受着那种安静。这时又有一个小孩被送来了，是个小男孩。他进了院子就拿了一只小板凳当木马骑，在院子里欢快地玩了起来。”雅歌停顿了一下，她的神情已经完全沉浸到了儿时的氛围里。

“我看着他玩得那么开心，心里特别羡慕。小时候，没有小孩愿意跟我玩的，我只有远远看的份。

“就在我羡慕地看着时，小男孩转到我面前停下来，一脸真诚地说：‘我们一起玩吧，我带你。’

“我对这个突如其来的邀请有点受宠若惊，从来还没有小孩主动邀请我一起玩，我真的不想拒绝和别的小孩一起玩的机会。

“六岁的时候，我在家还是可以坐在爸爸给我特制的小板凳上一点点地从屋里挪到院子里去的。

“当时，我告诉小男孩：‘我不会。’

“小男孩满不在乎地回答：‘没事，我带你。’

“于是，我慢慢地坐到小男孩的小板凳上，男孩坐在前面很耐心地等着，直到我确认自己坐好了，才告诉小男孩‘好了’。他‘驾’了一声，拖着小板凳带着我开始前进。

“也许是他动作太快了，我只感觉自己的身子突然就向后仰去，接着我就看见眼前出现了无数的星星闪着五颜六色的光芒，接下来我就什么也不知道了。

“等我再醒过来的时候，我已经躺在托儿所阿姨的怀里，我当时只感觉头痛得像要裂开一样，但是我没有哭，特别安静。

“小时候，我为了练习走路，不知摔过多少跤，所以疼痛对我来说感觉都麻木了，再加上还有好多送孩子来的家长在围观，我更不会哭了。”

雅歌越说语速越快，仿佛想快一点逃离当时的场面。

过了一会儿，雅歌继续说：“这时妈妈也闻讯赶来了，她从阿姨手中接过我。当时我记得特别清楚，妈妈没有看我摔伤了哪里，而是先抬手狠狠地打了我一个耳光，然后把我抱进屋重重地放在炕上，转身而去。在那一瞬间，我像爆发的风暴‘哇’的一声用力地哭了起来，因为我不知道自己做错了什么，我不知道为什么妈妈没有安慰我，还打了我，更不管我。我委屈极了，我不怕疼，可我怕妈妈不要我了。

“过了一会儿，妈妈又回来了，她手里拿着半个苹果（来托儿所的时候，妈妈带了一个苹果给我当零食吃的）。这次妈妈依然没有给我擦眼泪、没有哄我，而是把半个苹果放在我面前的炕上，就去上班了。”

雅歌的眼泪再一次夺眶而出，仿佛所有的怨恨、不解、隔阂，也都随着眼泪流了出来。

雅歌也不知道自己怎么会给徐建讲起了小时候的这些事，这是她记忆最深也最不愿想起的片段。再次想起这段往事，还是感觉心里有点难受，只是那种难受已经在慢慢变薄、变淡。

好像明白了

“现在好点了吧，我去给你烧饭。”徐建继续哄着雅歌。

雅歌坐在厨房门口，看着徐建忙碌：他在凉水里洗好菜，就把潮乎乎的双手放在嘴边哈着热气暖手。雅歌看着徐建，忽然感觉他的动作是那样地熟悉。她仿佛看到母亲一双粗糙的手正在凉水里洗着衣服，洗一会儿就把手擦干，进屋到雅歌冬天用来取暖的电暖气前烤烤手，等暖和些了再去接着洗。

她的脑子里忽然钻出一个念头：母亲不是每天也这样在厨房里忙着一日三餐，不厌其烦地重复着烧饭、烧菜吗？为什么以前自己从没有关心过这个，也没有看过母亲烧饭。但是一天三顿饭，自己都会吃上母亲或是父亲烧的可口的饭菜。

这个想法在脑海里一出现，雅歌竟然发现自己紧紧缩在一起的心竟有些松动了，她甚至可以感觉到呼吸不是那么艰难了（雅歌只要心里一难过就会感觉喘不上气来，这是只有她自己知道的秘密，这也是进行性肌肉萎缩症加重的表现）。

突然有种冲动在雅歌心里涌动，她此刻特别想给母亲焐焐手，是的，她意识到了什么，或者说是明白了什么。

徐建终于烧好了午饭。放好桌子，先端上一盘鱼，然后是土豆丝和鸡蛋羹。都是雅歌爱吃的。

徐建把鱼放在雅歌面前。“你喜欢吃鱼，我特意给你买了，也不知道烧得好不好吃？”徐建拿起筷子夹了一块又仔细看了一遍，确定没有刺才送到雅歌嘴边。

雅歌定定地看着盘中还冒着热气的红烧鱼，心又是一动：徐建知道自己爱吃鱼，父母更知道自己爱吃鱼，在家时每次烧鱼都是父亲吃鱼头，母亲吃鱼尾，自己和姐姐吃鱼身。

小时候，父母总说鱼头鱼尾特别好吃。长大了雅歌才知道父母是为了把好吃的留给自己吃才那么说的。可是为什么自己以前对父母的这种做法并没有感觉。现在想起来却像针一样刺得心痛。

徐建看着雅歌又在眼泪汪汪地发呆，就故意岔开话题：“我烧的鱼味道怎么样？”

雅歌回过神来，张口把徐建夹的鱼吃进嘴里，慢慢嚼着。

徐建看着雅歌依然有些落寞的神情说：“不要再想这些不开心的事了，你看老爸老妈这么多年从没有让你冻着、饿着，这就是好父母了。”

雅歌定定地看着徐建，喃喃地说：“其实这个道理我也懂，可是我一想起这些事心里就会难过，为什么我母亲就不能给我多一点宠爱、娇惯和呵护呢？”

徐建抚摸着雅歌的头说：“你要这样想呀，如果父母那么宠你、惯你，你还会像今天这样自立、这样好强吗？如果那样，我们说不定也不会在一起了。”

听了徐建的开解，雅歌的心一下就亮了起来，自己怎么就没有想到这一点哪？她真的开始有点理解母亲这种“不近人情”的做法了。

“其实，我也不是恨母亲的做法，就是有些接受不了。我妈的性格特别要强，她从不愿在别人面前流露出一点的软弱，她也不允许自己的女儿被别人瞧不起。所以从小到大，我妈对我的要求就特别严。”雅歌抬起头有些难为情地说。

徐建重新把筷子放在雅歌的手里。“快吃吧，饭菜都凉了。我们要好好的，这样才能给父母争脸呀！”

雅歌的心豁然开朗，她已经完全理解了母亲那种“不近人情”的做法了。

现在的自己和小时候的自己都没有做错什么，却都伤害了母亲，让她感觉没有照顾好自己的孩子而自责。母亲是个要强的人，从不愿表现出软弱的一面。有个残疾的女儿是她最大的痛，她只有尽自己最大的努力去保护她（只是保护的方式很特别）。

也许正是母亲的这种从没有站在女儿的角度去看待问题的教育方式，让雅歌的性格也充满了倔强、坚强、自立。

无论是童年的雅歌，还是现在长大的雅歌，她都没有抱怨过母亲的粗暴态度，那只是爱的表达方式不同。这么多年如果没有父母的照顾，又怎么会有今天的自己。

雅歌长长舒了一口气，仿佛要把心中所有的压抑都吐掉。

她再也不感觉心口堵得慌了，吃着徐建烧的并不算可口的饭菜，他们相视一笑。

说好永远不分开

第十八章　微笑的权利

用尽最后的力气

雅歌躺在床上已经三天三夜了。在这三天三夜里，她不吃不喝，就是一动不动地躺着。如果不是她眼中不时流淌出的眼泪一次又一次地打湿枕头，连她自己都以为自己已经死了。她大脑里一片空白，甚至想不起自己那天是怎么回到家里的。

她只记得那天已经抱着必死之心的自己被慢慢降临的黑夜一点点地吞噬着，突然她的小灵通响了，那本来不算响的铃声却如利剑一般刺退了黑夜里的鬼魅。她恍恍惚惚拿起小灵通，机械地按下通话键，耳边立刻响起二姐的声音："雅歌，你快回家吧。咱妈把什么都告诉我了。她不放心你，让我打电话和你说，她在家等你。"二姐的话就像是从听筒那边伸过来的一把重锤，把雅歌从绝望中给敲醒了，她的心也一下子从静止状态里苏醒，怦怦地跳了起来。她怎么忘记了父母，忘记了亲人？如果自己就这样结束生命，固然可以得到解脱，可留给家人的却是永远都无法愈合的伤痛。雅歌突然全身打了个哆嗦，她不想出现这样的场面，那她只能选择活着，要为亲人而活着。

窗外的雨已经下了三天三夜了。这是今年最大的一场雨，也是持续时间最长的。天空一片灰暗，厚厚的云仿佛就压在头顶上，让人透不过气来。闪电不时地划破天空，接下来就是闷雷由远而近地滚过。雅歌不想见任何人，包括父母。她第一次体会到活着是这么痛苦，徐建的离开带走了她所有活下去的勇气。事情的结果证明雅歌输了，她用生命下的赌注输得血本无归。可是，她却不能选择死亡，她必须强迫自己活着。

雅歌感觉自己好累，她从没有这样累过，累得连抬眼皮的力气都没有了。她告诉自己好好睡一觉，也许睡一觉后再醒来一切就都可以好起来了……

一个微风拂面的傍晚，雅歌穿着连衣裙、背着斜肩小挎包正走在下班回家的路上。她梳着齐耳短发，脸上带着幸福女人才有的微笑。她很快就到了自家楼下，迈开穿着高跟鞋的双脚，轻松地踩上了楼梯。高跟鞋的鞋跟在水泥台阶上发出轻快的"嗒嗒嗒"的声响，就像跳跃的琴键在演奏一首曲子。来到家门口，雅歌从挎包里拿出钥匙刚要开门，门竟自己开了，从里面探出一个头来，是徐建。雅歌笑着问："你怎么知道我回来了？"

徐建拿过雅歌的拖鞋摆放在她的脚前说："你的鞋子一踩上楼梯，我就听见了。"

雅歌换了鞋刚要往厨房走，徐建拦住她："你什么也不用做，我都做好了。你进屋去坐好，我马上就端过来。"

徐建的体贴让雅歌感到无比的幸福，她冷不丁踮起脚在他脸上亲了一下，由衷地说："谢谢老公。"就乐颠颠地进屋了。

可是，她坐在餐桌前左等右等都不见徐建进来，最后她等不及就跑到厨房去看徐建在干什么。厨房没有人，烧好的菜摆在灶台上，还冒着热气。

“徐建！”雅歌喊道。没有人回答，雅歌有点慌了神。她找遍房间的每一个角落，徐建就像人间蒸发一样无影无踪。雅歌面对空荡荡的屋子，心瞬间也跌落谷底。她呆呆地站在原地，泪水缓缓从脸颊滑落。她不知道自己做错了什么，徐建就这样一声不响地消失了。

“徐建，徐建，你在哪呀？”雅歌的身体瘫软在地上，她用尽全身的力气喊着，她的喊声是那样地声嘶力竭。就连老天爷也为她的伤心所动容：顷刻间，乌云密布，一道闪电划过天空。那耀眼的光芒很美，但是这种美太短暂了，只在瞬间就消失了踪迹。

“轰隆隆……”一声惊天的雷声把大地都震动了。躺在床上的雅歌在震耳欲聋的雷声里睁开惊慌失措的双眼，她分不清自己是在梦境中还是在现实里。雅歌感觉到自己的心一下子被雷给击碎了，她很清楚自己“死了”，死神带走了她的心，只给她剩下一副躯壳。

在下一个雷来之前，雅歌蜷缩起身子，那个保护她的人走了，永远都不再回来了，她只能用这种方式“保护”自己。她不能再让这“支离破碎”的躯体受伤害了，因为这躯体不是她自己的，这躯体是父母给的，她要好好保护，不能让父母伤心。

已经来不及了

阳光不知在什么时候悄悄地把头探进玻璃窗，好奇地看着躺在床上一动不动的雅歌。雅歌在阳光的抚摸下，睁开眼睛，马上她又被太阳的光亮刺得闭上了眼睛。这时她仿佛听见有一个声音说：“快起来吧，你看外面的阳光多好呀！”这声音轻柔地滑进她的耳朵，让雅歌都不好意思了。她再一次睁开眼睛，努力适应着阳光。她忽然有种渴望，渴望坐起来。雅歌用嘶哑的声音喊来妈妈，说：“我要坐起来。”

妈妈把雅歌抱坐起来，看着极度虚弱的她坐也坐不住，就用被子给她倚在身体的四周，然后跑出去盛了一碗粥进来。一点胃口都没有的雅歌看着妈妈那关切的眼神，实在不忍她伤心，就把一碗粥吃了下去。在吃了一碗粥，又被阳光温暖地晒了一会儿后，雅歌感觉身上有点力气了。她让妈妈把她的小桌子给端过来，她想照照镜子，看看自己的样子。

妈妈看雅歌没有什么大碍了，就放心地拿着被子去院子里晒了。雅歌拿起桌上的小镜子，却没有马上把它举起来，她怕自己的样子会像“鬼”一样难看。她犹豫了一会儿，才把镜子缓缓举到了自己的面前。小镜子一开始摇晃得很厉害，那是雅歌的手在抖，坚持了几秒钟，她的手开始下滑，一点点滑落到了桌面上。雅歌在小镜子里看到了自己的样子，虽然早有心理准备，但是她还是被自己给吓到了。镜中的那个人看上去了无生气，脸色白得像一张纸，嘴唇也没有一点血色，还有那双眼睛，虽然不大，但是总是很有神的，可是现在已红肿得只剩下一道缝了。雅歌又看到了自己的头发，乱得像稻草一样。“徐……建……”雅歌本能地想喊徐建来给自己梳梳头发，可是当她喊出第一个字时就发现自己失言了，第二个字想收回已经来不及了，雅歌只有让它在舌尖上硬生生地滑落，一同滑落的还有她眼中的两行泪水。

雅歌努力抬起头看着天花板，把眼泪用力逼回眼眶。她无数次地告诉自己不要再哭了，可是每一次眼泪总是那么的不争气，不知不觉地就流了出来。

“唉！”雅歌重重地叹了口气，将小镜子倒扣在桌上，决定不再照镜子了。她休息了片刻，攒足了力气一点点地拉开小抽屉，想把镜子放进去。在拉开的抽屉缝里，雅歌忽然看见有一张信纸的一角探了出来。她拉着信纸的一角，轻轻一抽，原来是一封叠得工工整整的信。自己的抽屉什么时候有这封信的？雅歌内心充满了疑惑。一想到信可能是徐建留下的，她的心乱成一团。她不知道自己还该不该读这封信，拿着信纸呆呆地出神。不知过了多久，雅歌终于还是鼓起勇气打开了信纸。还是那整洁的信纸，还是那秀丽的字体，一切都是那么的熟悉，雅歌看着看着眼睛不由自主地就模糊了，她透过泪水努力辨认着每一个字：

歌，当你看到这封信的时候，我已经不在你身边。虽然我有许多的话想和你说，却没有勇气面对你，考虑再三还是用写信的方式吧。

我们在一起的日子有很多值得收藏的快乐，但同时也有很多让我无法面对的压力和艰难。我知道我做这样的选择对你来说是残酷的，可是我也没有办法呀。你还有父母可以照顾你，可我爸就我这么一个可以依靠的儿子，我不能不管不顾他的感受。我不想有一天成为全村人都戳着脊梁骨骂的“不孝子”。

此刻我的心情很乱，因为，虽然我要走了，却不知道以后的路该怎样走。我更不知道我今天做出的选择是对还是错。歌，希望你不要怪我，更不要恨我，因为我不值得你为我伤心难过。你就当我从没有出现过吧！

辜负你的人：徐建

当读完信的最后一个字时，雅歌的泪水已经将整张信纸全部打湿了，黑色的水笔字在潮湿的信纸上很快地晕染开了，花了，模糊了，看不清楚了。雅歌刚积蓄起来的一点力气又在满脸的泪水中消失殆尽，她虚脱地趴在小桌上，默默地抽泣，双肩也微微颤抖着。她不得不再一次面对这个残酷的事实：徐建走了——带着不舍，带着无奈走了，带着对妻子的愧疚，带着对父亲的责任走了。

重做一个了不起的女人

“很不幸我今天又醒了，又要面对人间的苦难了。”雅歌看着窗外的阳光，这样对自己说。她不知道这样的一种煎熬什么时候能结束。徐建走了已经快一个月了，但是她始终还是不愿面对这个事实。她百无聊赖地打开电脑，玩了一会儿游戏，又觉得没有意思，关掉了。她就那样呆坐着，也不知过了多久，突然她想找一个人倾诉，这个念头一出现就很强烈，一次又一次如潮水般地涌上来。她打开电子邮箱，输入宏炜的 E-mail 地址，然后开始写道：

宏炜：

您好！

当你看到这封信的时候，我已经和徐建分手了。这似乎是意料之外的事，其实却是意料之中的结果。因为当初就没有人相信一个健康的人会不求回报地照顾我这样一个病残之身，是我不相信命运非要去尝试去挑战。结果我输了，输得血本无归。

因为这件事，我的感情脆弱得像一张纸一样。漫漫黑夜，猛然醒来，我的脑子里一片空白，竟然记不起发生了什么。我感觉自己就要死了，我也希望自己死去，可是我还是又看见了日出。我知道时间最终会医好我的伤痛，可是现在我的心好痛好痛，又该怎么办？

我并不怕一个人面对挫折和磨难，我也知道伤口不会永远淌血，总有结疤的时候。虽然会很难看，但我可以把它藏起来。可是现在的我所有的自信、坚强都没有了。我一直以为我是可以创造奇迹的，包括爱情。现在我才发现自己好天真好幼稚呀！

我要怎么才能重新开始？

时间真的能带走一切吗？

痛苦的雅歌

写好邮件点击发送后，雅歌感觉心里的伤口再一次被撕开了，那种痛让她紧紧地咬着嘴唇。她知道要想伤口能痊愈，就必须要给它“动手术”，逃避只能让伤口发炎溃烂，永远也不会痊愈。现在她要面对，面对自己的失败、面对自己的伤口。尽管这种面对不可能一次就成功，但是雅歌告诉自己要尝试。

下午，当雅歌打开电脑登录邮箱时，她看见了宏炜发来的最新邮件，就急忙打开来。

亲爱的雅歌：

十几年前，我知道你大体还生活在半封闭的环境中，但是你勇敢地走了出来，去接触社会，认识更多的人，了解和参与更多的事情，用你的手触摸你想到的、想要接触的每一个细节。

对你来讲，那么多的挑战你都能勇敢地面对，是你最值得尊敬的品格。面对挑战，我们只要求自己做到没有退缩就好了。这不是每个人都能做到的，不要对别人要求那么高，去尝试每一件自己想尝试的事情，就没有白白在世上走一遭。多少人没有勇气去尝试，而只有羡慕的份儿。不要要求自己每一次都创造奇迹，那会很辛苦，再说你也并没有输，生命还存在，思想还是你的，未来还长。

问问你，如果让你回到十几年前封闭的生活，你愿意吗？你不会愿意的！承受痛苦，也是一种美。既然不能让自己很快走出来，就去享受它一下。如果你十几年前不去争取，任凭命运安排自己，就连现在享受痛苦的机会都没有了。

有时候，人不要想那么长远，或者可以想，也不要总想着怎么实现它，太强求了，反而得不到。做你自己，该是你的，迟早会走进你的生活里。

照照镜子，告诉自己，这是个了不起的女人，好好爱护她！别忘了，你比世界上大多数人都幸运，你还有更多的朋友在尊敬你，关心你，支持你！！

好友：宏炜

雅歌一口气读完宏炜的邮件，在那封邮件里她还模糊地看见了自己曾经走过的路。雅歌一遍一遍地读着信，那条路也越来越清晰，她看到那条路上有坑坑洼洼，有泥泞沼泽，她看到自己一直在跌跌撞撞地前行，她更看到在路的前方有一道彩虹。是的，是那美丽的希望之虹在吸引着她执着地前进，前进。

雅歌已经记不起自己有多久没有照镜子了。她忍不住打开抽屉，拿出暌违已久的小镜子，擦拭干净镜面，然后举到面前对着镜中的那个“自己”说：“你是个了不起的女人。”说完她不由得笑了起来，她是被自己的“自恋”给逗乐了。

我要过得比你好

一开始，雅歌被自己的笑吓到了，她马上收回笑容，她感觉自己的伤痛还在，不应该笑出来的。为了证明自己刚才的笑是假的，她重新去触摸伤口，咦！怎么没有想象中的那么痛了。再试一下，真的不再是那么痛彻心扉，雅歌有点困惑地继续看着镜中的自己。咦！她又发现一件奇事，那还有些红肿的双眼竟然已恢复了往日的神采，而且那双眼睛里竟然没有了泪水。雅歌又笑了，她感觉有一股力量也随着露出的笑容重新回来了。那股力量是丢失了许久许久的自信和自我。

“是时候了！”雅歌对自己说。从读了徐建那封信起，雅歌就想对他说点什么，可她真的没有勇气去想徐建，去面对自己。现在雅歌平静地打开邮箱，那是她曾经给徐建申请的一个邮箱，虽然她不知道徐建还记不记得这个邮箱地址，不知道这封信徐建能不能看到，但这是唯一可以和徐建联系上的方式了。

亲爱的建：

这是我给你写的最后一封信，也不知道你会不会看到这封信，或者即使看到也已是很久以后的事了。也许那时的你已经娶妻生子，过着你最向往的田园生活。你再不用为每天烧饭烧菜而伤脑筋，再不用为没有人给你洗衣服而哀叹，再不用担心没有孩子老了以后没人养，更不用为照顾一个生活不能自理的人而苦恼了。

我曾经以为我是幸运的，找到了生命中爱的支撑，我曾经以为我可以在那样一种满足中度过余生。但是，现在想来我是一直生活在自己给自己编织的幻梦里的，把什么都交给了你，包括生命。岂不知是梦就终有醒来的一天。我不知道你的心里是那么苦闷、矛盾，我认为你随着我们在一起生活的日子的增多会慢慢安心下来，在异地生活、成家的事情在现代这个社会实在是太正常不过的事了。你的家并没有多少温暖，这我是知道的。所以我认为自己是可以给你家的温暖的：等你下班，一起吃饭，陪你聊天、看电视。生活好像就应该是这个样子的，你当初也一定是这样向往的。

在千万遍地追问后，我明白了，是命运安排好了这一切，是它把你这个不安定分子交给了我，因为它要把我的意志锻炼得更坚强。我相信你是善良的、正直的，你所做出的选择也不是你愿意的。

时代超市开业了，我们却再也不能一起去了。想想那时我们有什么好玩的新鲜的地方都要去看看，那种感觉真是快乐。那也是我最向往的，黄山湖公园、中山公园、百润发、大卖场都留下过我们的足迹。还有那些照片，尽管我已经给撕了，但是心中的印记是撕不掉的。不知道你是不是这么认为的。你走了，这不是我希望的，但是我还是觉得你如果离开我真的会快乐，我也不会再遗憾什么。

我曾经想在五年或十年以后，我不在了，你可以凭着优秀的自身条件重新组成一个幸福美满的家庭，也不愁没有后代。也许你看到这会笑我的想法天真，但是这确实是我的真实想法。我也曾和我的朋友、父母说过，我甚至想等我出书以后有了钱加上我所有的积蓄买一套小一点的房子，作为以后我留给你的报答。我真的不能为你做什么，虽然我给你找到了工作，把家安排得很温馨。但是你需要的不是钱，不是一个舒适的睡觉场所。

我就是这样在心里把一切都做好了安排，包括对你的未来生活，我不会因为有一天我死去了就不管你的将来。现在想来我的这些想法是很好笑的，我怎么能安排你的一生哪？我怎么知道你究竟想要什么哪？我为自己的自私向你说一声：“抱歉！”

我曾经想你毁了我的一生，我也要让你以后没有好日子过。但是现在我放弃了这个念头，我更愿意你能早日找到自己的方向，我更愿意你有一个好的未来。你曾经带给我的快乐我会好好珍藏，谢谢你，谢谢你伴我度过了那么一段美好的时光！此生无以回报，希望有来生，可以让我有报答你的机会。

爱你的雅歌

电子邮件写好了，也发送了。雅歌的身心得到了完全的释放，她感觉自己好轻松呀，而且她相信今晚自己一定能够睡一个踏踏实实的好觉。

第十九章　一个人的战争

听见了死神的脚步声

“铃铃铃……”小灵通的铃声把雅歌从睡梦中惊醒。她看了一下来电显示，是大姐打来的电话，又看了一下时间显示，是早上六点。这么早大姐就打电话过来，一定是有什么事情发生了。

“喂，大姐，什么事呀？”雅歌睡意蒙眬地问。她想让大姐快点说是什么事，完了还能继续睡一会儿。

大姐仿佛已经猜到雅歌的心思，很直接地就说：“我告诉你一个不好的消息。”可是只说了前半句话，她又不作声了。

大姐的沉默让雅歌莫名地紧张起来，她睡意也跑掉了，就急吼吼地问：“什么事，你快说呀？”

“刚才我接到胡大英的电话，她妹妹胡小英昨天晚上在医院里去世了。”

“什么？你说什么？”雅歌根本不相信自己的耳朵，同时却又被这个消息给吓到了，不知道该说什么好。

大姐没有回答雅歌的追问，接下来只有电话两头长长的沉默。

大英和小英也是一对患进行性肌肉萎缩症的姐妹。在几年前雅歌和大姐与这对姐妹认识，因为同病相怜的关系她们经常会彼此联系。

“她前段时间不是还好好的吗，她得的是什么急病呀？”雅歌还是有点不相信地继续追问着，她想搞清楚。

大姐听雅歌这么问，才继续说：“也没什么病，就是呼吸衰竭。这也是得了我们这种病最终要面临的结果。”大姐哽咽着说完直接就挂断了电话。

雅歌对这个事实还是无法马上接受，一种悲伤的情绪涌上心头。她虽然还没有和胡小英见过面，但是那种同病相怜的情感却让她们好得像亲姐妹一样，她怎么都不愿意相信这是真的。

听着小灵通的听筒在耳边发出的嘟嘟声，雅歌神情有点恍惚，她慢慢被那嘟嘟的声音牵引到了童年的回忆里：

那是夏季的一个深夜，已经病了好几天的雅歌躺在床上呼呼地喘着粗气，她的两腮红得像苹果一样，嘴唇干裂出一道道口子。妈妈一边给她的额头敷冷毛巾，一边安慰着双眼无神的雅歌：“再挺一会儿啊，你爸出去借钱了，马上就回来了。”

雅歌全身像被放在火上烤一样地难受，脑袋也昏沉沉的，但是她的心里很明白，家里已经没钱给自己看病了，她不想去医院，不想让父母再为自己花冤枉钱了。她早就从邻居大妈们的悄悄议论中知道自己是活不大的，家里为了给自己和大姐看病已经借了那么多钱，爸妈要还到啥时候呀。

“我……我不要…去医院……不要……打针。”雅歌吃力地嚅动着嘴唇。

雅歌正说着，门响了，爸爸急匆匆地跑进来，抱起雅歌就往外走，妈妈拎着装着洗漱用具的网兜紧紧跟着奔出了家门。半夜的大马路上一个人也没有，只有路灯发出昏黄的光晕撒落在空旷的马路上，还有爸爸妈妈的身上。雅歌趴在爸爸的肩膀上，正好可以看见跟在后面的妈妈，她听着爸妈急促的脚步声在寂静的夜里可以传出好远。听着听着，她的眼皮不知不觉地合上了。

雅歌一闭上眼睛就感觉有一股力量在把她往里面吸，四周没有任何有形的物体。慢慢地，她离父母越来越远，离有光亮的世界越来越远。雅歌不知道自己将要被带到哪里去，她希望爸爸妈妈可以和自己一起去，她习惯了趴在爸爸的肩膀上，她喜欢妈妈紧紧地跟在后面用眼睛不时地望向自己，可是在刹那间这些都不再是属于她的，恐惧、孤单、寒冷把她紧紧地包围了起来。

“雅歌，雅歌，雅歌。”

就在雅歌快被那股力量吸进去的时候，她突然听到有人轻声呼唤自己的名字，那个声音好熟悉呀，是妈妈。雅歌在这轻轻的呼唤声里，看到了亮光，同时她也感到那股吸力消失了。雅歌一用力，她睁开了眼睛，她的眼睛一时间还有点无法适应灯光，但是她闻到了医院消毒水的味道，这时她清楚地听到耳边有一个声音说：“好了，她醒了就没事了，把她抱到病房去住院观察吧。”

多年以后雅歌才知道，那次自己是和死神擦肩而过。

再试一次

不知过了多久，雅歌侧躺的半边身子开始发麻，难受的感觉把她拉回到了现实里。这时父母出去晨练了，没有人给她翻身。她就自己试着将上半身用力向后翻，想通过这种方式把上面一条腿抬起来点，让下面发麻的那条腿能缓解一下肿胀的感觉。可是，她盖的被子紧紧地贴着她的后背，就像一块石头挤得她一动不能动。雅歌一连试了几下都是徒然，她有点急了：为什么去年也是盖这条被子自己还能把双腿稍微动动，而今年就不行了。

“这是进行性肌肉萎缩症病情加重的信号呀。”一个声音出现在雅歌耳边。

“不，不会的，”雅歌马上反驳那个声音，“我只是因为最近心情不好，才会出现这样的体力不支。”

雅歌为了证明自己是对的，她决定再试一次。她用手捏住被子，然后再用另一只手把捏被子的手往下拉，她想把被子从身上拉开。可是这次她又失败了，被子就像被胶水黏在身上一样，根本就纹丝不动。更糟糕的是她拉被子的胳膊也滑到了身后。她又急又气，眼泪也不争气地在眼眶里打转。

“我的病真的发展到晚期了吗？”雅歌问自己。

“是的，我其实早就活过了医生判断的生命期限。”雅歌回答自己。

“我就快要和小英一样呼吸衰竭而死了吗？”雅歌继续问自己。

“……”

雅歌不敢回答自己了，她怕死神一步步逼近。不，她不怕死，而是怕自己悄无声息地离开世界。

“不，不要，我不要白活这一生！”

雅歌一急，不自觉就喊出了声，她用还能动的手指狠狠地掐着自己的大腿，尽管她的手指根本就使不上劲，但是她还是用力，再用力。她已经不在乎疼不疼了，她就是为了证明自己还活着。她的指甲陷进肉里，但却感觉不到疼。

这时心中一个声音说："雅歌，如果你不久就要死了，那将来就没有人知道有一个叫雅歌的女孩来到过这个世界上。"这声音仿佛来自一个遥远的地方，却又那么的清晰。

"不，不要，我不要白活这一生。我的心中还有未完成的理想，我还有那么多的人生计划，我要一个个地去实现，在人生所剩不多的日子里努力去完成梦想。"雅歌再一次地呐喊着。

"我要写一本书。"这个念头一出，雅歌的手不再去掐自己的大腿，而是紧紧地握成了一个拳头，好像抓住了一件宝贝，而且是意外得来的宝贝。她不能松手，也不敢松手，她要牢牢地抓住这个能让短暂生命变成永恒的宝贝。

雅歌小时候虽然没有上过一天学，但却一直梦想着能自己写一本书——一本可以给别人带来激励和帮助的书。那写书的梦想并没有因为病情的加重而化为泡影，反倒在离死神越来越近时，那个写书的梦想也越来越强烈了。

这个念头在脑海里刚一出现，雅歌还不太敢正面去迎接它，她还有点胆怯，有点犹豫。但是，这念头从出现伊始就带着一股力量，一股如洪水般扑面而来的神奇力量。雅歌很快被这股力量给淹没了，这股力量很快又涌进她的心里，让她感觉浑身好像也有了劲儿，并且腿不那么麻了，滑到身后的胳膊也不那么疼了。

雅歌也想为多年来照顾自己的父母写一本书，来回报他们。她很庆幸小时候父母的不放弃，让她一次又一次战胜死亡。是的，没有父母就没有自己。如今的父母都已年过花甲，还在每天锻炼身体，为什么？不就是为了有个好身体，能多照顾几年残疾的女儿吗！雅歌想到父母，眼前就出现了他们花白的鬓角，苍老的面容。爸爸妈妈，你们等着，等着女儿去为你们争光，让你们为有我这样的一个女儿而骄傲。

雅歌更要为那些从一生下来就注定要和疾病抗争的病友写一本书，希望自己的书可以在他们寂寞、失落，甚至绝望时带去那么一点点光亮。那一点点的光亮也曾是雅歌渴望的，因为她也经历过每一个残疾人都经历过的困苦和挫折。

雅歌还要告诉全世界的人：只有活着才可以追求梦想，只有活着才能去迎接挑战，只有活着才有希望。

用“六指”完成一本书的写作

雅歌等父母回来帮她起床，洗漱好再一次坐在电脑前时，她对自己的明天有了一个很明确的方向。她先拿出纸巾仔细擦拭着电脑屏幕和键盘，每一个斑点或灰尘都不放过。许久以来她都没有心情这样好好保养电脑了。现在她需要心爱的电脑来帮她完成写书的梦想，她要像爱护自己的眼睛一样爱护它。

擦好电脑，雅歌手指轻盈地按下电脑的启动键，那架势就好像按下了梦想之门的开启键。接下来，她删除了曾经为了排遣寂寞常常玩的游戏软件。打开 word 文档，瞬间屏幕上出现了一个再熟悉不过的界面，那蓝灰色的框架加上白色居中的文字区域，竟让雅歌有点激动。她没有想到自己还是那么热爱写作。

雅歌调整好输入法准备开始写了，这时妈妈推门进来了。她将一封信放在桌上说："这里有你一封信。"

我的信？雅歌有点疑惑地看了看信封上的地址和字体，不熟悉呀。管它哪先看了再说吧。雅歌打定主意，拿起信封撕开，抽出信纸。信纸共有叠好的两层。她打开第一层，看着信纸，一时有点惊愕,那上面只有三个字"我爱你"。字体的颜色有点发褐色，从字形上看也不像是用笔写的。为了弄清是怎么回事，雅歌打开了第二层信纸。很快她就弄明白了是怎么回事：写信的人是一个在六年前打过雅歌和姐姐开办的姐妹爱心热线的咨询者。后来他就对电话另一端的雅歌产生了爱慕之心，但是却一直放在心里不敢表白。在前不久他无意中知道雅歌情感上遭受了挫折，就咬破手指写下来"我爱你"三个字，以此表达内心的真诚。雅歌读好信，将信纸重新叠好放进信封，她的内心在感动的同时也非常平静，如果是前天或是昨天收到这封信，也许她会不管不顾地想再搏一把。但是现在她不会那么做了，因为她有更重要的事情要做，就是努力去实现她的理想。

雅歌把信从眼前拿开,拿起她打字的必备工具——一根筷子。现在再没有什么能阻挡她向理想之路上前进了。略一沉思，雅歌在电脑屏幕上打出了《创造生命的奇迹》七个字。她喜欢奇迹，喜欢把不可能的事变为可能，特别是在生命所剩不多的日子里，她更要努力去创造奇迹。

雅歌把七个字设置成了艺术字体，它们就像七个小精灵手拉着手在一起欢快地舞蹈。雅歌看着看着，眼前出现了一个画面：那是一个被阳光与温暖充满着的画面，在画面中她看见自己静静地躺在一张花床上，身上也盖满了鲜花，她已经没有了呼吸、没有了思想，只有一丝淡淡的微笑还挂在嘴角。那七个全身散发着五彩光芒的小精灵在她四周不停地唱着、跳着，充满着活力与生气。不时有人来到花床边，有坐轮椅的，有拄拐杖的，有老人，有小孩。每个人来到花床前都把手里拿着的一枝红红的康乃馨放在自己的枕边。在人们的脸上看不到一丝悲伤和难过，他们都用敬佩与怜爱的目光久久凝望着那还在微笑的脸庞……

不知不觉，雅歌被自己所看到的画面给感动了，她也更加知道自己该怎么样把生命活得有意义。她右手握着筷子（因为病情已发展到晚期，她的手指连敲打键盘的力气都没有了，于是她用筷子作为工具，这个工具也被她戏称为自己的“六指”），一下一下地敲打着键盘上的字母键，左手唯一还有点力气的拇指也不时地会凑上来帮帮忙。就这样指、筷并用，好不热闹，房间里也跳跃着键盘发出的“嗒嗒嗒”声。就这样每有几个字母键被按下，就有一个字跳上屏幕，它们整齐地排列着，很快这些字就排满了一行、两行、三行……

雅歌不停地写着，写着，她忘记了时间，忘记了空间，她是那样投入，那样地认真。因为在她的前方有一条路一直延伸到天的尽头，那里有她的梦想，有她的奇迹。从今天她要带着理想上路了。

三个月的心血付之东流了

经过三个多月的写作，雅歌已经写了快七万字了。她每天都很早起床开始写作，今天她同样是在父母去晨练之前就让他们把自己穿起来了。按照往常的习惯她打开电脑，等着那熟悉的系统开始的声音响起。一秒钟，两秒钟……电脑非但没有正常启动，还出现了蓝屏。雅歌看着电脑死机了，一下子就急了起来，现在爸妈都不在家，没有人给她重启电脑，怎么办呀？

忽然雅歌的眼前一亮，她看见一张套着封套的光盘正放在电脑桌上，那是前几天她从大姐家拿过来的。据说那是 Ghost XP，装起来特别方便。雅歌拿起光盘看着上面的安装说明，决定自己重装系统。因为是第一次用 Ghost XP 文件给电脑装系统，雅歌只有按照说明来一步步地操作，一步，下一步，再下一步，就这样一点点地摸索着，只用了十几分钟就装好了系统。看着电脑又正常了，雅歌伸出食指和中指对着电脑做了一个胜利的手势，还不忘了“耶”了一声，给自己鼓励。

接下来，她要抓紧时间继续写书稿了。按照以往的习惯她找到存放文档的硬盘，点进去。咦？怎么显示是空白硬盘！雅歌一惊。明明就是放在 D 盘上的，怎么现在找不到了哪？难道是刚才装系统的时候，不小心把硬盘给格式化了？不会，不会，不要自己吓自己。雅歌很不喜欢自己总是把事情往坏处想，她都有点生自己的气了，不自觉地噘起了嘴。

“不要急，不要急，再找一遍。也许是自己记错存放文档的地方了。”雅歌这样安慰自己。她用力抓着手中的鼠标，一下一下胡乱点着，好像鼠标在手就有找到文档的希望。

怀着侥幸心理，她慌慌张张地又找了一遍，还是没有。天哪，已经写了快七万字的书稿就这样人间蒸发掉了。雅歌头皮发麻，心脏瞬间就要往嗓子眼外蹿。她努力想想自己有没有把书稿备份过，可是她的大脑已经一片空白，什么也想不起来了。没有人知道那七万字的书稿对她有多么重要。那可是她花了三个多月的时间不分白天黑夜写出来的，就这样没有了。

雅歌沮丧地把头靠在身后的墙上，这是她每次累了唯一可以选择的休息方式，也是精神放松的方式。这时她的脚后跟袭上一阵钻心的疼痛，让她狠命地咬着牙。每天因为长时间地坐在特制的小板凳上写作，她的上半身完全要靠双腿来支撑，时间久了脚后跟就长出来硬得像石头一样的老茧，轻轻一碰就疼得要命。就是这样靠着毅力和耐力写出的书稿，却一下子没有了，再也找不回来了。

雅歌再也找不到安慰自己的话了，她开始在心里狠狠地骂自己："一大早起来装什么系统呀？不会还要瞎弄！如果不是装这个系统，也不可能出现操作失误把硬盘里的所有文档给格式化。老老实实地等爸妈回来不就没有这样的事情发生了嘛。"

看着电脑的屏幕，雅歌不知道自己该怎么办。房间里只有墙上挂着的时钟发出的“嘀嗒嘀嗒”声在她耳边回响，时间在一分一秒地过去，每过去的一分钟都再也不会回来了，随着它一起被带走的还有光阴，还有生命。

雅歌突然感觉自己的心被什么给扎了一下，很痛很痛。这疼痛也非常及时，让她一下子清醒了。她重新坐直身子，开始整理乱麻一样的思绪：难道自己就这样因为七万字文稿的丢失就放弃写书的梦想了吗？这样等有用吗？这样懊恼能补救吗？这样轻易就被一个困难给打败了，还是你雅歌的性格吗？

雅歌重新拿过鼠标，她打开 word 文档，那熟悉的界面让她的心踏实了许多，她试着打出“创造生命的奇迹”这七个字，她的心不那么焦虑了。

现在自己唯一需要做的就是重新开始，重新把丢失的文档再写出来。雅歌拿起打字用的筷子，很用力地握住，她要再一次上战场了，再一次为自己的理想而战。她左手的拇指和右手的筷子又开始工作了，那键盘发出的“嗒嗒嗒嗒”的声音仿佛是在说：“我要从头开始，就算是从头开始十遍、一百遍我也会坚持的。”

你现在在哪里？

“妈妈，妈妈，你快来。”雅歌急切地喊着。

妈妈听到雅歌的喊声，连手上洗衣服的肥皂泡都没有来得及冲掉，就从院子里跑进屋问：“什么事呀？这么急。”

雅歌顾不得看妈妈疑惑的样子，就开始报告着好消息：“刚才电视台的记者打电话给我，他们要来采访我写书的事。”

妈妈听到雅歌报告的好消息，放松了紧绷的神经：“你着急忙慌地把我喊来就这事呀，我还以为出什么事了哪。”说完妈妈用围裙擦着往下滴水的双手接着又问：“电视台是怎么知道你写书的事的呀？”

雅歌就等妈妈这么问，她有点兴奋地回答：“前几天我把自己打印好的书稿寄了一部分给电视台，还把我的个人经历也写在里面了。他们看了后很感动，要来采访我，记者刚才都打电话给我了，她下午就来了。”

“这么快，下午就来！那我要赶快把衣服洗好，再把屋子收拾一下，要不让人家看了会笑话的。”妈妈边说边往院子里走去。

雅歌看着妈妈走出去的背影，她知道，虽然妈妈嘴上没有说什么，但是心里还是很高兴的。用不了多久，左邻右舍的大妈、大姨看了电视就要和妈妈说：“你小女儿真有出息。”那时妈妈就会绽放幸福的笑容。

下午，雅歌穿了一身干净的衣服，还化了淡妆。她面对着摄像师的镜头感觉有那么一点紧张。虽然她已经记不起自己曾经接受过多少次记者的采访，但这次是关系到自己写的《创造生命的奇迹》一书能否出版，她还是忍不住有点紧张。

“雅歌，你是怎么会想到要写这样一本书的？”拿着话筒的记者开始采访了。

“因为我患有进行性肌肉萎缩症，生命随时都会被死神夺去，所以我想在我有限的生命里留下一些有价值的记忆。我也希望我的书可以给那些在生活中遇到挫折、困难或不幸的朋友们带去一点激励和感动。”雅歌对着镜头侃侃而谈，从她微笑的面容和洪亮的声音一点都感受不出她是一个重度残疾的人。

“我听说你小时候连一天学都没有上过，是什么力量一直支持你能这样自学成才的？”

“我从没有因为自己是一个残疾人就感觉到自卑，我一直都告诉自己别人能做到的，我只要努力了也一样能做到。健康人很容易就能够完成的事，我多花十倍甚至百倍的力气也要去做到。事实也证明我同样可以做一个对社会有用的人。”说完，雅歌用右手拉着左手，微微调整了一下坐姿，固定身体用的绳子已经勒得她的肋骨生疼。

“雅歌你说得真好。现在马上就要是新的一年了，在新的一年里你有什么心愿吗？”

“我希望我写的书在新的一年里能够顺利出版。”雅歌说出自己的新年心愿时，她仿佛已经看到了有着漂亮封面的《创造生命的奇迹》就放在自己的面前，她两眼放射出喜悦的光芒。

报道很快就播出了，播出的几天后，雅歌就接到了电视台记者打来的电话：“雅歌，我们录制的节目播出后，反响很大，很多人都被你坚强的毅力给感动了。而且我还要告诉你一个好消息，现在有两家企业愿意给你出书提供经济上的资助，出版社我们也为你联系好了，在新的一年你的愿望一定会实现的。”

放下电话，雅歌的兴奋让她的脸颊飞上了两朵红云，她把一直放在桌边已用打印机打印好的书稿拉到面前，一股淡淡的油墨的香味飘进她的鼻腔。这熟悉的味道不知带着何种魔力，让她一会儿闻不到就要不舒服。雅歌摸着那光滑的纸张，心想：用不了多久这上面的每一个文字都将出现在精美的书里，那将是一件多么美好的事呀！

雅歌看着自己的书稿，她有了一个大胆的想法，她要给自己的书亲自设计封面。她拿着笔画呀画呀，却怎么也不满意。忽然她想起了徐建，要是徐建在多好呀，他学过美术，一定可以帮我把封面设计好的。“唉！”雅歌轻轻地叹了口气，她已经好久没有想起这个名字，冷不丁地想起，心里还是感觉酸酸的。她放下笔，抚摸着打印好的书稿，就仿佛是在抚摸着徐建的脸颊，带着温度，带着柔软。

徐建，你现在在哪里？你过得还好吗？

第二十章　请再爱我一次

难道是他打来的电话？

《创造生命的奇迹》在电视台的帮助下很快就出版了。雅歌经过八个月的忘我写作后，感觉非常疲惫，于是她决定好好地放松一下，就打电话约了好朋友一起上街去好好逛逛。

周日上午，朋友来了，她们高高兴兴地出门了。一出门，雅歌就不由得闭上眼睛，她已经记不起有多久没有走出家门了，那强烈的日光让她的眼睛一时无法适应。雅歌先将眼睛眯成一条缝，让自己的全身都沐浴在温暖的阳光下。她让阳光穿过自己的指缝，一点点地将五指弯曲，抱成团。她喜欢握住阳光的感觉，而且她握住的不只是阳光，还有希望，还有自信，还有所剩不多的生命。

朋友推着雅歌来到了超市。在超市，雅歌和朋友商量着买点什么东西。她想给妈妈买点什么，就不知不觉地转到了奶粉区。雅歌看中了一袋老年人无糖奶粉，就让朋友拿起来给自己看一下详细说明。就在这时，雅歌的小灵通响了。她就把奶粉放在膝盖上，拿出小灵通。来电显示上面是一个陌生的号码。

“喂，你好。”雅歌一边按下通话键，一边继续看着那袋奶粉。

“……”

接通电话后，那头却是一片寂静。

“喂，你好。”雅歌又重复了一遍。

“……”

还是没有人回应。雅歌把小灵通举到眼前看了看，她想看看是不是在超市里小灵通的信号不好。可小灵通信号显示是满格呀，雅歌看着小灵通还处于通话状态，就再一次对着话筒：“喂，你好，在吗？能听到我说话吗？”

“喂……”

电话那头终于有了回音。那声音很轻，好像在哪里听到过。雅歌疑惑地再次看了一下来电显示，确实是陌生的号码。

“喂，你好，请问有什么需要我帮助？”每天接热线电话，雅歌已经习惯这样说话了。

“雅歌，你好吗？”对方非常自然地叫出了雅歌的名字。

当那声音传入雅歌的耳朵时，她的手抖了一下，为什么这声音是那么熟悉，可是却想不起？雅歌努力在记忆中搜索着。就在她快要想起电话那头的人是谁时，她却怎么都不愿意再继续往下想了。“难道真的是他，不可能的，他已经有八个月没有和我联系了，更没有他的任何一点消息。他怎么可能突然打来电话？而且那个号码也显示的是一个陌生的城市……”雅歌心中实在有点迷惑。

“我是徐建，我前段时间在电视上看见你了。”

“他是徐建！他是徐建！他确实是徐建！”雅歌瞬间感觉自己的心一缩，身子抖了一下，膝盖上的奶粉不知何时滑落到了地上，雅歌甚至忘记了喊朋友来把奶粉拾起来。她的心很乱，乱成了一团麻。雅歌试着抬起头看着面前的货架，她的目光从最上一排扫过，然后是第二排、第三排……这个办法很好使，当她看到最下面一排时，心已经不乱了。

“你找我有什么事吗？”雅歌很佩服自己可以在那么短的时间里就恢复平静。

“你是不是不想听到我的声音呀？”徐建的声音有点落寞。

“不是，我是没有想到你还会给我打电话。”雅歌已经可以若无其事地摆弄自己左手的手指了。

又是一阵沉默。在这沉默中，超市里的人和物都隐退了，只有雅歌坐在轮椅上，右胳膊肘支撑在轮椅扶手上，手里握着小灵通。她的脸上很平静，甚至还带着淡淡的微笑。

“还有事吗？没事我要挂电话了。”雅歌的手酸了，小灵通开始往下滑了，她需要马上结束通话。

“看到你的书出版了，我为你高兴，打电话来就是想向你祝贺的。”

《创造生命的奇迹》出版后，雅歌接到了无数祝贺的电话，对于来自四面八方的祝贺她都很平静。只是在平静的背后她还默默地祈祷，祈祷能收到一个不同寻常的祝贺。

也许，真的是老天听到了雅歌的祈祷，她收到了，收到了那个不同寻常的祝贺。够了，足够了，雅歌挂断电话，她忽然感觉自己是全世界最幸福的人。

走出超市，雅歌的眼睛已经适应了阳光，她的目光与阳光融合在一起。啊，有阳光真好！她张开手，任由温暖的感觉抚摸着手心，她忽然发现，原来阳光是不需要握住就可以拥有的。

他还爱着我

自从接了徐建的电话，雅歌的心就被很多问题占满了。已经八个月没有徐建的消息了，她很想知道他现在过得好吗。那不是思念，那只是曾经的牵挂逝去后留下的淡淡的情谊。

晚上，雅歌想起要收一封邮件，就打开电脑。她习惯性地先登上QQ，看了一下在线的好友。估计是晚上的原因，在线的好友不多。雅歌数了一下，只有五个亮着的QQ头像，前四个都是很熟悉的死党，最后一个好像不常在的。雅歌看了一下名字“小林子”，好熟悉的名字，雅歌拿鼠标的手僵住了。她愣愣地看着那个亮着的QQ头像，有种恍如隔世的感觉。同时雅歌也在不停地问自己：他怎么会上网的？他怎么会上网的？

“你好，你怎么用这个网名了？”就在雅歌还没有任何心理准备时，那个头像开始闪动了，接着就是一行文字出现在跳出的聊天窗口上。

他还记得我以前的网名，那说明他的心里还一直记得我。此念头一出，雅歌嘲笑地摇了一下头，她嘲笑自己的自我感觉太良好了。

雅歌不再多想，只是出于礼貌地回复说：“你好，我喜欢现在的名字。”

“你上来了，我等了好长时间，还以为你不来了。”很快，徐建打的第二行文字就出现在了聊天窗口。

看着那行字，雅歌的心一热："他在等我，等我干什么？"她感觉自己的脑子有点不够使了。

"你等我？有什么事吗？"雅歌实在想不出徐建等自己有什么事。

"我的小灵通丢了，我好难过。"说完徐建还发了一个害羞的表情。

"丢了就丢了吧，有什么难过的，需要就买一个新的嘛。"雅歌一直不喜欢徐建婆婆妈妈的性格。

"买新的小灵通，号码就要变了，我本来还想回江阴继续用原来的号呢。"

回江阴继续用原来的号？雅歌有点不明白徐建的意思。难道他是想向自己暗示什么？

"你要回江阴？回江阴干什么？"雅歌用激动得有些颤抖的手指敲打着键盘，可是她把话打上去后又后悔了，她后悔自己问得是不是太多了。

"我昨天晚上梦见你了，你就躺在我旁边和我说话。"又是一行字出现了。

雅歌快速地扫过那行字，眼睛就模糊了，她不得不移开目光望向别处。要是在以前，看到徐建说这句话，她一定会激动死，可是现在雅歌虽然感动，但是心却很平静。她真的怕自己是"自作多情"。

当雅歌再次收回目光时，她没有说话，只是发了一个笑脸。她感觉任何的言语都会破坏这样的一种氛围。

突然聊天窗口一抖，徐建发来了视频邀请。雅歌一愣，她还没有做好思想准备，不知道是该接受还是该拒绝。

“我想看看你，可以吗？”

雅歌面对徐建的恳求，犹豫了。她也很想看看徐建的样子变了没有。但是她还是点了拒绝邀请。

“你为什么拒绝了？你是不是还在恨我？”

看着徐建失望的言语，雅歌心情复杂地发了一个龇牙的表情。

“你知道我这八个月是怎么过来的吗？我每天都会想到我们在一起时的日子。前几天我在电视上看见你，我真的不想再错过你了，我要继续照顾你一辈子。”

雅歌的泪随着那行字的出现，当即喷涌而出。她有点不相信地读了一遍又一遍，也就是说徐建心里一直还想着自己。这个念头一出，雅歌感觉全身的血液都在往头上涌。

“很多事情不是你想怎么样就可以怎么样的，很多东西失去了就不会再回来了，感情更是如此。”雅歌一口气把要说的话全部打了上去，然后她不等徐建有任何的反应就快速地关闭了电脑。

雅歌呆坐着，回想着徐建刚才所说的每一句话，那每一句话都足以摧毁她伪装出来的坚强。雅歌之所以关闭电脑，是因为她知道自己坚持不了多久，也许徐建说出的下一句话就可以让她彻底投降了。她用手捂着脸，任泪水肆意横流，她的内心没有一点点的难过，而是被幸福的甜蜜充满。如果可以，她希望时间可以永远定格在这一刻，被惦记、被想念的感觉真好。

生命中不能没有你

“我怕来不及，我要抱着你，直到感觉你的皱纹有了岁月的痕迹……直到视线变得模糊，直到不能呼吸，让我们形影不离……如果全世界我也可以放弃，至少还有你，值得我去珍惜，而你在这里，就是生命的奇迹。”

雅歌已经记不起这是第几遍听林忆莲的《至少还有你》，自从徐建向她表明要回来跟她继续在一起生活时，她的心就被一种思绪给充满着，雅歌那本已平静如水的心就这样被搅乱了。

已经好几天了，她不敢开电脑。她怕自己一开电脑就会忍不住登录QQ。她心里期待可以每天在QQ上看到徐建，可同时她也害怕，害怕那只是一场梦，很快就会破灭的梦。她矛盾、犹豫，不知道自己还要不要接受徐建的感情。

“雅歌，你上床午睡吧，你阿姨的孙女要结婚了，我要去送‘人情’。我快去快回，一个多小时就回来。”妈妈的话打断了雅歌的思绪。她乖乖地让妈妈把自己抱上床躺下了。可是躺在床上的她怎么也睡不着，她只有继续听林忆莲的《至少还有你》，继续胡思乱想。不知过了多久，雅歌开始感觉半个身子发麻、发木了，她看了一下时间，妈妈已经走了两个多小时了，还没有回来。

雅歌感觉薄薄的被子就像一座山一样压得她胸口好难受，她全身绵软无力，手脚就像木头棍一样根本使不上劲。看着西斜的太阳在雪白的墙壁上一点点地滑过，雅歌问自己：“如果谁也不回来，谁也想不起我，谁也不管我了，那我该怎么办？我就连一棵小草都不如，草儿还可以自由生长，可我哪？家里没有人，我就起不来，翻不了身，就只能眼睁睁地等。”

此问题一出，雅歌发现自己的心被一只无形的大手给攥住了，而且越攥越紧，她痛得忍不住流下眼泪来。雅歌感觉自己就像木偶一样任泪水流进嘴里，流进耳朵里。她哽咽着用尽全身的力气喊着：“徐建，徐建，你现在在哪里？”雅歌的声音慢慢飘向远处，雅歌希望徐建可以听到自己的呼喊，她突然明白自己的生命里不能没有徐建。

雅歌等妈妈回来后，就马上打开电脑上网，她不想再失去徐建了，她想告诉他：自己需要他。她先打开 QQ，可是徐建的 QQ 头像是灰的。雅歌不想再等了，她打开邮箱要给徐建写邮件。当她进入邮箱时，发现徐建写的一封邮件正静静地躺在那里。

> 亲爱的歌，你现在还好吗？
>
> 好几天都没有看见你上网了，你是不是还在恨我？故意躲着我？
>
> 我可能要推迟回江阴的时间，因为有些事情还没有处理完。没事的时候，我总是会想你。亲爱的，不要急，等等我吧。

“他还喜欢这样称呼我。”雅歌脸不觉一红。

“亲爱的，不是我不上网，而是我害怕你回来，你回来了我就又有一大堆问题要面对。我怀疑自己已经没有当初对二人世界的向往了。我老了，累了，已经折腾不起了。反倒是现在这种思念的感觉，让我仿佛又回到了我们刚认识的时候。”雅歌对着电脑屏幕喃喃地说着，仿佛徐建就在电脑里面似的。

上次，我在报纸上看到一篇文章，说记者采访了几对能够终身相守的夫妻，看他们感情能长久的秘诀是什么，其中一位老太太说是她丈夫向她求爱时，真正打动她的那句话：我不能保证我能给你一辈子的幸福，也不能承诺将来一辈子能守候在你身边，但我知道此时我是深爱着你的。

多么朴实的话语，雅歌看了一遍又一遍，她的眼睛湿润了，热热的感觉涌进她的胸口，这曾经是她多么向往的一种生活：什么都可以没有，什么都可以放弃，但是至少还有你，至少还有你值得我去珍惜。

亲爱的歌，这也是我此刻最想对你说的话。上次我在书中看到了这么一句话：爱情有时是开在心中的花，有时是长在心中的草，就看你用什么心态去对待。我只想告诉你，你在我的心里依然是那么重要。在远处的我依然牵挂着你。我想你，我要永远做你的手和脚！！！

因为你，我变得矛盾，犹豫，多心。你真的爱我吗？为什么你会离开我？雅歌一遍遍地问着，可是她不需要答案了，因为她已经有答案了：徐建要永远做自己的手和脚，是的，他就是这么说的。雅歌确信有他在就会有种安全感，这种感觉将伴随她和徐建的一生。

雅歌把徐建写的邮件保存在了电脑的文档里，她要永久保留着，那是徐建对她的誓言，对她一生的承诺。

想让你抱抱我

看过徐建的邮件后，雅歌天天上网等着他。她要亲口告诉徐建自己心中的决定，她愿意，也期盼能和徐建再一次在一起生活。接连几天雅歌都会早早地上网，打开QQ，她不知道徐建什么时候有时间会上网，所以她就只有等。

一天，两天，今天已经是第五天了，徐建的QQ头像一直是灰的。雅歌长时间地看着徐建的QQ头像，她心情很复杂。她不知道发生了什么事情，徐建一直都不上网了。

忽然一个念头溜进雅歌的脑海：难道是徐建在这几天遇到了一见钟情的女孩子，早已经把自己给忘了？不是没有可能。他现在在饭店上班，那里的服务员大部分都是漂亮的女孩子。如果真是这样，那自己还在这里傻等什么。这个念头就像小偷一样潜入雅歌的内心，大肆翻腾起来。她只有眼睁睁地看着自己的希望被推倒了。雅歌受过一次伤害了，她怕自己会再一次受到伤害，她决定缩回自己用坚强筑起的“壳”里，不再相信什么了。她手握鼠标，把小箭头移到“小林子”的头像处，她在犹豫要不要把徐建从自己的好友里删除。

“咚咚咚”，就在雅歌无法做出决定时，徐建的QQ头像亮了。雅歌有点不相信自己的眼睛，她愣在那里不知道自己接下来该怎么办。

“在吗？”徐建发来了一个笑脸。

“你这几天怎么没有上网？”雅歌迫不及待地问。

“我这几天一直加班，没有时间。你是不是想我了？”

“你想得美，我早就喜欢上别人了。你都不想我，我想你干吗？”雅歌发出一个气呼呼的表情。

“谁说不想你，难道非要天天打电话，不断上网聊天才叫想你吗？我每次上网，第一件事就是看你在不在线。”徐建急了，他的话连续不断地出现在聊天窗口上。

雅歌没有想到自己的一句玩笑话，会引起徐建那么大的反应，她的心弦被一丝不易察觉的温暖给触动了:“好，好，我冤枉你了。傻样！”

“你看到我发给你的邮件了吗？难道我在那里说得还不够明白吗？我现在加班就是想多赚点钱，等回去好给你多买点好吃的东西，我还要带你去吃肯德基。”

随着徐建打出的字数的增多，雅歌心中的温暖也在一点点地扩大。她了解徐建是一个不会花言巧语的人，他的每一句话都是发自内心的。雅歌在温暖的包围下眼睛有点模糊。

就在这时，徐建突然发来了视频邀请。雅歌右手拿着鼠标去点接受邀请，支撑在桌上打字的左手不自觉地摸了摸脸颊，她有点慌乱，有点期待。很快视频窗口出现一个人上半身的轮廓，不用细看，就可以断定那是徐建。慢慢地视频窗口清晰起来，雅歌看见了徐建，她直直地看着徐建的眼睛。隔着屏幕，隔着无法测量的距离，雅歌从徐建的眼睛里看见了自己的影子。她已经八个月没有看到徐建了，他瘦了，也黑了。雅歌伸出手，触向屏幕，她想去抚摸一下徐建的脸颊。

“你还记得我们曾一起去看桃花吗？”雅歌无法举起的手最终落到了键盘上。

“当然记得。那时我们多快乐呀！”

“可是，我怕……怕……”

“那样的话，就等于一份美食放在你的面前，但你却害怕中毒而不敢去享用。”

“问题是我已经中过一次毒。”

“人生就是这样，只有敢去冒险，生命才能精彩，哪怕为此付出代价。”

雅歌沉默了，她不知道该怎么回答徐建。这曾经是自己的信念，现在却从徐建的口中说出来，难道真的是自己怯懦了，害怕了，胆小了？

“我要下了，马上要到上班的时间了。”徐建又发来了一行字。

雅歌突然不想让徐建走，她还没有想好，她还需要时间，可是她又怕徐建带着失望走后就再也不会来了，她心里涌上一股冲动。

“我想要你抱抱我。”说完雅歌的泪也无声地流了下来。她再一次抬头望向对面的徐建，任由泪水流进嘴角。

雅歌在徐建的眼睛里看见了心痛，他愣了有几秒钟。

“我现在怎么抱呀？亲爱的，你再等等我，等我回来一定好好抱抱你。”说完，徐建就关闭了视频，头像也暗了下去。但是就在徐建视频断开的刹那，她看见徐建的眼中有亮亮的东西滑落，她知道徐建也落泪了。

第二十一章　你是我永远的手和脚

你说的是真的吗?

又是春暖花开的季节。雅歌坐在院子里，晒着太阳，心里盘算着徐建什么时候才能回到自己的身边。坐得累了，脖子发酸，她就抬头望向蓝天。天空好蓝呀，万里无云。一行大雁正好从雅歌的头顶飞过，它们整齐地排列着，一直向前飞，飞过千山万水，克服重重险阻，就为了那个梦想，就为了那个希望。雅歌看着那远去的大雁，心里生出一种渴望，渴望自己也有一双翅膀，可以挥动翅膀在人生的天空里自由翱翔。雅歌不由得想到了徐建：如果徐建在，他就是自己的翅膀，有他在就可以帮助自己去做很多的事，包括去实现梦想。

这时小灵通的铃声响了，雅歌去看来电显示：是徐建。雅歌笑了，她正想到徐建，他就来电话了，这说明两个人越来越有默契了。

“你怎么知道我在想你呀？”雅歌拿起电话就问徐建。

“……”

“我在院子里晒太阳，正好想到你，你就来电话了。”雅歌估计徐建对自己没头没脑的问话一时没有反应过来，就继续解释道。

“哦，我说你怎么一接电话就来了这么一句。”徐建笑了，“我打电话是要告诉你，我单位同意我的辞职申请了，这个月底我结了工资就可以过去了。”

“……”

这回轮到雅歌回不过神来了，停了几秒她问：“你说的是真的吗？”

“当然是真的啦，我骗你干吗，你不高兴我过去吗？”

“不是。”雅歌脱口而出，她做梦都想徐建能快点回来。可是，她低垂下眼帘看着地面，也不知道为什么，她还是有点害怕。

“你是不是害怕我会再一次离开你？”徐建说出了雅歌心里的担忧。

“你再离开我，我就重新找一个比你更好的。”雅歌为徐建轻易就猜透自己的心思脸红了，同时她也嘴硬地反驳。

“小姨，你看我摘的花好看吗？”妞妞不知什么时候从院子外面跑进来，手里举着一枝花。

雅歌轻轻闻了一下妞妞举到面前的花，问：“哪里来的花呀？”

“是刚才外婆接我放学时在路边摘的，你喜欢就给你吧。”妞妞说完就把花往雅歌手里一放，又跑出去玩了。

“刚才谁和你说话？”徐建问。

“是妞妞，她刚放学采了一枝桃花给我。”

“桃花都开了？我天天上班忙得什么都不知道了。”徐建的声音有点黯然，“等我月底回去，桃花不知道会不会开过？”

“应该还会有的。”

“那我回去后，第一件事就是我们一起看桃花去。”

雅歌听着徐建的计划，开始在心里盘算去看桃花的日子。她说：“我一直忘不了那一年，我们一起去看桃花。”

“我也是，那次我们多开心呀。”

“那我等你，等你回来一起去看桃花。”

“好，你一定要等我！”

挂了电话，雅歌拿着那枝桃花细细欣赏。整根枝上有三朵花已经完全开放了,还有两朵则含苞待放。那已经开放的花瓣薄如蝉翼，每一片花瓣都淡淡地泛着粉色，在花瓣的中心，有淡黄色的花蕊，柔柔的惹人爱。雅歌想把桃花举到面前，她喜欢那花朵发出的淡淡的香气，可是她的手举不起来，她就把手放在胸口，低下头凑近那花朵。那幽幽的、淡淡的花香让雅歌陶醉得闭上了眼睛。她的眼前又出现了那年和徐建一起看桃花的情形，徐建推着她漫步在花丛中，随风飘落的花瓣雨，把他们淹没在春的世界里。

不敢看他的眼睛

徐建今天就要回来了。

前几天，雅歌和父母说了徐建今天要回来的事，这次父母没有说什么，但是雅歌还是从他们的表情里看到了担忧的成分。

一切都好像是上苍安排好的，从徐建离开到再一次回来，雅歌感觉就好像是在做梦，而且就在今天，徐建就要再一次和自己开始“新”的生活了。雅歌一想到徐建要回来了，心里就感觉没有底：那个伤疤还在，一不小心就会触碰到，虽然不疼了，但是总会不怎么舒服。雅歌想做点什么转移一下自己的注意力，她怕自己这样一直想下去，那好不容易建立起来的信心就会全部跑光光了。对，就为徐建做点什么。雅歌拿出小镜子，当她再去拿化妆盒时，手又停住了，自己还需要化妆吗？素面朝天或许更能体现自己现在的心情。

“咚咚咚”，雅歌听见敲门声了，她快速收起小镜子。第六感告诉她一定是徐建。她的心有点慌慌的，手也不知道该往哪放，她本能地抓住鼠标，耳朵却支棱起来听着外面的声音。

徐建的脚步越来越近，雅歌抓鼠标的手也越握越紧。她敏锐的耳朵捕捉到徐建只用了十几步就走到了自己的房门口，可是，到了门口时，徐建的脚步却停了下来。

“他为什么停下来了？”这个疑问让雅歌抓鼠标的手心顷刻间就被汗水给浸湿了。或许是他还没有想好？或许他是后悔了？就在雅歌的思绪有点收不住时，一个人的双脚已经出现在了她的视线里——徐建。徐建的一切她都再熟悉不过了，她已经嗅到了那来自徐建的特有的气息。

雅歌有点怪徐建总是这样搞“突然袭击”，根本就不给她喘息的机会。此刻徐建就站在她的面前，而且还是那么近，近得让雅歌都感觉快透不过气来了，更让她不敢抬眼正视徐建的眼睛。

雅歌故作镇静地浏览着电脑网页，她也不知自己在看什么，唯一的感觉就是有点透不过气来。

徐建停了几秒钟，就走到雅歌身边的一张椅子前坐了下来。房间里静得出奇，就连掉一根针都能够听见。雅歌从心里不喜欢这样的安静，她想打破沉默，可是她的脖子就仿佛被什么给绊住一样，就是抬不起来。

“怎么不说话？”还是徐建最先打破了沉默。

“不说话是因为我还没有想好说什么。”雅歌不得不佩服自己可以回答得如此流利。

“你如果还没有想好要不要接受我，我可以继续等下去。”徐建的声音还是那么轻柔，他向来是不喜欢高声说话的人。

雅歌听了徐建的话，心像被什么给扎了一下，她有点好奇：好奇徐建在说这话的时候，是一种什么样的心情，什么样的表情。雅歌抬眼去看徐建，这时她发现徐建正看着自己，那目光有些忐忑。那忐忑的目光被雅歌突然的注视吓了一跳，马上就低垂了下去，只是那垂下去的眼帘还未垂到底，又反弹了回来。雅歌就那样定定地看着徐建，直到两人的目光完全对视，不再左右游移。

“我如果不能接受你，就不会让你回来了。”她已经知道了徐建内心的想法，安慰的话也脱口而出。

雅歌不知自己的话有着怎样的一股力量，她从徐建的脸上看到忐忑的表情退去了，换上的是一丝不易察觉的笑意，那笑意又感染着雅歌。不知不觉，两人一起笑了起来，而且笑得都很轻松。

“哎哟，哎哟。”笑着笑着，雅歌突然叫唤起来。

“怎么了？哪里不舒服？”徐建被雅歌给吓到了，赶忙过来小心地问着。

雅歌看着徐建一脸担心的样子，坏笑着说：“没什么，我是逗你玩的。”

雅歌一边笑，一边揉着眼睛，她感觉眼中有种热热的东西在往上涌。徐建还是那么关心自己，一点没有变，雅歌揉着眼睛，手指就被浸湿了，她知道那是自己的眼泪，雅歌也说不清那是高兴的泪水，还是感动的泪水。

如果可以，雅歌好想趴在徐建的肩膀上痛痛快快地哭一场呀！

一片安静的树林

“雅歌，我们快点吃饭。晚上公园有露天电影，我推你去看啊。”徐建从菜场买菜回来，兴冲冲地和雅歌说。

说完他就进了厨房，很快，他又跑出来，倚在门框上，对着雅歌说：“你不是要吃韭菜合子吗？我刚才去买了韭菜和鸡蛋，你要不要来看我包呀？”

雅歌看着徐建调皮的样子，就故意说：“我不去了，我什么忙也帮不上，就会瞎指挥。”

“没事，我就喜欢你看着我干活。”徐建不等雅歌同意，就把她抱上轮椅推到了厨房门口。

坐在厨房门口，雅歌感觉周围的氛围马上就不一样了，她看着徐建切菜、和面，忙着包合子，她的眼睛一刻也不愿离开徐建。徐建忙得热火朝天，也不忘时不时地回头看上雅歌一眼。他们就这样不时地对望一下，然后就会有笑意在嘴角荡漾开来，一直荡漾到眼角眉梢。那从笑意中溢出的气息，让雅歌周围的氛围变得不一样：有点像大白兔奶糖，带着一股香甜之气。

徐建这次回来，雅歌感觉到他有很大的变化：以前徐建身上的浮躁消失了，取代的是一份沧桑。特别是在看他消瘦、挺拔的背影时，沧桑感越发明显。不过雅歌还是喜欢面对着徐建，这样可以从徐建的脸上看到一份淡定，这是以前所没有的。

吃过晚饭，徐建碗也没有来得及刷，就推着雅歌来到了公园。但是露天电影放的是武打片，雅歌不喜欢打打杀杀的片子，看了一会儿就不想看了，于是她向徐建建议："我们到公园里面去走走吧。"

徐建推着雅歌走进公园，公园里吃过晚饭出来散步的人很多，也很热闹。他们走到一片空地，看了一会儿小孩子学轮滑。接着他们又来到小河边，穿过河上的小桥，是一片安静的树林。也许是这里过于幽暗了，静悄悄地一个人也没有。徐建把雅歌推到一张长凳前坐了下来。他们都不说话，只有微风吹着树梢发出的沙沙声。

徐建把雅歌的轮椅往自己身边拉近些，抬起她的一条腿脱去鞋子，放在自己身上，开始按摩起来。在昏黄路灯的照射下，两个人的轮廓清晰地映在地上，雅歌看着看着，心头一动，这一幕好像在哪里见过？对，以前在梦里梦到过。此刻难道是在梦里吗？徐建他真的又和自己在一起了吗？雅歌恍惚中不知道是梦还是现实。

"这个公园以前我们也来过，那时我们怎么就没有到过这里，坐在这里的感觉真好。"徐建环顾四周后说。

"你不一定非要和我在一起的。"雅歌近乎呢喃地说了一句。

"你说什么？"

"我说你不一定非要和我在一起的。"雅歌重复着。

"我也不知道为什么，就是想往这个圈子里钻，也许你的身上有磁性吧。"徐建说完就继续给雅歌按摩着另外一只脚。

雅歌有点不相信徐建的话，继续追问："你能告诉我，我在你心中占什么位置？"

“第一位，不……”徐建想都没有想就脱口而出。

徐建说了一半的话让雅歌的心一下子悬到了嗓子眼，她有点控制不住自己的情绪了，顷刻间就被一千一万个委屈捆绑了。

就在她要再一次跌入失望的谷底时，徐建又开口了：“不应该用数字来定，应该是你在我心中占了最主要的位置。”

夜色更暗了，雅歌抬头看看天上，她看到了一颗最亮的星星，她不知道自己在徐建心中的位置是不是就像那颗最亮的星星。

“我想不通，你想尽办法要逃跑，却为什么又要自己回来，我真的有那么大的魅力？”雅歌还是有点不敢确定。

“当然有啦。”

“那你还会再走吗？”

“我不会再走的，我这辈子都要和你在一起。”

一轮月亮挣脱乌云的遮盖，在夜空中露出了笑脸。那淡淡的月色洒在雅歌和徐建的身上，徐建把雅歌的腿放好，推着她走上了回家的路。他们的背影在月色中被拉得好长、好长，最后融合在了一起。

一支笔，一生情

又是一个晴朗的早晨，当雅歌从睡梦中醒来时，她睁开眼就看见徐建已经起来在忙碌了。她懒懒地躺着，看着徐建进进出出地在整理着自己的物品：他把自己的衣服从一只拉杆箱里拿出来，放进衣柜里；放的时候，又把上衣与上衣放一起，裤子与裤子放一起。雅歌的目光一直跟着徐建，生怕一不留神会跟丢了。她一直都很喜欢这样的感觉，全身心地依赖着一个人。房间还是那个房间，人也还是那两个人，为什么这一切所带来的感觉却是那么新鲜，新鲜得就像刚出烤箱的面包，散发着诱人的香气，那香气很轻易地就把所有的担心、害怕替代了。

“你醒了？”徐建手里拿了一个本子一支笔放在枕边时，看见雅歌正看着自己。

“我早就醒了，一直在看你忙活。”雅歌看到徐建放在枕边的本子又说：“你那上面写的什么，我能看看吗？”

徐建听了雅歌的话，就递过本子：“你想看就看吧。”

雅歌接过本子，有点不相信地看着徐建，以前他可不是这样的，他总是会在小本子上写些东西，然后再小心翼翼地藏起来。现在他一点顾忌没有就把小本子放在自己手里，雅歌第一次感到信任在两人中间是那么美好的感觉。

雅歌没有看本子，而是重新把它放在了枕头边，那上面写了什么已经不重要了，她要把徐建的信任好好地珍藏起来。“你这支笔哪里买的？这么难看。”紧接着她又好像发现了新大陆似的惊呼起来。

徐建在雅歌的大呼小叫中拿起那支笔看着，眼神里流露出柔柔的温情。“你忘了？这支笔还是你送给我的呢。”

“我什么时候送过你这么难看的笔呀？”雅歌有点不相信地从徐建手里拿过那支笔，仔细地看着。

“这支笔我总用，上面的漆就脱落成一块一块的了。后来我就把剩下的漆也给全部刮掉了，就全部露出里面的铁壳笔管的颜色了，所以你说难看。”

雅歌仔细看着那笔，她想起在认识徐建后就经常看见他喜欢在小本子上写写画画的，于是她就把自己心爱的一支水笔送给了徐建。可是在两个人分手以后，雅歌早已把这支笔的事给忘记了。现在再一次看见这支笔，她真的没有想到徐建会一直保留着。也就是说，在徐建的心里一直是有一个位置留给自己的。雅歌看着这支笔，忽然有种感动，想用它写点什么，她拔下笔帽，没想到半截笔身也跟着掉了下来。雅歌看着这支笔有点哭笑不得。

徐建看着雅歌不知所措的样子，接过笔，随意摆弄了几下，说：“没事，我修好了，还能继续用。”

雅歌看着徐建，不再说什么。她就那样看着，她看的不是徐建的人，而是徐建的心。那颗心曾经让她感觉难以琢磨，有时她也曾想去窥探一下那心里都装了什么,可每次她都被“拒绝入内”。现在徐建的心就敞开在自己面前，她先是探了一下头，怯怯地往里张望，眼光还来不及全部看过来，就又把头缩了回来。停了停，她实在忍不住好奇，又伸出了一只脚，那脚一踏进去，雅歌就不想再缩回来了。她一不留神，发现自己已经置身其中了。这时，有一只手伸过来，拉着她的手。“以后这里就是属于你的了，我们就一起来经营它吧。”这是徐建的声音。

后记

有爱的人生最美丽

一

小时候，每天坐在家里，听着离家不远处的学校传来上下课的铃声，我就特别羡慕小伙伴可以背着书包去学校上学。有时我会自己坐在小板凳上，慢慢地挪到院子的大门口，去等小伙伴放学。当他们背着书包蹦蹦跳跳地出现在胡同口时，我不敢直视，就低着头装作玩石子，等他们从我面前走过后，我再恋恋不舍地用目光送他们，直到他们消失在胡同的另一头。多少次，我幻想奇迹发生，自己可以突然站起来，那我就会冲出小胡同，冲向学校，冲进教室，像所有的健康小孩一样，坐在课堂上听老师讲课。哪怕只有一天，哪怕只上一堂课。

有一次，我实在忍不住，怯怯地和妈妈说："我想上学。"

妈妈对我的要求一点也不感到意外，她把一本用白纸订起来的本子放在我的面前说："我和你爸哪有时间接送你上下学呀，你自己在家慢慢自学吧。"说完，妈妈就又去做她那永远也做不完的家务了。看着那本白纸订的本子和二姐用过的旧课本，我哭了，哭得很伤心，因为我不是想要书本，我是想有一位老师能教我书本上的知识。

多年以后，我一个人在家自学到了很多知识，甚至那些上过学的同龄人都不如我学得好。但是，我总觉得我的人生还缺少点什么，我的内心始终有一个梦想：梦想能有一位老师——一位可以教我许多课本上学不到的知识的老师。

带着这样的一个梦，时间来到了2009年秋末的一个午后。正在午休的我被手机铃声唤醒，拿起手机，我看到来电显示是北京的号码，顷刻间我的心一惊，竟愣愣地不敢接电话。“喂，你好。”不知道为什么，我的声音有点发抖。

“喂，是吕营吗？我是张大诺。”电话那头是一个充满磁性的声音。

“张大诺，张大诺，真的是他？”我有点不相信地把手机拿到眼前看了看，当时我竟天真地想通过电话看到电话那头的人是什么样子的。也许是当时太激动的缘故，我已经记不起我们都谈了些什么，我只记得大诺老师说他愿意收我做学生，辅导我写书。

张大诺是北京十大志愿者之一，北京志愿者协会理事，新华社《国际先驱导报》原记者、编辑……曾经辅导过好多残疾朋友写书。当时我真的不敢相信这样一位名人会收我做学生，会成为我的老师，我人生中的第一位老师。

当我和妈妈说起这件事时，妈妈问：“他辅导你写书要收多少钱？”

“我老师从没向学生收过一分钱。”我有点笑妈妈的想法太世俗了。

“他不收钱，辅导你们这么多人写书，工作也不做了，那他图什么呀？”

"因为我的这个老师和别的老师不一样。"我和妈妈说。可是究竟怎么不一样，我也说不清楚。

从那以后，我成了一个有老师的学生。而且大诺老师真的是和别的老师不一样的，他不仅免费教我们这些残疾学生写书，而且还要自己贴长途电话费辅导我们写作。更与众不同的是，他付出的不仅仅是时间、精力、财力，还毫无保留地用他无私的爱在为中国 8000 万残疾人打造着一部心灵史诗的工程。

在大诺老师辅导我写作的初期，我因为没有写作功底，常常是一段文字要反复修改好几遍。可是老师非但没有责怪我一句，还鼓励我。有时一个辅导电话打下来就是三个多小时，直到我会了，懂了，老师才会放心地放下电话。老师不仅对我这样，他对分散在全国各地的 40 位学生都这样。三年下来，电话中，老师的声音越来越低哑了，还不时地伴有隐忍的咳嗽声。有多少次，我都想劝老师多注意身体，但我更知道，要想让老师不那么辛劳，我只有更加努力、勤奋才能给老师最好的回报。

大诺老师不仅辅导我写作，他更弥补了我从没有过老师的遗憾。有时在 QQ 群里，老师给我们上课前会先问："谁在？"那一刻我就有种回到童年的感觉，而且就好像是坐在课堂上，听老师点名、上课。

如果没有大诺老师，也就没有我这部十多万字书稿的问世，在这里我要对大诺老师说："老师，谢谢您，谢谢您做我人生的第一位老师。也请您永远做我的老师，因为有了您的指导，我的人生才画出了最亮丽的一道风景线。"

二

当我坐在电脑前写这篇《后记》时，在我们这间45平方米的小家中，正弥漫着一股煮饺子的香味。这是我的老公看我写作太辛苦，又在变着花样给我准备晚饭。每天老公就像照顾婴孩一样照顾我，帮我穿脱衣服，帮我大小便，夜里还要不时起来给我翻身。很多人都想不通，老公这样一个健康、英俊的男人，怎么会愿意照顾我这样一个生活无法自理的残疾妻子，而且我们还一起走过八个年头(并且还要一直走下去)。当有人这样问我的时候，我总是笑而不答，因为我已经决定用写书的方式来呈现我们一起走过的每一个点滴，这也是我写这本书的初衷。

写书是我小时候就有的梦想，但是我也知道自己的知识水平有限，想要一个人独立完成一部小说的写作，根本就是不可能完成的任务。直到有一天通过好友（也是我的师姐）钱敏丹的推荐，我成了大诺老师的学生，那时我依然对自己没有信心，当我告诉老公，大诺老师要开始辅导我写书时，他对我说："不管你做什么我都支持你。"他的这句话给了我最大鼓励，让我以后在写作上遇到怎样的困难都没有想过要退缩，因为我有一个坚强的后盾。

在写作的过程中，我不仅要克服知识水平有限而带来的写作瓶颈，我更需要克服因疾病侵蚀已严重变形的肢体带来的不便。江南的冬天，因为房间里没有暖气，特别地阴冷，我长时间坐在地上，两只脚就会冻得像冰块，脚后跟也会因为上半身长时间的重压钻心地疼。这时老公看在眼里急在心上，到了晚上，他就会烧好一盆热水给我泡脚，直到我脚的皮肤由黑紫色变回粉红色为止。等躺在床上了，他又会给我按摩脚后跟，常常按着按着，我就睡着了。

2012 年 2 月底，我的书稿开始进入最后的冲刺阶段，可能由于平时的写作过于紧张，我的老毛病心脏病又复发了，胸口的憋闷让我稍微一动就喘不上气来，可是长时间地躺着，我心里又放不下书稿。于是，我就只能坐着写一个小时，再躺下休息一个小时。就这样，老公一天抱我起来、躺下也不知多少次，可是他从没有嫌烦过。有时他看我因为心脏难受紧缩眉头时，就会过来坐在我旁边，关心地说："写累了就歇歇吧。"

可是我非但不领情还对他吼："不要待在我旁边，这样会影响我思路的，快离我远远的。"

听了我的话，他就会坐到离我稍远一点的床那头，然后继续用担心的眼神看着我，仿佛那样他就可以帮我把写作顺利进行下去。有时看我写得投入，他就会悄悄地离开我的视线，等我写累了、写困了的时候，他就会端着一碗刚煮好的苹果羹突然出现在我面前，然后一勺一勺地舀了喂我吃。

如今我的病情已经发展到了晚期，就连一杯水都端不到嘴边，身边不能长时间没有人，为此老公只能放弃工作在家照顾我。没有了经济来源，我们的生活非常节俭，老公的裤子破了，就打个补丁继续穿，他还笑着说："这叫新潮。"一次我看见他拿着针线盒坐在窗前缝着什么东西，就问他在干吗。

他抬起头，笑笑说："你不总说我的袜子前面露'蒜瓣'、后面露‘鸭蛋’吗，我现在把两双破袜子并一双，就又能穿一阵了。”说完他就继续缝了起来。老公对艰难生活的淡定，让我的心充满了愧疚，我不能为他做什么，就希望有一天我写的书出版了，可以作为我们爱情的“结晶”送给他。

作者联系方式：

新浪微博：http://weibo.com/u/1188728223

淘宝网店：http://shop35841663.taobao.com/

电子邮箱：87744871@qq.com